EXISTE EN BLANC

DU MÊME AUTEUR

chez le même éditeur

Les Valseuses, 1972
Beau-père, 1981

Aux éditions Actes Sud

Les Côtelettes, 1997

BERTRAND BLIER

EXISTE EN BLANC

roman noir

Robert Laffont

© Bertrand Blier et les éditions Robert Laffont, S.A., Paris, 1998
ISBN 2-221-08654-6

J'ai toujours été fasciné par les soutiens-gorge. Déjà, en culottes courtes, quand je rentrais de l'école, je ne manquais pas de passer, avec mon gros cartable, devant le magasin Thirion, articles pour dames, dans la vitrine duquel, sur des bustes sans tête, resplendissaient d'admirables soutifs. Je ralentissais le pas et, la tête retournée vers les bonnets sublimes, je me remplissais les yeux jusqu'à l'évanouissement. Des imbéciles toujours prêts à se dévouer m'allongeaient sur un banc et me tapotaient les joues. Furieux d'être extirpé de mon rêve satiné, je leur balançais mes bottines dans la gueule, ce qui avait pour effet de disperser l'attroupement, et je rentrais chez moi, dans cet univers de honte et de froid dont je ne vous ai pas encore parlé, mais quand je vous en parlerai, vous comprendrez pourquoi je suis devenu dingue du soutien-gorge, et plus particulièrement du Gossard à bonnets moulés en Lycra-Élasthanne, pour lequel j'ai sacrifié ma vie. Vie merveilleuse, je m'empresse de le dire, que j'ai dégustée maille par maille, maintien par maintien, tension de bretelle par tension de bretelle.

Existe en blanc

Je suis né fils unique, je l'ai tout de suite compris. Certains jardins privés de soleil ne peuvent donner qu'une fleur. Une fleur de couleur sombre. Vénéneuse. Puante. Je suis cette anomalie de la nature. Baudouin, je m'appelle. A-t-on idée d'appeler un enfant Baudouin ? Est-ce à mon nom de baptême que je dois ce mystérieux accent belge qui fit de mes études un interminable chemin de croix en même temps que pour mes camarades une fête permanente ? Personne n'est belge dans la famille. Nous n'allons jamais en Belgique. L'idée même d'y aller ne nous effleure jamais. Pourquoi ? Est-ce une manière de se comporter avec la Belgique que de l'ignorer à ce point ? Parfois j'ai l'impression qu'on cherche à l'éviter. Quand j'en parle, c'est le malaise. Mon père qui quitte la table. Il quitte toujours la table quand je lui pose des questions. Pourquoi j'ai cet accent ? « Ne remue pas le couteau dans la plaie », c'est tout ce que me dit ma mère. Quel couteau ? Quelle plaie ? Qu'est-ce qu'on me cache en Belgique ? Un jour il faudra que j'en aie le cœur net. Que je grimpe dans un camion direction mon accent, Mons, Bruxelles, même si au bout y a la folie. Est-ce que j'en aurai le courage ? Nous habitons la banlieue nord, c'est déjà un pas de fait. Un poids lourd endormi sur une aire de repos, je me glisse sous la bâche, c'est ce qu'on appelle un jeu d'enfant. Formule d'adulte le jeu d'enfant. Est-ce que j'ai seulement été une fois un enfant ? Quand je pense à mon enfance, je vois une vieillesse précoce. Déjà à la naissance je sentais une lassitude, comme un manque d'appétit. Par la suite ça s'est confirmé. J'ai été un enfant blême, languissant, pantouflard. Rien qui m'intéressait. Y avait que le soutif qui me faisait vibrer. Quand je voyais un soutif, je sentais comme un printemps, ça me faisait tourner la tête. Et quand je pensais à la Belgique, j'avais les dents qui grelottaient. J'avais peur. La peur qui fait sauter dans les bras de son destin.

Ma mère a accouché à la maison, elle faisait tout à la maison, les commerçants livraient, les grosses commandes c'était la Redoute, pour les petits secrets de femmes elle envoyait Mathilde, notre grosse Mathilde, qui protégée par ses sourcils, s'aventurait jusqu'à la pharmacie hélas la plus proche, celle du centre commercial, où elle faisait la queue derrière des femmes voilées avec de la marmaille crépue qui lui grimpait sous les jupes et l'obligeait à se désinfecter furieusement lorsqu'elle regagnait enfin sa cuisine. Elle employait une bombe insecticide grosse comme un extincteur dont elle se vaporisait de grandes giclées directement dans le fondement, les cuisses bien écartées, les jupes relevées jusqu'aux oreilles, et moi, rentrant de l'école où on s'était foutu de ma gueule toute la journée rapport à ma belgitude, voilà le ragoûtant spectacle qui m'était offert pour agrémenter mon Banania tartines beurrées : les cuisses énormes de Mathilde, son énorme culotte noire, sa bande Velpeau autour du genou, ses chaussettes et ses bas, ses chairs bleues et tremblantes.
Ma mère, trop fragile, trop précieuse, trop enfermée dans ses souvenirs, dans son corset de souvenirs qui la rendait si raide, muette, dédaigneuse, inconsolable grande blessée, se refusait à toute sortie dans ce monde insultant. Une femme ne pardonne pas à ceux qui lui ont volé son soleil.

Mon père non plus ne sortait pas. Il ne sortait jamais de son bureau. Ou bien alors dans la voiture, dans la vieille Citroën, qu'il conduisait avec des gants, directement depuis le garage, dont la porte se soulevait, jusqu'au portail automatique, dont les battants s'ouvraient. Où pouvait-il aller ? Quand il rentrait c'était trop tard. Trop tard pour un baiser. Trop tard pour me faire sentir son robuste mélange de tabac, de sueur froide et de colère inouïe. On me couchait très tôt. Je n'avais pas le droit de regarder la télévision. D'ailleurs nous n'avions pas la télévision. « Jamais ! avait dit mon père. Jamais cette saloperie ne rentrera chez moi ! » Et il avait chassé le livreur en lui tirant du plomb dans les pattes. Qui avait commandé le poste ? Impossible de le savoir. Ma mère était en larmes. Elle jurait ses grands dieux. « Je vous jure ! elle s'écriait, à genoux devant mon père. Je vous jure que c'est pas moi ! »

Moi, dans ma chambre mansardée, mon pyjama bordeaux et ma nuit d'enfant seul, j'étais censé dormir. Je guettais le grincement des marches. Quelquefois elles grinçaient. C'était ma mère, à la sauvette, qui venait se pencher sur moi. Je la retenais dans mes bras. Je m'imprégnais de son Heure bleue. Je l'embrassais, je l'embrassais, je faisais des provisions. Elle, elle se débattait. Moi je grandissais et je devenais fort. J'étais saisi d'un trouble. Je la retournais sur le lit. Je la bloquais aux poignets. Je la regardais haleter. C'est beau une femme qui halète. Ce filet de vie, ce trémolo, cette fuite, en quelque sorte, qu'est le souffle d'une femme.

Tout est fuite chez la femme. Elle perd. Elle mouille. Sans qu'on lui fasse le moindre mal elle a du sang qui coule. Et quand le sang s'arrête c'est le lait qui jaillit. Et je ne parle pas des larmes, qui ne demandent qu'à ruisseler. Trop de liquide. Trop de liquide. Faut

Existe en blanc

qu'elle fasse attention. C'est là où intervient le soutif. C'est le soutif qui sauve la femme, qui l'empêche de se répandre, de devenir une flaque. Le soutif est l'architecture de la femme. De même que le pont est l'architecture de la rivière. Le Cher, par exemple. Jolie rivière le Cher. Comme pas mal de rivières. Pas de quoi verser une larme. Par contre, si juste en travers du Cher vous me rajoutez le château de Chenonceaux, alors là je dis oui, émotion, la rivière devient belle, elle devient même sublime, l'homme a posé sa signature. Une femme c'est la même chose, c'est une rivière qui coule, c'est un peu triste, on pense à la noyade. Enfilez-lui un soutien-gorge, aussitôt elle se redresse, ses yeux se mettent à flamboyer, elle devient belle comme un coup de fouet, son corps vous nargue et vous tremblez. Vous tremblez d'émotion. La beauté fait trembler. Le soutien-gorge c'est mon regard lancé comme un poignard vers le corps de la femme. Elle me le retourne en plein cœur. Délicieuse meurtrière. Le sein bien enveloppé, la bretelle bien tendue, un arc avec une flèche, la flèche c'est son regard, jamais le regard d'une femme ne sera aussi dangereux que lorsqu'elle est en soutien-gorge. Je recommande de ne pas bouger, de lever les mains en l'air, de ne pas chercher à jouer les héros. Je recommande la plus grande prudence. J'autorise la fascination et les sanglots. Je déconseille l'envie d'attaquer qui s'empare de nous tous, les hommes, quand nous sommes agressés. Arracher le soutien-gorge, par exemple, le jeter par la fenêtre. Et après, sombre brute, qu'est-ce que tu feras après? Les plus beaux seins du monde seront toujours plus beaux si tu les laisses dans leur écrin. La nature nous fait chier. Quoi de plus chiant qu'une colline? quoi de plus chiant qu'un désert? C'est la pyramide qui fait le désert. L'homme doit signer le désert. Ce qui nous bouleverse c'est notre grandeur, notre grandeur de nain qui se hisse. Une femme en soutien-gorge elle se hisse vers le ciel. Quand elle enlève son soutien-gorge elle retombe sur le sol comme un oiseau blessé. On peut lui faire n'importe quoi, lui tordre le cou, la faire courir avec la tête dans un sac, la regarder s'emplafonner dans les murs, lui ouvrir grand la fenêtre pour qu'elle saute. N'allez pas croire que je sois un violent. Je suis un homme en prière. Je suis à genoux devant une incrustation de dentelle. Ce que je recherche dans le soutien-gorge c'est la violence qui fera taire la mienne. Qui désarmera mes mains. Qui les transformera en colombes. Jamais je ne ferai de mal à une femme bien prise dans un Elasticross ou un Giverny.

Ma mère était très belle. Claire, lisse, une porcelaine vivante. Toujours parfaitement mise, élégante, bien poudrée. Des jupes, des chemisiers, des cardigans pastel. Elle faisait des bouquets. Elle-même était une fleur, tige fragile, rare pétale, qu'on s'attendait toujours à voir faner. Mais elle ne fanait pas. Le temps glissait sur elle sans faire la moindre ride. Quand je la regardais, je me voyais dans un lac. J'osais pas faire de ricochets. De temps en temps elle avait un frisson. Je lui apportais un châle. Elle en avait une collection. Des mohairs comme des nuages. De temps en temps elle cassait un vase. « Ça fait du bien », elle disait. Puis elle fondait en larmes, restait trois jours au lit, et réapparaissait, toute sa toilette intacte, juste un doigt de mauve en dessous des yeux. Je lui en voulais un peu de m'avoir laissé trois jours en tête à tête avec mon père, c'est-à-dire en tête à tête avec un rocher, et la caractéristique du rocher ce n'est pas le génie de la conversation, mais quand elle nous revenait, si fraîche et si intacte, je courais me jeter dans ses jupes, au risque de la faire tomber et de la briser tout net. Ma mère n'aimait pas beaucoup ces élans de jeune chien. Sans doute aurait-elle préféré avoir une fille, lui enseigner l'art du bouquet, l'art de gâcher sa vie, l'art de ne pas laisser de trace. Ma mère était une femme qui vivait sur la pointe des pieds. Mon père était plutôt du genre tellurique. Je me débrouillais avec tout ça. Tous les experts s'accordent à dire que je suis normal. Alors pourquoi ces crimes ? et surtout ce sang-froid quand je parle de mes crimes ?

Exemple de conversation entre mon père et moi lorsque nous sommes entre hommes. La scène se passe à table. Mathilde vient de servir la blanquette de veau réchauffée d'à midi. La salle à manger est lambrissée de bois sombre. Les murs sont coquille d'œuf. La lumière parcimonieuse. Les rideaux sont fermés pour que l'ennemi ne nous voie pas. Balancier de la pendule. J'ai sept ans.
Moi : Et pourquoi elle en met jamais, maman, des soutiens-gorge ?
Mon père ne répond pas. Il mange. Il n'a même pas levé les yeux vers moi. Rien n'existe quand il mange. Il est tout entier à son action de manger, de bien répartir viande et pomme de terre sur la fourchette, de bien imbiber de sauce, de bien monter l'ensemble vers la bouche, de bien profiter, avec l'œil vide, le cerveau vide, la colère miraculeusement assoupie, de ce moment de bonheur pas trop compliqué, la blanquette, la sauce, la pomme de terre écrasée dans la sauce, et personne qui l'emmerde.
Moi : Dis, papa, pourquoi elle en met jamais, maman, des soutiens-gorge ?

Existe en blanc

Y a des moments où le silence fait plus de bruit que Chostakovitch. Mon père a repoussé sa fourchette. Il me regarde comme si je venais de chier sur la croix de Lorraine. « Je mange, il me dit.
— Mais moi aussi je mange.
— Tu manges pas, tu parles !
— Je fais les deux à la fois.
— Quand je mange, je parle pas. Tout ce que je demande aux autres c'est qu'ils fassent la même chose.
— Oui mais je suis ton fils.
— Raison de plus pour te taire. »
Retour à la blanquette. Mon père est déconcentré. Ça l'énerve de ne pas retrouver ses automatismes. « Ta mère est plate comme une limande ! pourquoi tu veux qu'elle ait des soutiens-gorge ? pour soutenir quoi ?
— Ça soutient pas que les seins un soutien-gorge...
— Qu'est-ce que ça soutient d'autre ?
— Le monde. Le rêve. Le regard. »
Le regard de mon père : il est vide comme un stade de foot quand les supporters sont partis. Et pourtant on y voit briller la haine de l'adversaire. De tous les adversaires. « Je mange, il me dit. J'essaye de manger.
— Et ça t'a pas manqué ?
— Quoi ?
— De pas voir ta femme en soutien-gorge quand elle se déloquait.
— J'ai jamais vu ta mère se déloquer.
— Et ça t'a pas manqué ? »
Avec beaucoup de difficultés, mon père garde son calme. Il se lève. Il emporte son assiette. Son assiette et son verre. « Je vais terminer dans mon bureau. » Je le poursuis en pleurant : « Reste avec moi, papa ! J'ai besoin de te parler ! Je t'aime beaucoup, papa.

Existe en blanc

— Si t'aimes beaucoup ton père, tu le laisses manger tranquille ! C'est ça l'amour ! Quand il y a de la blanquette, on respecte la blanquette ! On ne choisit pas ce moment-là, le moment où l'homme mange, c'est-à-dire le moment où il est le plus vulnérable, pour lui planter un poignard dans le dos ! »

Il disparaît dans son bureau. Je me précipite dans la cuisine. Mathilde fait la vaisselle. « Je vais te baiser ! je lui dis en l'empoignant par les trayons. — Mais tu peux pas baiser ! à sept ans on baise pas ! — Oui ben maintenant j'en ai quatorze ! j'ai grandi soudainement ! — Fais-moi voir ton outil. » Je lui dégaine tout le bazar. Elle me fiche une torgnole : « Espèce de dégoûtant ! Viens un peu par ici ! » Et elle retrousse ses jupes. Je l'enfile par-derrière pour pas voir ses moustaches et ses chicots pourris.

On est bien dans son cul. Faut touiller un petit peu pour enlever les grumeaux, avoir le nez solide, la pauvre dans sa pauvre chambre elle n'a qu'un lavabo, un lavabo dans le placard, d'où la force du fumet, ça pique un peu les yeux mais pour moi c'est la fête, ce qui compte c'est l'accueil, la fente bien écartée et ma bite qui pistonne. Je ne suis pas un milord, juste une graine d'assassin qui marche vers sa potence, c'est le soutif ma potence, n'importe quelle femme qui se balade dans la rue elle a ce qu'il faut sur elle pour assurer ma perte.

Mathilde, retiens-moi ! ne me laisse pas m'embarquer au pays du Lycra et de la maille satinée, j'en reviendrai jamais, ou alors enchaîné, à la une des journaux, arrestation du monstre !

Mathilde, la seule femme que je n'ai jamais eu envie de tuer. Mes mains auraient été trop petites pour encercler son cou. Cela dit elle est morte quand même. D'émotion. De plaisir. Elle est morte en jouissant. Moi je bougeais encore, déjà elle bougeait plus. Sa tête était tombée dans l'évier. Je lui ai giclé dans le cul tout ce que j'avais comme vie mais ça n'a rien changé. Ça s'arrange pas ce genre de choses. Je l'ai appris par la suite. Quand c'est mal barré, c'est mal barré. Parfois c'est mal barré avant même qu'on soit froid. Je connais un mec il était fou, aveugle et en taule. Mais faut pas que j'anticipe. Pour l'instant on est dans la cuisine avec Mathilde et je suis en train de me retirer d'elle. Je m'aperçois qu'elle est morte. Comment je m'en aperçois ? C'est à force de la voir pas bouger. Elle reste le cul en l'air et la tête dans l'évier. Je vais voir sa tête de près. Elle a les yeux qui regardent à l'intérieur du crâne. Qu'est-ce qu'elle peut bien apercevoir ? Je fonce prévenir mon père. Il est dans son bureau. Il a l'air effondré. Il a même pas terminé sa blanquette. « Y a Mathilde qui est morte, je lui dis. – Qu'est-ce que tu veux que ça me foute ? il me répond. – Rien, je lui dis. – Alors pourquoi tu m'en parles ? – De quoi veux-tu qu'on parle ? – Je veux pas parler, je veux écouter. – Écouter quoi ? – Le bruit de mon cœur qui bat pour rien. » Je colle mon oreille contre son cœur. Étrange contact que le torse d'un père. Il pose sa main sur mes cheveux. « J'ai beaucoup joui en t'engendrant, il me dit. – Tu te souviens de la date ? – C'était dans la nuit du 13 mai 1958. Le Général était en train de préparer son paquetage. Moi j'avais pas mal bu, l'ambiance dans les cafés était plutôt épaisse, je rentre d'un pas mal assuré, ta mère dormait, naturellement, d'un sommeil de cristal, sauf que moi j'avais la gaule, je te raconte pas le madrier, y aurait eu un médecin il me faisait une ordonnance. – Une ordonnance

Existe en blanc

de quoi ? – Décongestion urgente ! – Par la pratique sexuelle ? – N'importe quelle pratique. – Laquelle tu as choisie ? – J'ai pensé à ta mère. – Pourquoi pas, en effet... – Je m'introduis dans sa chambre, je me casse la gueule dans le noir... " Qui est là ? elle me crie. – Ton mari, je lui réponds. – Quel motif ? elle me demande. – Motif cul ! je lui réponds. – Cul en berne ! elle me dit. – Y a pas de mal, je lui réponds, on repassera une autre fois. " Et je referme la porte... " Non mais sans blague, je l'entends dire, pour qui il se prend celui-là ? Pour une fois que je faisais pas semblant de dormir... " – Comment t'as fait pour l'entendre, vu que t'avais fermé la porte ? – J'étais resté à l'intérieur ! » On se fend la gueule, mon père et moi. « T'étais en train d'enlever ton froc ? – J'étais en train d'enlever mon froc. – Sans faire le moindre bruit ? – Sans faire le moindre bruit ! Je lui préparais sa grosse surprise ! » On se remarre un bon coup. « C'est comme ça que t'as été conçu, mon salaud ! T'es un enfant du viol ! Je me suis approché d'elle en rampant sur le sol, technique de commando... Tu connais la position favorite de ta mère pour dormir ? » Non, je ne la connaissais pas, j'avais pas cet honneur... « À plat ventre, mon petit gars ! à plat ventre ! Quand je suis tombé sur elle, ça a été terminé, plus question de protester, je l'écrasais de tout mon poids, elle a même pas gueulé, elle m'a juste supplié de mettre un peu de salive pour ne pas la blesser, je lui ai mis de la salive et j'ai été en elle. Profond. Pas de quartier. J'en ai usé et abusé. Comme une bête je l'ai prise. Et je ne l'ai pas lâchée. – Elle gueulait ? – Pas tellement... Remarque, mari et femme, normalement y a pas viol, ou bien alors il faut qu'elles nous expliquent pourquoi elles nous épousent ! – Peut-être pour le pognon. – Je te remercie de me le

Existe en blanc

rappeler. Oui. C'est vrai. J'en avais du pognon. C'était l'époque où j'en avais. Bon, tu venais me voir pour quoi ? – T'annoncer la mort de Mathilde. – Allons nous recueillir. »

On va dans la cuisine. On tombe à genoux devant le cul de Mathilde. On fait notre signe de croix. On se recueille et on prie. On est très pratiquant dans la famille Treuttel, surtout mon paternel qui aime bien les hosties et chanter les cantiques. J'avais tout dans la vie pour être structuré, comment ça se fait que je suis devenu cette machine déréglée, cete métastase du désir, que même mon avocate elle tremble en m'approchant, cette putain d'avocate je suis sûr qu'elle en profite, maintenant que je suis aveugle, pour me montrer son soutif quand elle vient me visiter dans la prison obscure dont je ne connais que les bruits et les frôlements suspects.

Comment le malheur arrive dans une famille ? Par la porte, tout simplement. Vous entendez un coup de sonnette, vous allez voir qui ça peut être, vous vous retrouvez en face d'un mec que vous ne connaissez pas, un mec avec une tête bien sympathique, le genre à se faire offrir un verre, le mec vous dit « j'ai entendu causer que vous auriez des soucis financiers » et aussitôt vous n'avez plus envie de lui offrir un verre, mais alors plus du tout, simplement qu'il se barre et qu'il refoute plus jamais les pieds sur votre perron, qui, à cette époque-là, quand vous aviez encore du soleil, était niché dans la glycine.

Mon père était un con. Je m'explique. Quand on a des problèmes de pognon, y a des moments faut savoir vendre. Le mec s'appelait Masbouth. C'était un type décontracté avec des mocassins. Le genre qui fait du sport. Dans sa voix y avait du soleil. D'ailleurs il était bronzé. Il se présentait à tout hasard pour acheter la baraque. Un milliard il proposait. Un milliard de l'époque. Comment mon père lui a répondu, la décence m'interdit de vous le dire. Le mec est reparti, avec le même sourire et la même décontraction. D'avoir un milliard enfoncé dans le cul ça n'affectait pas du tout sa démarche. C'était un promoteur. C'est une engeance qui est souple du fion. On les encule, on nique leur mère, ils reviennent avec une boîte de chocolats.

Notre maison, à cette époque-là, c'était une belle propriété, avec des arbres, avec des fleurs, des grandes flaques de soleil et des ombres propices, y avait tout ce qu'il fallait pour le bonheur d'un enfant.
Vous allez me dire : j'étais pas né, comment je peux en parler de ce jardin merveilleux où j'ai jamais promené mes bottines ?
J'en parle. C'est mes racines. Quand on est en enfer on pense au paradis. Je vous raconte ce que je voyais sur le visage de ma mère : son chagrin, ses lilas disparus, ses confitures abandonnées. Je vous raconte ses mains qui étaient faites pour disposer des roses sur une table champêtre et qui maintenant se nouaient, deux animaux traqués, au plus profond d'une cave, attendant qu'on coupe tout : l'eau, le gaz, l'oxygène...
Mon père qui coupe du bois : je l'entends, dans ses silences, le bruit de la hache sur le billot...
L'enfant que j'aurais pu être si j'étais né à cette époque-là...

La ville n'était pas loin, on la sentait qui approchait. N'empêche que chez nous c'était toujours la campagne. Et puis Masbouth est revenu, toujours aussi décontracté, avec sa boîte de chocolats : « Je vous achète la maison la moitié de ce que je vous ai proposé l'autre jour. – Et pourquoi la moitié ? – Parce que j'ai acheté tous les terrains autour du vôtre. – Et alors ? – Eh ben alors je vais construire. Tout autour de votre maison. – Vous allez construire quoi ? – Des immeubles. Douze étages. Des grandes barres de béton qui vont très vite se dégrader. Et votre maison, qui était très jolie, vous allez voir que, tout d'un coup, vous allez la trouver beaucoup moins jolie. Votre femme aussi, d'ailleurs. Ça va vous faire le même effet. Si vous voulez j'achète la maison et puis votre femme avec. » Mon père a raccompagné Masbouth jusqu'à la grille du parc, qui à l'époque se trouvait loin, en le tenant par le col de sa chemise Lacoste rose : « Ma femme n'est pas à vendre et ma maison non plus ! Je l'ai héritée de mon père, mon fils en héritera, les fils de mon fils en hériteront, et tant qu'il y aura un Treuttel sur cette terre, cette maison appartiendra à un Treuttel ! – Ça n'est pas un peu belge, ça, Treuttel, comme nom ? – Personne n'est belge dans ma famille. »

Je vous présente toutes mes excuses, à vous qui jamais ne m'avez fait de mal, et surtout à certaines d'entre vous qui peut-être pour me lire font ce qu'elles n'ont jamais fait, avec aucun auteur, pardonnez mon orgueil, mais ce n'est pas de l'orgueil, c'est de l'amour que j'envoie depuis le fond de ma cellule, je rêve de vous, lectrice, je vous rêve dans vos draps, frémissante à l'idée de retrouver mon livre, verrou fermé à double tour, vous êtes célibataire, votre travail vous épuise, à la boîte c'est le bordel, tout le monde est sur les nerfs, même pas envie de dîner, un yaourt et une pomme, c'est à vous que je m'adresse, chère lectrice solitaire, et je vous remercie de ce que vous venez de faire : au lieu de vous blottir dans votre vieux tee-shirt comme vous le faites tous les soirs avant de vous écrouler dans un sommeil sans rêves, ce soir, en l'honneur de mon livre, et peut-être de moi-même, dont vous avez vu la photo dans la presse, vous avez gardé votre soutien-gorge, vous vous êtes couchée en soutien-gorge, et vous me lisez en soutien-gorge, les seins dressés dans leurs bonnets, et vous êtes belle et fière d'être femme, et moi aussi je suis fier de vous, fier et désespéré, jamais je ne pourrai vous rendre visite, on m'a mis au cachot, vous

Existe en blanc

n'entendrez jamais ma canne blanche toquer à votre porte, en attendant je vous prie de bien vouloir accepter mes excuses, il m'arrive, et Dieu sait si ce n'est pas mon genre, de me laisser emporter et de me montrer grossier. Et voyez-vous, un écrivain, lorsqu'il a perdu l'usage de ses yeux, à la limite il peut écrire, je connais mon clavier et mon clavier me connaît, mais il ne peut pas se relire, par conséquent se corriger, les secrétaires, en milieu carcéral, brillant plutôt par leur absence. Aussi cette grossièreté qui malgré moi m'échappe restera-t-elle grossièreté, à jamais imprimée dans la mémoire de mon portable, et moi à jamais honteux, moi qui déteste la grossièreté et en ai tant souffert, moi qui tremblais devant une bretelle aperçue sous un pull dans un métro bondé, qui pouvais suivre la fille jusqu'à sa porte close et rester plusieurs jours à guetter sa sortie avec un bouquet de fleurs chaque matin renouvelé pour simplement lui dire quand enfin elle sortait : « J'ai aperçu votre bretelle, l'autre jour, dans le métro. Acceptez quelques roses. Un hommage anonyme. » Quand je déguerpissais, c'est elle qui me poursuivait : « Mais je ne vous connais pas ! – Pas besoin de se connaître pour avoir du bonheur. C'est comme avec le soleil. Je le connais pas le soleil. Et pourtant il me chauffe. Il éclaire ma vie. – De quelle bretelle me parlez-vous ? – Vous permettez que je vérifie ? » Et d'un doigt délicat j'écarte un peu son pull pour découvrir l'épaule. Musique. Moi quand je vois ce genre de truc, une bretelle satinée tendue sur une épaule, à chaque coup, ça rate pas, la musique m'envahit. Des chœurs. Des voix d'enfants. « C'est un Chantelle ? je lui demande. – Non, c'est un Dim », elle me répond. Et on échange nos téléphones. C'est une pure jeune fille, la poitrine opulente, comme pas mal de jeunes filles par ces temps de pilule. Elle m'appelle un samedi, elle m'invite à passer. « Vous vous souvenez de moi ? » Je m'élance dans la ville. Quand je vais vers le soutif, j'y vais toujours à pied. L'homme doit marcher vers le soutif. Je traverse tout Paris. La musique m'accompagne. Quand elle m'ouvre la porte, je manque me trouver mal. Elle est en jean et en tee-shirt. Avec ses seins en liberté. Elle a des seins superbes. On se croirait à Bahia. Et moi je manque d'oxygène. Je m'assieds sur un pouf. Pas l'ombre d'un soutien-gorge. Grossièreté de cette fille avec ses seins sublimes. Qu'est-ce que vous auriez fait à ma place ?... Y a des moments je me demande si ce n'est pas l'idée même de la grossièreté, la détestation absolue de cette grossièreté, cette grossièreté que je conchie – je parle, tout le monde m'aura compris, de la grossièreté féminine – qui m'a amené à tuer, à supprimer des vies que j'étais prêt à vénérer, des femmes devant lesquelles je me serais prosterné jusqu'à ce que la mort me pousse dans le dos et que mon crâne heurte le sol. Là elles auraient pu enlever leurs soutifs et enfin respirer.

Je n'écris ni pour mon plaisir ni pour tirer profit. Je suis riche. Je suis célèbre. Je suis à quarante ans à l'automne de ma vie. On peut même dire hiver. Un long hiver incompressible sans soleil qui se lève ni soleil qui se couche. Leur extinction des feux je ne suis pas concerné. J'ai les rétines brûlées. J'ai regardé trop fort des soleils de satin. Un soutien-gorge bien ajusté, ça ne vous rate pas son homme, c'est une grenade qui vous pète à la gueule, dans une piaule c'est fatal, impossible de reculer, l'effet de souffle est total, la seule chose qu'on puisse faire c'est se jeter à plat ventre, mais moi je restais debout, je regardais de tous mes

Existe en blanc

yeux, je laissais les images se planter dans mes rétines, la beauté ça canarde, nous on est désarmés, c'est une guerre perdue d'avance, quand les soutifs ont débarqué j'ai été submergé, ils arrivaient par vagues, et plus j'en supprimais plus d'autres arrivaient, des noirs, des blancs, des lavande, des ivoire, et moi dans la mitraille courant dans tous les sens, et ma vie bousillée, tous mes rêves piétinés, jusqu'au jour où pitié, pitié pour le maniaque, je vois que je ne vois plus, on me prend, on m'entraîne, on m'emmène chez les flics, on leur dit : « Le voilà. C'est lui. Il ne fera plus jamais de mal. »

Comment une belle histoire d'amour est-elle devenue une guerre ? comment ? C'est pour ça que j'écris. Je ne veux pas que ça recommence. Plus jamais. Trop de souffrances. Trop de victimes innocentes. C'est aux femmes que je m'adresse. C'est vous qui manipulez l'horlogerie de la bombe. Nous, nous avons nos mains et nos mains sont fébriles. Prenez garde à la violence des images que vous nous décochez, parfois nous ne sommes pas de taille à supporter l'attaque, nous paniquons, nous sommes pris de tremblements, et pour cesser de trembler il n'y a qu'une solution : poser les mains sur vous et vous serrer très fort. Je vous parle de l'amoureux, du croyant, du fervent. Sachez le détecter dans la foule masculine. Si vous le suivez jusque chez lui ou l'entraînez jusque chez vous dans l'intention de vous offrir – la femme étant comme il se doit un cadeau éternel – prenez garde au rituel, car justement ce que l'homme attend, du fond de sa prière, c'est un morceau d'éternité.

Je déconseille le déshabillage à vue. C'est un métier qui porte un nom, on appelle ça strip-tease, ça donne envie de pleurer, moi je m'enfuis en courant.

Existe en blanc

La fille qui se laisse déshabiller, je ne suis pas fou non plus. On épluche pas une femme. Sans parler que vous qui réclamez depuis tellement longtemps égalité et liberté, vous voilà toute soumise, forcément un peu bête, aux mains d'un maladroit encore plus bête que vous, c'est humiliant pour les deux parties. Nous ne sommes pas là pour jouer à la poupée. L'amour c'est quelque chose de grave. C'est une messe. Une messe dite par une femme. Moi quand je suis à la messe, je n'aime pas être offensé. Je veux qu'on respecte ma foi.

Mais alors comment faire ? Je vous sens désorientées... Je vais vous expliquer.

Vous demandez la salle de bains. Je dis la salle de bains, ça pourrait être la chambre, peu importe la pièce, vous demandez un lieu pour être un peu tranquille, et vous fermez la porte. Une femme a droit à ses secrets avant d'entrer en scène et d'éblouir le monde.

Une fois sûre d'être seule, vous vous déshabillez. Vous ôtez vos vêtements. Tous vos vêtements sauf un, c'est là où j'interviens, et de façon formelle : vous gardez le soutien-gorge ! toujours garder le soutien-gorge !

Vous l'ajustez et vous sortez. L'homme vacille quelque peu. Vous êtes plus nue que nue. Vous êtes d'une impudeur qui n'a d'égale que votre pudeur. Vos seins masqués, on ne voit qu'eux. Ils règnent sur le monde. Votre sexe nu et sa touffe en bataille – que vous aurez pris soin d'ébouriffer avant de vous présenter – c'est de la violence à l'état pur. Vous êtes la provocation absolue. Vous êtes l'urgence et la folie. Vous allumez une cigarette. Vous demandez un verre. Vous restez loin de l'homme, qu'il ait une vue d'ensemble, qu'il soit bien déstabilisé. Certaines femmes de génie, des virtuoses du soutif, se présenteront de dos. Elles regarderont les livres dans la bibliothèque.

Existe en blanc

Foudroyance du dos. Le dos d'une femme en soutien-gorge, les mots me manquent pour en parler. Je ne suis qu'émotion. Admirable structure, deux verticales, une horizontale, douce tension de l'ensemble, ça respire calmement, ça épouse étroitement, ça soutient, ça protège, qu'elle ne bouge surtout pas, ne se retourne pas, ses seins je ne les vois pas mais je ne pense qu'à eux, ils me narguent de dos, ils s'amusent de ma panique, ils rient dans leurs bonnets. Moi je m'approche doucement car comment ne pas s'approcher d'une femme ? Nous savons tous que ce n'est pas raisonnable et tous nous le faisons, et tous nous sommes marron, au lieu de rester tranquilles et simplement regarder.

Le problème, avec les femmes, c'est qu'elles sont vivantes, elles bougent, elles se dandinent, elles tournicotent, alors nous on a envie de les attraper. Et quand on les attrape, alors là attention, en général le sexe s'en mêle, et quand le sexe s'en mêle, alors là attention, une femme perd vite tous ses contrôles, elle se laisse emporter par la déferlante du plaisir, par les rafales d'orgasmes, son soutien-gorge explose, ou alors elle l'arrache, elle le jette loin du lit, elle veut absolument vous offrir sa poitrine comme on offre sa vie, et vous, tout dépité, vous regardez le soutif, là-bas, sur la moquette, le pauvre soutif abandonné qui ne ressemble plus à rien, qu'est-ce que c'est qu'un soutif que plus rien ne remplit, qu'est-ce que c'est que cette poitrine qu'on me porte à la bouche, tout ça n'a aucun sens, toutes mes structures s'effondrent, je ramasse le soutif et je l'étrangle avec ! Jamais enlever le soutif ! grave erreur !

Existe en blanc

Est-ce que ça vous est déjà arrivé de tomber amoureux du fin galon élastique qui borde le bonnet d'un Warner couleur poudre ? Moi oui. Et du petit anneau qui attache la bretelle au sommet du bonnet ? Aussi. Et la maille tendue par les seins comprimés dont vous caressez lentement les extrémités durcies en même temps que vous la caressez elle, la maille, la soyeuse, la mi-opaque, la mi-transparente, plus douce que le sein lui-même...

Oui, je suis un maniaque, vous l'avez deviné. Ce que je demande à une femme c'est de dilater le temps, de retarder, de retarder, d'arriver à ce moment d'immobilité parfaite du désir que j'ai d'elle, ce désir qu'elle m'autorise à avoir et dont je la remercie sans toutefois oublier l'insolence avec laquelle elle m'a provoqué car aujourd'hui elles sont capables de tout, elles s'invitent, elles s'allongent, y en a qui ont des jarretelles... Soit. Moi je veux bien qu'on me provoque – quoique parfois on aimerait avoir une soirée à soi – mais je demande une chose : que la provocation, une fois arrivée à son paroxysme, s'immobilise et tienne, comme une note infinie, comme un sort qui me serait jeté, et que plus rien ne bouge, ou alors très lentement, tellement lentement qu'on y serait encore demain, après-demain, l'année prochaine, un long orgasme suspendu jusqu'à l'évanouissement... J'aurais tellement aimé que mon cœur lâche avant le leur...

Il y a deux types d'orgasme : le mental et le physique, le premier provoquant malheureusement l'arrivée assez rapide du second. J'ai couru toute ma vie après le premier. J'ai assez peu éjaculé. Je me suis énormément retenu pour leur donner un peu de plaisir avant de les éteindre comme des bougies. Une femme

Existe en blanc

qui jouit c'est pas très différent d'une femme qui meurt. Tout dépend de l'oreiller comment il est placé. Sous la tête ou sur la tête. Quand il est sur la tête, la femme mord l'oreiller, elle se dit c'est à cause des voisins, pour étouffer mes cris. Elle a ses secousses comme d'habitude. Tout son corps qui se détend. Ça se débat un petit peu puis après ça bouge plus. C'est rassasié de la vie.

Y en a ça m'est arrivé de leur remettre leur soutien-gorge tellement il était beau. Un Chantelle. Un Aubade. Encore que c'est pas toujours facile de remettre la main dessus dans le bordel de la piaule. Parfois l'était sous le lit. Je lui remettais gentiment. L'était devenue docile la dame. Très chaste. Plus du tout animale. Beaucoup plus mon genre que tout à l'heure. Pour un peu je sentais revenir le béguin. Mais baiser une femme morte, même si elle est encore tiède, c'est quand même pas pareil, la vie est compliquée. Je leur ai demandé, par exemple, de me mettre dans une prison de femmes, bon ils ont pas voulu. Un aveugle ! Quel mal voulez-vous qu'un pauvre aveugle aille faire à des taulardes, des dures de dures, des qui peuvent tuer, avec des soutifs tellement énormes qu'on peut s'asseoir dessus, et quand on s'assied dessus elles s'en rendent même pas compte, elles poursuivent leur poker infernal, les perdantes doivent brouter les gagnantes, moi je ramasse les Tampax usagés, c'est la vengeance de Dieu, tu finiras dans le sang de tes victimes.

Faudrait arrêter de me brancher sur le thème du soutif, je suis intarissable, c'est comme un peintre si vous lui parlez peinture, nous autres, les artistes, on est des obsédés. Les femmes aussi sont obsédées. Se donner pour la vie, c'est ça leur obsession. Moi je leur abrège la vie. Exigence de l'artiste. Je déchire mes brouillons. Un jour j'ai enculé une mercière. Perfection du tableau. Une rue, j'arrive, petite rue, petite ville, j'étais de bonne humeur et le printemps aussi, tout d'un coup qu'est-ce que je vois : un bijou de mercerie, la vieille boutique de rêve, tapie dans son renfoncement, avec l'enseigne bien astiquée, la devanture en bois, les rideaux de dentelle, les lettres en or sur les vitres, et dans la mercerie, nonchalamment accoudée à son comptoir, alanguie avec grâce dans la plénitude de sa soixantaine, la mercière, attendant d'être prise. J'ai fait tinter le grelot et je l'ai enculée. Qu'est-ce que vous en pensez ?

Aucune réponse de mes experts. Je les entends qui gribouillent sur leurs vieux blocs sténo.

– Vous trouvez ça normal d'enculer une mercière ?

Premier expert : Tout à fait normal.

Existe en blanc

Deuxième expert : Moi j'en encule régulièrement, des mercières.

Troisième expert : Personnellement je préfère la pharmacienne.

Premier expert : On va pas chipoter sur le champ d'activités ! C'est le vieux fantasme de la femme qui tient commerce ! Quel homme n'a pas rêvé de traînasser au premier étage, dans le grand lit bateau en désordre, pendant que la dame, au rez-de-chaussée, exerce son négoce, passementerie ou potions ?

Deuxième expert : Et sur les couilles de midi, une fois baissé le rideau de fer, de l'entendre lentement monter son escalier, tout en sachant pertinemment qu'en même temps qu'elle le monte elle se débarrasse du superflu, de la blouse, de la jupe, du corsage, et que quand elle entrera dans la chambre elle n'aura plus que sa gaine, disons plutôt sa gaine-culotte, agrafage entrejambe, qu'elle aura pris soin de dégrafer pour vite recueillir son dû, l'érection de l'amant qui attendait là-haut depuis neuf heures ce matin, c'est vous dire l'état de sa raideur...

– Comment vous le savez qu'elle avait une gaine ? je leur demande.

– Qui ça ?

– Ma mercière.

Premier expert : Toutes les mercières ont une gaine.

Troisième expert : Les pharmaciennes aussi.

Deuxième expert : Un combiné Doreen ou bien une 18 Heures.

Premier expert : Personnellement, je préfère Doreen, à cause de la semi-transparence des bonnets.

Troisième expert : Oui mais, en fin de journée, 18 Heures est plus fraîche. Elle fait pas accordéon dans le creux des reins.

Existe en blanc

Deuxième expert : Tout dépend du climat.
Troisième expert : La canicule n'est pas l'amie de la gaine, ça c'est sûr.
Premier expert : Ni la canicule, ni le train.
Deuxième expert : Le véritable ami de la gaine, c'est le mariage.
Troisième expert : Pourquoi?
Deuxième expert : À cause de la valse.

Plus mes experts me trouvent normal, plus je vois s'éloigner les feux arrière de mes circonstances atténuantes.

– Vous pourriez pas me trouver un grain?

Expert : Nous cherchons, nous cherchons, mais toutes vos réactions, et particulièrement dans les situations difficiles, nous paraissent exemplaires.

– Exemplaires de quoi?

Expert : De votre sang-froid.

Je suis perdu. Toute ma vie j'ai été perdu mais aujourd'hui je bats des records de perdition. C'est minimum la perpétuité et peut-être même davantage. L'idée de rétablir la peine de mort à mon seul usage serait évoquée à l'heure qu'il est. À la radio ils parlent de foules, de milliers de gens qui veulent ma peau, d'ailleurs ils parlent que de moi à la radio, y a sans arrêt des spécialistes qui se penchent, et débat sur débat, le téléphone qui fume, les standards qui menacent de sauter, un mec de Brest qui lance l'anathème, la police obligée de se défendre de pas avoir fait son boulot, plus une femme qui ose acheter un soutien-gorge, la bonneterie est en chute libre, on débraye à Cambrai, quand je pense à toutes ces filles qui se retrouvent au chômage, mes merveilleuses petites penchées sur leurs machines dans leur blouse de Nylon, et

Existe en blanc

à travers la blouse de Nylon devinez ce que j'aperçois – j'ai fait monter le chauffage dans tous les ateliers pour qu'elles étouffent un peu –, elles ont juste leur soutif, leur soutif bon marché, le plus beau des soutifs. C'est le soutif de Prisu, celui qu'on achète par lots et qui fait pas de manière, qui se contente d'être sublime. Et moi je passais derrière, dans le dos de chacune d'elles, toujours tiré à quatre épingles avec mes nœuds papillons et mes boutons de manchette, aimé et respecté, sévère mais équitable, jamais je ne les touchais, jamais pendant le travail, tout juste je me penchais et m'assurais que leurs seins, que j'apercevais dans l'échancrure de la blouse, étaient correctement soutenus, fallait-il que je les aime... Dans une usine de soutiens-gorge toutes les filles sont soutenues, elles ont la taille exacte, la bretelle n'est jamais trop tendue, un jour ou l'autre chacune d'entre elles passera dans mon bureau et repartira grisée, dans l'industrie du soutien-gorge aucune femme n'enlève son soutien-gorge, sinon pourquoi en fabriquer ?

Jamais je n'ai tué une de mes ouvrières. J'étais leur parrain, je connaissais leurs secrets, elles me contaient leurs petites misères, les déceptions avec le jules, l'enfant toujours malade, la vieille mère grabataire qu'on peut même pas mettre en maison, d'ailleurs qui en voudrait, alors quoi c'est l'hospice ?... Jamais aucune d'entre elles ne m'a demandé une augmentation. Elles auraient pu en profiter, j'étais à genoux devant elles. Surtout la déléguée syndicale, avec ses bonnets C. Ginette, elle s'appelait. J'adorais son strabisme. Quand elle jouissait elle fondait en larmes. Je la consolais au chocolat. Elle aimait bien le Côte d'Or. Moi j'aimais bien la rhabiller. Lui reboutonner sa blouse. Lui essuyer soigneusement l'entrejambe avec des Kleenex. Il faut beaucoup de Kleenex quand on est directeur des relations humaines. Monsieur Baudouin, elles m'appelaient. Parfois je leur planquais leur culotte. Fallait voir la panique au moment de repartir. « Merde, je trouve plus ma culotte ! » Et elles cherchaient partout, sous le bureau, dans les tiroirs... « Dépêche-toi, je leur disais, faut reprendre le boulot, c'est pas le tout de s'amuser. – Monsieur Baudouin, elles me disaient, vous êtes dégoûtant ! » Et elles partaient la tête haute, dans un dernier sourire complice, heureuses d'être tremblantes et que la vie ça soit aussi ça : se rendre à la convocation d'un homme qui ne désire qu'une chose : que les femmes aient de l'humour.

C'étaient des filles qui avaient une classe folle. Elles faisaient tourner le monde. Elles enchantaient ma vie. Parfois, à l'heure de la sortie, je prenais ma moto et me glissais dans le peloton. Je me retrouvais à la tête d'un essaim de mobylettes et on faisait des courses qui dégénéraient en virées dans les villages environnants. Je débarquais avec cinquante filles dans les bistrots paisibles où, blottis près du poêle, quatre vieux tapaient leur belote en sirotant des chopes de brune. On enlevait les doudounes, on mettait de la musique, on commandait à boire, le patron paniquait, les filles poussaient les tables et se mettaient à danser, moi je tapais dans les mains, les joueurs de cartes arrêtaient de jouer et ouvraient grand leurs yeux, ils en perdaient leurs pipes, je leur présentais les soutiens-gorge, je leur disais : « Ça, tu vois, c'est un Scandale. Bonnets moulés, petit croquet. Ça c'est Valisère. Ça c'est un Huit moulé ! On fait beaucoup de moulés en ce moment. » Et les vieux opinaient : « C'est joli », ils disaient. Ils

Existe en blanc

avaient l'air content. Tout le monde était content. Tout le monde oubliait ses soucis et ses malédictions. C'est peut-être la seule époque heureuse de mon existence. L'époque où je travaillais en usine.

    Malheureusement deux cent vingt femmes on en a vite fait le tour, d'autant qu'aucune n'était à moi, toutes elles avaient leur vie, la crèche, les devoirs, le repas du soir à faire, sans parler du mari au chômage dont il fallait remonter le moral avec une nuisette fraîche comme au premier jour, même pas le temps de regarder les variétés à la télévision. Alors le soir venu, de retour à l'hôtel, où la patronne, Mme Rougerie, sanglée dans son Aprila de Lejaby qu'elle avait choisi en 95 B alors qu'elle aurait mieux fait de le prendre en 90 C, surtout sous un pull angora fraise écrasée, me saluait d'un grand « bonsoir, monsieur Treuttel » suivi d'un « il était temps que nous ayons une belle journée » ou d'un « décidément cette neige ça commence à bien faire », selon la saison, je montais dans ma chambre, la plus belle de l'hôtel, ce qui là, en l'occurrence, ne voulait pas dire grand-chose, et je prenais un bain, le bain du mec qui va sortir, sortir pour aller où, je ne le savais jamais, mais à chaque fois je m'y retrouvais et c'était bien là que j'allais. En enfer.
    Je sortais la Mercedes, voiture de nuit par excellence, je mettais un compact dans la platine laser, quelque chose d'imparable, *Besame mucho*, par exemple, dans la version Petrucciani, et je m'élançais vers ce rendez-vous dont je ne connaissais ni le lieu ni l'heure, mais où j'étais toujours ponctuel.
    Rendez-vous avec un soutif. Ce soir j'ai envie d'un Gossard. Un G7 de Gossard, le soutien-gorge le plus

dangereux du monde. Pourquoi est-il dangereux ? Vous verrez tout à l'heure, quand vous l'aurez sous le nez. Pour l'instant il faut le trouver. Je roule vers la Belgique. Je survole Valenciennes, je me dirige vers Mons, brouillard, camions, je passe devant la douane française, je m'arrête à la belge. Les douaniers me saluent : « Alors monsieur Treuttel, on fait sa petite virée ? » Je leur offre un coup de genièvre. J'en ai toujours sur moi dans une flasque en argent. Parfois ça remet les yeux en face des trous. Ça dégivre le pare-brise. « Rien de spécial à signaler ? je demande aux douaniers. – Non. Rien de spécial. On est en train de fouiller une femme mais elle n'a rien sur elle. – Alors pourquoi vous la fouillez ? – On avait une info. – Je peux jeter un coup d'œil ? – Vous allez être déçu. » Ils m'emmènent dans une pièce qui sent le tabac et puis la bière. La salle de fouille se trouve juste de l'autre côté de la glace sans tain. Une femme en slip et soutien-gorge est en train de poireauter pendant que deux matrones lui décousent les doublures. Elle n'a pas l'air contente. Elle tire nerveusement sur un fume-cigarette. C'est le genre beauté classée, monument historique, sauf qu'on peut pas déduire les frais de ravalement de sa feuille d'impôts. Elle porte du La Perla, vous l'avez deviné, alors que dans une gaine on se rendrait compte de rien. Faut dire que les néons comme lumière de boudoir, c'est pas très commercial. Je remercie les douaniers et je reprends la route. M'en vais aller voir du côté de cette grande aire de stationnement, là-bas, y a plein de camions qui somnolent, qui dit camion dit auto-stoppeuse. Je me faufile sur le parking et me mets en apnée, tous feux éteints, entre deux frigorifiques. On dirait que ça roupille. Faut que je voie ça de plus près. Je descends dans le

Existe en blanc

brouillard. Je tends l'oreille vers les cabines. Parfois ça grince et ça se débat. Je me souviens d'une nuit où, sur un autre parking, j'avais récupéré une fille à la limite du viol. Elle avait giclé d'une cabine avec son balluchon et ses vêtements qui volaient autour d'elle, balancés par le type furieux, et j'avais eu le temps d'apercevoir un très joli Triumph, l'Amourette 170, qui justifiait totalement la colère du mec. Porter ça pour faire du stop c'était vraiment provoquer le travailleur.

La fille était très jeune. Elle pleurait toutes ses larmes. Son soutif elle avait dû le piquer parce que tout le reste était crado, guenilles et compagnie. Elle est venue se mettre au chaud dans la Mercedes sans même se poser la question de savoir si j'étais vraiment le sauveur qu'elle attendait. On a démarré. « Où tu vas ? je lui ai demandé. – Amsterdam », elle m'a répondu. Je l'ai conduite à Amsterdam. Je l'ai déposée dans la banlieue devant une péniche pleine de guitares et de mecs qui chantaient. Je ne l'avais pas touchée. Elle m'a remercié avec chaleur. Je lui ai laissé ma carte. Je l'ai tuée trois mois plus tard. Elle m'avait appelé à l'usine, elle était à Arras, elle avait besoin de pognon. Je l'ai retrouvée à l'hôtel de la Gare. L'imbécile, elle avait oublié son soutif. Elle croyait que ses seins nus ça lui suffirait comme passeport. Elle est morte pendant le passage d'un rapide.

Évidemment que j'ai des complices. J'ai des complices partout. J'ai tous mes détaillants, que je connais intimement, surtout les détaillantes, des liens tissés avec ma queue, du temps où j'étais représentant, j'ai commencé au bas de l'échelle, maintenant je dirige la boîte, mes seuls patrons sont les actionnaires, mais

Existe en blanc

j'ai gardé mes détaillants, je leur demande un service ils peuvent pas me refuser, je leur ai fait de telles ristournes, surtout aux petits, que j'aide à lutter contre les gros, les magasins de quartier je leur sors la tête de l'eau, je leur fais des factures à six mois. En échange, à chaque soutif vendu, ils notent le nom de la fille : « Donnez-nous votre adresse, mademoiselle, on vous enverra une invitation pour les soldes... » Et des soirs comme ce soir, où y a pas grand-chose à se mettre sous la dent et où l'envie est impérieuse, je leur téléphone et je leur passe ma commande : « Un Gossard ! un G7 ! pas un 680 opaque ! La couleur ? Sahara ! » Quelques minutes plus tard je fonce vers une adresse, c'est une fille à Namur, le détaillant ne sait rien sur elle sauf qu'elle a des obus et qu'elle est très sexy, d'ailleurs les filles qui achètent du Gossard en général elles sont gaulées et elles aiment le danger. Surtout avec le G7. Plus transparent y a pas. C'est la vraie seconde peau. Invisible sous le pull, la sensation d'être nue, mais quand vous enlevez le pull, terriblement visible, l'impudeur maximum, un soutien-gorge de fait divers.

J'arrive devant une vieille baraque en briques comme y en a tant dans le plat pays. Toutes les fenêtres sont éteintes sauf au premier étage. C'est elle. Y a de la musique. Je la vois qui passe et qui repasse. Ça sent la fille qui attend son mec. Moi aussi je vais attendre. Je m'installe en planque dans un coin sombre. Il est dix heures du soir. J'ai toute la nuit devant moi. Le Gossard ça se mérite, ça pousse pas sur les arbres, il suffit pas d'avoir une gaule. J'ai de la patience à revendre. Souffrir pour un Gossard, quelle jolie pénitence.

Je me souviens, mes débuts, quand j'étais VRP, quelle époque merveilleuse, comme elles étaient

Existe en blanc

légères mes valises de soutifs, elles me tiraient vers le ciel... À la question « Quel secteur désires-tu ? » j'avais dit : « La Belgique. – La Belgique n'est pas libre, on a quelqu'un de très bien. – Moi je serai mieux que lui. Y a qu'à le muter dans le Sud... » C'était la mère Libourne, directrice de l'époque, qu'on a retrouvée morte et dont j'ai pris la place. Elle était sur ma bite et je lui faisais faire toupie. « La Belgique ! je lui ai dit. La Belgique ou je débande ! » Elle se croyait très forte, ça la faisait rigoler : « C'est moi qui te fais bander, espèce de grand dadais ! Les femmes qui ont le pouvoir, c'est les plus excitantes ! Je parie que tu me trouves sublime ! »

Elle se mettait le doigt dans l'œil, la petite chérie, avec son body-string de chez Crazy. Je faisais mon trou avec le sien, point final. J'ai mis ma menace de flanelle à exécution. Surprise de la petite dame. Sensation d'abandon. Où qu'il est le madrier ? Elle le cherchait partout ! dans ma braguette ! entre ses cuisses ! Il avait disparu ! Elle m'a donné deux gifles : « Aucun placier ne m'a jamais fait ça ! – Je commence quand la Belgique ? – Demain ! » Immédiatement j'ai retriqué. Elle est remontée à cheval pour un galop sauvage. Elle poussait des cris de guerre. En même temps elle décrochait son téléphone : « Convoquez-moi Hirson ! » Hirson est arrivé : « Madame m'a fait demander ? – Vous partez ce soir pour Montauban ! Prévenez Rotten qu'il est viré ! Qu'on lui prépare son solde ! »

Un grand orgasme de type centrale électrique qui saute, c'est vous dire les courts-jus, d'ailleurs ça commençait à sentir le cramé, a mis fin à la scène et le lendemain j'attaquais la Belgique. Bruxelles, Liège, Charleroi. « Bonjour ! Maison Bel Canto ! Le corps de la femme est une musique ! » J'entrais chez le détaillant. Ou chez la détaillante. Je me démerdais toujours pour arriver un quart d'heure avant la fermeture. On me recevait avec égards. Grosse maison, Bel Canto. Je présentais mes articles : Cavatine ! Passacaille ! Sarabande ! du nouveau ! du nouveau ! et puis les grands classiques : le bustier Da Capo, remis au goût du jour, la gaine-culotte Chaconne, qui fait baisser les yeux, le body Mélomane, qui donne envie de faire des arpèges... Il était vite sept heures. La détaillante, quand c'était une détaillante, mais ce sont souvent des détaillantes, car, entre nous, choisir un soutien-gorge, comparer des bonnets, voir si un sein est bien pris, c'est tout de même plus facile entre personnes du même sexe, la détaillante, donc, femme habituée à voir de la chair, fermait son rideau de fer et ouvrait son carnet de commandes. C'est à ce moment-là que je lui posais la question : « Et vous, chère madame Van den Pont, que portez-vous comme soutien-gorge ?... »

Elle est un peu gênée : « Ben c'est-à-dire que... j'essaye une fois toutes les marques... – Non, mais là, en ce moment, en même temps que je vous parle, que portez-vous comme soutien-gorge ? – Un Rosy Fleurs à Corps... – Vous pouvez me le montrer ? – Pourquoi je vous le montrerais ? – Il ne vous va pas bien, j'aimerais savoir pourquoi. – Comment ça il me va pas bien ? » Elle relève son cardigan et se regarde dans la glace : « Il ne me va pas si mal ! » Je m'approche d'elle par-derrière : « C'est un 95 C ? – Oui... je crois... – Il vous faut le bonnet D, que votre sein s'épanouisse... Là vous le comprimez en croyant pigeonner, résultat vous le gommez et il perd tout impact... Tenez : essayez ça, c'est un modèle pour vous, c'est le nouveau Vibrato, un hymne à la maturité de la femme... » Elle enlève

Existe en blanc

son soutif : « Oh, mon Dieu, qu'est-ce que je fais ?
— Vos seins sont magnifiques !... » Je lui enfile Vibrato, je lui attache dans le dos, je lui installe les bonnets, je mets en place tout le bazar : « Eh ben voilà, vous êtes superbe, votre poitrine respire, regardez ça comme elle respire, comme elle répond à la caresse, on dirait une jeune fille, vibrato, vibrato... Vous êtes libre à dîner ? Vous êtes libre à aimer ? Est-ce qu'on a le droit de vous désirer ? » La femme est bouleversée... « Mon mari vient de mourir... — Raison de plus, raison de plus, il faut chasser le chagrin... »

Jamais je n'ai tué une détaillante. Ces femmes-là ont compris quelque chose. Elles ont chopé le regard de l'homme. Leurs officines sont mystérieuses et pleines de secrets diaboliques. La femme s'y sent chez elle, l'homme y entre en tremblant. Monde d'une violence inouïe. Il m'est arrivé de fondre en larmes à l'idée que je ne serai jamais une femme. Elle est là l'envie de tuer. Dans l'impossibilité de partager ce bonheur extraordinaire : être une femme, avoir des seins qu'il faut soutenir, entrer dans ce magasin pour acheter un soutien-gorge, se retrouver en petite tenue aux mains d'une dame experte, la détaillante, qui propose tel modèle, un délicieux modèle, bonnet capitonné, regardez cette merveille, on va resserrer un petit peu les bretelles, la main de la détaillante se promène sur votre peau, vous regardez cette main, la main de la détaillante, qui vous fait frissonner, combien de femmes, vous vous dites, cette main a-t-elle touchées avec ses taches de son et ses longs doigts bagués, comme elle doit en savoir long cette main sur le métier d'être femme, d'être femme jusqu'à l'extrémité des seins, vous adorez cette main, la main de la détaillante,

Existe en blanc

vous voulez que cette main non seulement vous habille mais aussi vous dénude, vous fouille, vous amène à crier... Comment apprécier la main de la détaillante quand on n'est pas une femme, quand par exemple on est un homme ?... La main de la détaillante bien sûr je l'ai sur ma bite, je ne dis pas que c'est mauvais, puis tout à l'heure ce sera sa bouche, la détaillante est bonne suceuse, surtout en Belgique... Mais enfin, merde ! c'est rugueux comme rapport ! Une femme qui vend de la dentelle toute la journée on a envie de lui mettre autre chose dans la bouche !
PREMIER EXPERT : Êtes-vous homosexuel, monsieur Treuttel ?
— Il y a quelque chose de terriblement féminin en moi qui hurle son désespoir d'être déguisé en homme.
DEUXIÈME EXPERT : Vous auriez aimé être une femme ?
— Évidemment.
TROISIÈME EXPERT : Pour vous donner aux hommes ?
— Me parlez pas de cauchemar.
PREMIER EXPERT : Expliquez-vous, monsieur Treuttel. Nous avons du mal à vous cerner.
— Lesbienne, j'aurais voulu être ! me noyer complètement dans la féminité ! vivre avec une amie ! lui piquer ses soutifs !
DEUXIÈME EXPERT : Des soutifs de quelle marque ?
— Des Gossard ! des G7 en maille fine, brillante, translucide et nacrée !... Un jour j'ai fait une planque, je suis resté deux heures dans la banlieue de Namur à me geler le cul dans ma bagnole, tout ça pour apercevoir une fille qui était censée porter un Gossard sous son cache-cœur en laine d'agneau !

Existe en blanc

Retour à Namur. Voilà son mec qui arrive. Un jeune con genre beau gosse avec une GTI. D'ailleurs il klaxonne. Y a la sono qui cogne. La fille arrive presque en courant. Démarrage en trombe. Je les suis. Ça valait le coup d'attendre, la fille est bouleversante. Elle a la beauté de ces filles ordinaires chez qui, quand elles sourient, ça illumine la rue. Une petite gueule à faire des dégâts. Elle porte une jupe trapèze et un cache-cœur à côtes noué par-devant avec un lien, dans lequel, le temps de sa course, j'ai vu danser ses seins. Est-ce qu'elle porte le Gossard, c'est impossible de dire. C'est ça qui est terrible avec le Gossard, il est conçu pour qu'on se pose la question.

Je les suis jusqu'à Bruxelles. Vont dans une boîte de jeunes. Disent bonjour à tout le monde. La fille s'appelle Sandrine, le mec s'appelle Thibaut. Je me trouve un scotch au bar. Je regarde la fille danser. À mon avis, elle a le Gossard. Dans toute la boîte on ne voit que ses seins. Ça devrait être interdit d'avoir des seins pareils. Ou alors c'est le Gossard qui devrait être interdit.

J'ai connu un détaillant, ça faisait huit ans qu'il n'avait pas vendu un soutien-gorge. Il avait une tellement sale gueule qu'aucune femme n'osait entrer dans son magasin. « La maison Bel Canto va vous donner un coup de main », je lui ai dit, et je lui ai envoyé quelques troublantes clientes, des démonstratrices de chez nous, qui se pavanaient en Milordine ou en Gavotte juste derrière la vitrine, se servant de la rue comme miroir, d'où assez vite un attroupement, d'abord les mômes, évidemment, puis les mères talochant les mômes, puis les mecs menaçant d'appeler la police, et moi sortant pour les insulter, leur dire que leur police

Existe en blanc

elle ferait mieux de s'occuper d'arrêter les assassins et eux de baiser leurs femmes, que s'ils les baisaient mieux y aurait moins de trucidées, et puis à ce moment-là y a une femme qui est entrée et elle a dit : « Je voudrais le même string que mademoiselle », et on a tous éclaté de rire, tous sauf elle, qui riait pas du tout : « Est-ce que je pourrais une fois savoir pourquoi vous rigolez ? » elle a demandé... Y a eu comme un silence. On osait pas lui dire. C'était une forte femme mais c'était pas ça le pire. Le pire c'était sa tête... « Pourquoi vous ne riez plus ? elle a demandé. On dirait que vous avez peur de quelque chose... C'est ma tête qui vous fait peur ? Vous pensez que c'est pas une tête à éveiller le désir ? Attendez voir, que je vous montre un truc... » La voilà qui se déloque. Hop elle arrache sa robe. Soudain elle m'apparaît. Je comprends ma douleur. Elle portait un soutif grand maintien fait pour les grandes tempêtes, un modèle inconnu de moi, d'une violence assourdissante, et j'ai réalisé que tant que cette femme serait vivante, je serais son esclave. D'ailleurs elle s'approchait de moi : « N'importe quel porteur de couilles, elle m'a dit en me pointant ses bonnets sur le cœur, je lui fais demander pardon. – Je demande pardon d'avance, je lui ai dit. – Je t'attends à vingt heures quinze. Tiens, voilà mon adresse. (Elle me tendait sa carte.) Prépare tes larmes et ta prostate. »

À vingt heures quinze j'étais chez elle. C'est son mari qui m'a ouvert, un vieux monsieur très fatigué, déjà en robe de chambre : « Quel âge vous me donnez ? il m'a demandé. – Soixante-dix ans », je lui ai répondu. Et il m'a dit : « J'en ai quarante. Donnez-

Existe en blanc

vous la peine d'entrer. On vous attendait pour passer à table. »

Jamais je n'ai vu une femme régner à ce point-là sur une assemblée d'hommes. Elle croquait des oignons, nous on mangeait de la semoule. Mon détaillant, qui avait insisté pour venir avec moi, tremblait de tous ses membres. D'émotion. Moi aussi je tremblais. De désir. Le mari c'était l'âge. Sa jeunesse dévorée. L'acidité des sucs. La touffeur tropicale. Dans le train Paris-Venise au bout d'une heure de nuit de noces il avait voulu sauter par la fenêtre. Elle l'avait rattrapé comme on rattrape un jouet. Elle l'avait remis au chaud. Il avait vingt-deux ans et un brillant avenir. Il venait de gagner le concours Jacques Thibaud. Quand il était arrivé à Venise, il supportait plus le son d'un violon, il croyait qu'on lui jouait de l'archet sur le nœud, il confondait dentiste et urologue, il criait : « Non, pas la roulette ! Je veux garder mes calculs ! »

Ils n'avaient pas quitté la chambre, pas visité Venise, toutes les deux heures elle lui faisait monter des pâtes pour le reconstituer, il avait tellement pris le tic de limer que quand elle le lâchait il limait le traversin, il limait un fauteuil, il limait la table roulante du room-service, il limait le garçon d'étage qui venait débarrasser la table, il limait la femme de chambre qui venait décoller les pâtes des draps, pour le calmer elle le mettait sur le balcon, il aboyait sur toute la longueur du Grand Canal, tout en limant le balcon. Maintenant c'était une ruine, un champ de bataille perdue, mais il avait encore de la classe, un beau visage d'aristocrate, et cet air doux des grandes victimes. « Vous voulez pas me la tuer ? il m'a demandé soudain en agrippant mon bras. – La tuer ? – Oui, la tuer. S'il vous plaît. – J'ai pas envie de la tuer, j'ai envie de l'adorer ! Votre femme

Existe en blanc

est magnifique! Je veux la posséder! la voir s'arc-bouter! faire vibrer toute cette masse! »

Elle a tellement vibré que la terre a tremblé d'Amsterdam à Strasbourg, d'Orléans à Francfort. L'épicentre c'était son cul, autant dire un volcan, un volcan en colère, et moi j'étais le bouchon à deux doigts de l'explosion, mais je remplissais bien mon rôle de bouchon, je bouchais le cratère tant que je pouvais, cramponné à la bête. Margaret elle s'appelait. Moi je l'appelais « ma grosse pute », et c'est vrai que je l'aimais, je l'aimais comme un morfal, malgré que dans son visage y avait rien de bien en place, ni le nez ni les yeux, mais quand elle souriait, alors là, attention, fallait mettre des lunettes de glacier tellement le sourire éblouissait.

Elle souriait rarement. Elle me fixait avec ses yeux comme on fixe une proie, attendant que je trépasse. Je puisais mon énergie dans la vue de son soutif, un soutif mystérieux d'une puissance incroyable, parfaitement calibré pour ses seins majestueux, qui épousait avec souplesse chacun de ses halètements, qui parfois se tendait, menaçant de rompre, mais ne rompait jamais, retrouvant sa souplesse comme s'il était vivant... Mais d'où venait ce soutif au pouvoir infernal?... Ce n'était pas un Miss Mary, ce n'était pas un Glamorise, ce n'était pas un modèle en vente libre, sinon je l'aurais connu, alors qu'est-ce que c'était?... Peut-être un vieux Scandale, ou un Antinéa, miraculeusement préservé dans le seul but de me rendre marteau...

Elle ne l'enlevait jamais. Même pour dormir elle le gardait. Faut dire qu'elle dormait peu. Elle se reposait à toute vitesse. Une ronflette d'un quart d'heure et elle était d'attaque. Le volcan se réveillait.

Existe en blanc

Quand elle dormait, je la regardais. Une femme qui dort en soutien-gorge, quoi de plus fabuleux ? Vous êtes penché sur elle et vous la regardez. Vous regardez la femme. Mais surtout le soutif. C'est du soutif, en fait, que vous êtes amoureux, vous devez bien vous l'avouer, c'est le principe même du soutif qui enchante votre vie. Malheureusement, le pauvre soutif – qu'est-ce que c'est qu'un soutif ? quelques grammes d'Élasthanne et de polyamide... – il ne devient émouvant que fixé sur une femme, je veux dire une femme vivante, avec tout ce que ça implique de minauderies et de bavardage dont on a absolument que foutre.

Margaret se taisait. Elle disait pas grand-chose. Son soutif parlait pour elle. D'ailleurs elle s'appelait pas Margaret. Elle s'appelait Maud. Je l'avais baptisée Margaret à cause de margarine. Ça lui avait pas plu. « Attends un peu que je te fasse une prise, elle m'avait dit, tu vas voir si c'est de la margarine ! » Je m'étais gouré sur toute la ligne. Ses muscles on les voyait pas, car ils étaient tapis au fond de la graisse, mais quand elle s'en servait, ça surprenait terrible. Elle était d'une force peu commune. Ses cuisses, par exemple, quand le cerveau leur donnait l'ordre de serrer, inutile d'essayer de se barrer. On pouvait plus bouger. Plusieurs fois j'ai failli y rester. Ça l'amusait de serrer. Surtout autour du cou. « Continue ton travail de langue, elle me disait, faut pas que ta langue soit inactive... » Moi je virais violacé, je me mettais à piailler, elle, elle croyait qu'elle accouchait, elle avait les douleurs, « C'est un garçon ! » elle s'écriait entre deux contractions, et elle serrait de plus en plus fort, moi je m'étranglais avec mon cordon, elle me laissait pour mort, avec la langue dehors, et je l'entendais dire au toubib : « Merci mille fois, docteur ! Vous avez été formidable !

Existe en blanc

Moi qui voulais tellement un garçon ! » Et le docteur répondait : « Mais madame, il est mort ! Le petit salaud est mort ! C'était bien la peine que je me casse le cul pendant douze heures ! »

Elle me ranimait comme seule une mère sait ranimer son enfant mort. À la salive. À la caresse de satin. À la succion du robinet. Elle était tellement costaud que pour me succionner elle me soulevait du sol et me portait à sa bouche comme un vulgaire apéro. « À ta santé ! » elle me disait.

Un jour que je bandais plus elle a voulu me pendre : « Paraît que les pendus bandent », elle m'a dit. J'étais pas emballé. « Tu mollis, elle m'a dit, faut bien faire quelque chose. Moi j'ai besoin de raideur. — C'est vraiment parce que je t'aime », je lui ai dit. Et je me suis laissé passer la corde au cou. Elle a donné un coup de pied dans la chaise, et soudainement, en même temps que mes cervicales craquaient, j'ai ressenti une formidable envie de limer. Elle est venue s'enquiller dessus comme une grande et elle s'est envoyée en l'air d'une manière telle que même moi, de mémoire de pendu, j'avais jamais vu ça. À couper le souffle. Et puis après elle est descendue de sa chaise, elle est allée s'allonger sur le lit et elle a allumé une cigarette. Elle était encore toute parcourue de frissons, la queue de l'orgasme qui s'éloignait. « Quel panard ! elle a dit, je me suis éclaté le cul ! De temps en temps ça fait du bien ! Putain de queue, quelle vigueur ! Regarde-moi ça, il trique encore ! Attends bouge pas, je termine ma clope et je reviens t'astiquer ! T'as pas fini de me faire reluire, mon joli ! »

C'est à ce moment-là que ma corde a cassé et que je me suis fait très mal en me rétamant la gueule sur le parquet. « Aïe ! merde ! corde de merde ! T'aurais pu

Existe en blanc

mettre le prix et acheter du solide ! » Mais déjà elle était dans mes bras : « Mon amour ! mon amour ! tu m'as fait tellement peur ! – Oui, ben maintenant faut que t'appelles un kiné, j'ai l'atlas qu'est coincé, je peux pas redreser la tête ! – Allonge-toi sur la table. – Veux un kiné, j'te dis ! – Il est là ton kiné ! »

Elle m'a pris dans ses bras comme on prend du bois sec et m'a jeté à plat ventre sur la table. « Aïe ! » Je gueulais comme un âne. J'avais la tête à quatre-vingt-dix degrés vers l'avant, ce qui fait que tout le poids de mon corps reposait sur mon crâne.

Elle a arrangé ça. Une maîtresse femme, Margaret. Elle savait tout faire : donner la mort, donner la vie, rigidifier ce qui était mou et ramollir ce qui était dur, en l'occurrence le cœur d'un assassin. Elle est montée sur la table et s'est assise sur ma nuque avec son énorme cul dont je connaissais chaque recoin. Ça a fait crac et elle m'a demandé de me lever. De me lever et de marcher.

Je marchais. J'étais plus mort. J'étais plus coudé. Elle était toujours là avec son soutif noir. J'ai posé les mains dessus. Le contact était doux. « C'est quelle marque ton soutif ? je lui ai demandé. Je voudrais connaître la marque. – Je l'ai fait faire sur mesure, elle m'a répondu. C'est un modèle unique. Ça m'a coûté un max. Ça fait vingt ans que je le porte. Jamais un homme n'a vu mes seins. Le mec qui verra mes seins il peut commencer à imprimer ses faire-part. »

Dieu que j'ai aimé cette femme... Je l'ai emmenée partout, à Paris, à Venise... À l'hôtel Danieli on est resté six mois, c'était elle qui payait, elle avait de la fortune, moi j'étais amoureux. Ça fait bizarre d'être amoureux, tout d'un coup tout devient beau, même

Existe en blanc

Venise devient belle. Margaret, au fil des semaines, commençait à s'intéresser à autre chose qu'à son fondement, elle devenait romantique. C'était une grosse dame tout en fermeté qui ne demandait qu'à fondre. Un jour elle a exprimé le désir de sortir de la chambre, d'aller prendre un peu l'air. On s'est retrouvés dans les rues comme deux convalescents, on avait les jambes molles d'avoir tellement limé, fallait qu'on se tienne aux murs... On riait comme des cons... Sur le pont des Soupirs elle m'a dit qu'elle m'aimait, qu'elle était folle de moi, moi je lui ai dit pareil, et sans blague je le pensais, même que j'avais les larmes aux yeux, je sentais que j'étais sauvé, que je sortais du tunnel, Margaret c'était la femme de ma vie, la réponse à toutes mes angoisses, plus jamais je ferais le mal, enfin je pourrais donner libre cours à ma bonté naturelle, d'ailleurs j'étais un type sensationnel, ma vocation c'était le bonheur... Après on est allés se promener dans des ruelles de plus en plus petites, on se tenait enlacés. Y avait un petit canal avec de l'eau bien noire et la nuit qui tombait. Je l'ai poussée dans le canal. Elle était pas contente. Elle savait pas nager. « Mais pourquoi t'as fait ça? elle gueulait. On était tellement bien! – J'en sais rien, je lui ai dit, en la regardant se noyer, c'est un réflexe idiot, sans doute un retour d'angoisse... – J'allais te montrer mes seins! – Ben voilà, justement, j'ai senti venir le coup... – Baudouin! donne-moi la main! – Je peux pas te la donner, elle est dans ma poche! – Pourquoi t'es si salaud? – C'est pas de ma faute, c'est mes parents! ils m'ont traumatisé! »

En m'en allant, j'avais le cœur gros. Y a du mauvais dans l'homme, je me disais. J'ai acheté un bouquet, un gros bouquet de roses rouges, et je les ai offertes à une vieille dame en noir qui était assise devant sa porte.

Existe en blanc

Elle me les a jetées à la gueule en faisant un signe de croix. Je me suis senti glacé. Quand je suis rentré chez Bel Canto, après six mois d'absence, j'étais devenu clodo, j'avais plus un radis, je venais supplier qu'on me reprenne, qu'on me donne un petit boulot, n'importe quoi, laver les chiottes, au lieu de ça sur quoi je tombe ? un accueil délirant, toutes les filles qui pleuraient et me montraient leur soutif, je suis soulevé du sol, on me porte en triomphe, la mère Libourne venait de mourir, j'étais son successeur, décision du conseil, on me cherchait depuis des semaines... La première chose que j'ai demandé c'est : « Comment elle est morte, cette pauvre madame Libourne ? – Elle est morte en deux temps. – Comment ça en deux temps ? – Premier temps le mec l'étrangle, deuxième temps elle se sauve, elle monte dans sa bagnole, et comme elle était nase, premier carrefour elle s'emplafonne, là c'est le coup du lapin et elle insiste plus. – On sait qui est le coupable ? – La police a une piste. – Appelez-moi l'inspecteur. » L'inspecteur se présente. C'est un type fatigué, la retraite dans six mois. « Je compte sur la police pour faire du bon boulot, je lui dis. J'aimerais un jour pouvoir ouvrir mon journal sans tomber sur une histoire de femme assassinée ! C'est lassant, à la longue, les gens n'ont plus le moral. Si vous manquez de moyens, dites-le-moi, je vous finance. – Où étiez-vous, monsieur Treuttel ? – Comment ça où j'étais ? – Je veux dire le jour du meurtre. – Vous me posez la question ? – Ben ça m'en a tout l'air. – Je suis très excité. – Mais vous ne répondez pas. – J'adore vivre dangereusement. – Où étiez-vous, monsieur Treuttel ? – Je vais vous parler de Venise. Vous connaissez Venise ? – Je n'ai pas eu cette chance... – Allez-y, inspecteur. Prenez votre femme sous le bras, emmenez-la

Existe en blanc

à Venise. – Ma femme est décédée. – Toutes mes condoléances. – Elle faisait son repassage, un type s'est introduit et il l'a étranglée. – Qu'est-ce qu'elle avait comme soutien-gorge ? – Un Lejaby, monsieur Treuttel. – Vous vous souvenez du modèle ? – Oui, un Gilda. – Un Gilda balconnet ou un Gilda corbeille ? – J'aurai votre peau, monsieur Treuttel. – Je vous le souhaite de tout cœur. Comptez sur moi pour vous aider. – Je vous remercie, monsieur Treuttel. » Je le raccompagne jusqu'à la porte. Inspecteur Caudry, il s'appelait. « Vous m'êtes très sympathique, je lui dis. Vous méritez une belle victoire. Votre vie, ça saute aux yeux, n'a été qu'une longue succession d'échecs... – Surtout ma vie privée... – Votre femme était très chaude ? – Elle était tropicale... – Moi je l'ai refroidie ! » On rigole un bon coup et je lui tape dans le dos : « Les hommes seront toujours les hommes ! – Des beaux salauds », il me répond. Et le con il fond en larmes ! « Ah ben non ! je lui dis, alors là rien ne va plus ! Vous savez que j'ai le bras long ! Si je veux, je vous fais muter ! – Oh ben ça, volontiers ! Je comptais vous en parler. – N'essayez pas de m'acheter ! J'ai zigouillé votre femme. S'agirait d'y penser. – J'aurai votre peau, monsieur Treuttel. » Je le regarde s'éloigner : « Tenez-moi au courant ! – Vous entendrez le bruit des menottes ! »

Pas marrant le boulot de flic. Moi je préfère la lingerie. N'empêche que c'est pas moi qui l'ai rectifiée la mère Libourne. J'aurais bien voulu le faire mais j'étais à Venise. J'aimerais savoir qui a fait le coup. Sans aucun doute une belle ordure. Les mecs qui pompent ça me hérisse. Je vais lui enlever le goût de s'inspirer. Et de cochonner le travail. Moi quand j'étrangle une femme, elle prend pas sa bagnole pour se terminer

Existe en blanc

contre un camion. Elle meurt en plein bonheur. Je réfléchis à toute allure. Dans mon bain je grelotte. C'est la première fois que je me sens menacé. Dans les semaines qui vont suivre, cinq crimes vont être commis. Cinq femmes assassinées, et jamais terminées, qui mourront dans des conditions atroces. Cinq femmes dans mon secteur. Une à Maubeuge, une à Vervins, une à Péronne, une à Arras, une à Tourcoing, et moi au centre du cercle, dans ma suite lamentable de l'hôtel de la Paix, attendant que tout bascule, sentant que le mec c'est moi qu'il vise, et qu'il me faudra le tuer. L'avantage de l'enfer c'est qu'il y a toujours une nouvelle pièce qu'on n'avait pas eu le temps de visiter, une pièce abominable, avec des suppliciés. Moi je vois l'enfer avec plein de portes, derrière chaque porte y a une autre porte, plus on s'enfonce plus ça va mal et la sortie est condamnée. Le paradis c'est un verger, l'enfer un labyrinthe. Moi je suis né en enfer. Quand on naît en enfer, c'est rare qu'on déménage.

Conciliabule entre mes experts :
« Ce mec est fou à lier.
— On a qu'à dire qu'il est normal.
— Ça veut dire quoi " normal " ?
— Ben moi par exemple ce soir j'ai rendez-vous avec un petit garçon de huit ans à qui je vais donner cinq cents francs pour le regarder faire caca dans une assiette. Vous trouvez ça normal ?
— Ça dépend ce que vous faites de la merde.
— Je la mange.
— Normal. »
Je les entends qui plient leurs affaires, les salopards ils vont se débiner...
« Vous allez pas vous barrer comme ça ? J'ai encore plein de trucs à vous raconter !

Existe en blanc

– On s'est fait notre idée. »
Il se débinent comme des rats. Ils vont manger leur merde. Moi je retourne dans mon trou. Je vais consigner quelques souvenirs. Ils sont beaux mes souvenirs. Ils sont salés au bout de ma langue.

Est-ce que j'ai pris plaisir à tuer ? Oui. Honnêtement, oui. Un plaisir ineffable. Un grand moment de bonheur intimement partagé. Quoi de plus beau que la surprise dans le regard d'une femme ? Elle se donne, elle est prise, elle est heureuse d'être prise, elle s'offre au salopard avec délectation, elle jubile d'être pillée dans tout ce qu'elle a de plus tendre, sa chair, son cœur, ses soupirs, ses secrets, les beaux enfants qu'elle rêve d'avoir, le bonheur qu'elle aura de s'entendre appeler maman, la grand-mère qu'elle aurait pu être avec son chignon blanc, toute cette vie magnifique ponctuée d'anniversaires et de sapins de Noël, tout ça elle va le jouer sur une ouverture de cuisses, sur la raideur d'un inconnu, je suis cet inconnu, ce mec odieux, cette tête à claques, qui lui a glissé la main sous la jupe, tout à l'heure, dans la file d'attente pour aller voir ce film qui plaît tellement aux femmes, la tête à claques c'est moi, ma rapidité lui a plu, maintenant je suis planté en elle, elle a renoncé au cinéma, elle m'a suivi dans cet hôtel où les draps sont complices et bloquent les femmes aux chevilles pour les empêcher de fuir. Elle n'a pas dit un mot. Je ferme la porte à clé. Déjà elle a envoyé promener ses chaussures. C'est une femme de trente ans certainement adorée par tout un bataillon. Elle me jette son slip à la figure. « N'enlève pas le soutien-gorge, je lui dis, je suis un fétichiste ! – Qu'est-ce qui se passe si je l'enlève ? – Tu peux faire ta prière. » Elle tombe à genoux et prie : « Ô Seigneur, aidez-moi ! je suis avec un fou et je sens que je deviens folle ! » Je tombe à genoux à côté d'elle, lui caresse le soutif : « C'est un Armagique ou un Plus Femme ? – C'est un Plus Femme broderie perlée ! Ô Seigneur, guidez-moi ! Qu'est-ce que je fais dans cette chambre ? J'allais au cinéma ! » Je me joins à sa prière : « Seigneur, ayez pitié ! Nous sommes dans une impasse ! Sortez-nous de cette impasse ! » La femme me colle sa langue dans la bouche : « Je garde mon soutien-gorge ! – Tu vas être très heureuse. – Je m'allonge sur le lit ! Fais-moi tout ce que tu veux !... » Pour l'instant je la regarde. Y a des mains, sous les draps, qui lui bloquent les poignets, qui lui bloquent les chevilles... « Mais je suis prisonnière... – Ne respire pas trop fort, tes bonnets sont fragiles... – Moins fragiles que ton cœur... »

Folies de femmes... Même aux mains d'un maniaque elles sont dominatrices, tellement confiantes dans leur pouvoir, pouvoir exorbitant, « je recueillerai entre mes cuisses ton envie de me tuer, j'en ferai trois gouttes de pus, je te mettrai un pansement, je suis ton infirmière, la mort est ma copine, tu peux te laisser aller, regarde mon soutien-gorge comme il se dresse vers toi »...

Cette femme m'énerve un peu, son soutien-gorge elle n'y croit pas, elle en joue trop pour être sincère, je n'ai même pas encore dénoué ma cravate...

« Enlève ton soutien-gorge, je lui dis.

– Je l'enlèverai quand tu me supplieras à genoux, elle me répond. Quand tu chialeras comme un gamin. Je te le donnerai pour essuyer ta morve. »

Je sais déjà qu'elle va mourir... que jamais sa taille ne s'épaissira... qu'aucun enfant, jamais, ne goûtera ses confitures... que les petites rides autour de ses yeux ne seront jamais le souvenir d'un fou rire...

Existe en blanc

En général je porte des gants. Mon père portait des gants, j'ai décidé de porter des gants, tous les Treuttel porteront des gants. Dans ma poche j'ai un rouleau de sparadrap. « Chérie, je vais te faire un petit pansement. – Pourquoi ? – Pour t'empêcher de dire des conneries. » Elle trouve pas ça marrant. Moi non plus. J'aime pas ça être déçu par une femme. Je lui mets sa sourdine. Ça porte un coup fatal à son élocution. Je vais la baiser un peu. Une femme faut la gâter avant de lui appeler son taxi. Je la démarre à la langue. Elle se donne comme une perle. « La lâchez pas, les mecs ! » je gueule aux draps complices. Maintenant je suis en elle, je la monte sur la crête. Juste arrivé en haut je lui pince les narines, elle tombe de l'autre côté, faut pas une heure pour calencher, j'écoute son cœur, silence radio, toujours une chambre au rez-de-chaussée, je me débine par la fenêtre, la Mercedes m'attend, je me mets un bon compact et j'ai comme un regret qui tout à coup m'étreint : pourquoi j'ai tué cette femme ? pourquoi j'ai pas une vie normale ? pourquoi les essuie-glaces ? pourquoi la vue brouillée ? Je vais quand même pas chialer !

Mon père était un con. Ça je l'ai déjà dit mais c'est jamais mauvais de bisser. Quand les grues ont commencé de pousser autour de la propriété, ma mère a définitivement fermé son piano. « Tant mieux, a dit mon père, il me faisait chier son Chopin. » Paraît qu'elle jouait comme une merveille, ses doigts sur le clavier ça donnait honte d'avoir des doigts, c'est Mathilde qui me l'a dit, elle m'a tout raconté.

Quand le chantier a démarré, concert de bétonneuses, tous les oiseaux du parc se sont arrêtés de chanter. Mon père était furieux. Il est sorti sur le perron comme un chien prêt à mordre : « Qu'est-ce que c'est que ce bordel ? » il a gueulé.

C'était assez effrayant à voir : tous les oiseaux étaient alignés sur les branches, un vrai tribunal qui l'attendait.

« Pourquoi vous chantez plus ? »

Seul le silence lui a répondu. Les bétonneuses venaient de s'arrêter. Il était cinq heures. Mon père s'est avancé pour parler aux oiseaux : « C'est à cause de vous que j'ai refusé de vendre ! pour écouter vos trilles et vos roucoulades ! J'en ai besoin de votre gazouillis ! de la même manière que vous avez besoin

Existe en blanc

de mes arbres ! Ils sont à moi ces arbres ! vous chantez pas, je les fais couper ! »

Les oiseaux bougeaient pas. Ils étaient drapés dans leurs plumes. Mon père était défait. Il tremblait de colère, à moins que ce soit d'autre chose. Il est allé chercher son fusil. Il est revenu et il a tiré. Il a tué un torcol qui revenait d'Afrique. Le torcol est tombé. Il a ouvert le bec deux ou trois fois comme pour dire quelque chose, sans doute adieu à sa femelle, mais ça modulait pas. La femelle est tombée à son tour. « Pourquoi elle tombe celle-là ? s'est écrié mon père. J'ai tiré qu'un seul coup ! – Probablement le chagrin », a répondu Mathilde. Mon père s'est mis à marmonner : « Le chagrin, le chagrin, c'est facile le chagrin ! Est-ce que je me laisse tomber de ma branche, moi ? Pourtant elle est pourrie ma branche ! J'entends déjà le craquement sinistre ! »

Un pinson est tombé. Bientôt suivi d'un serin. D'une grive. D'un rouge-queue à front blanc. Tous les oiseaux tombaient. Mathilde les ramassait dans son grand tablier. « On va faire une terrine », elle a dit. Ils sont rentrés dans la maison. Ma mère avait la migraine. La Quatrième République entrait en agonie. Partout c'était la merde. C'est vers cette période-là que sont arrivés les premiers huissiers. Ils étaient très nerveux. Ils voulaient tout saisir, les meubles, la terrine, la signification des choses, pourquoi ce bougeoir, pourquoi ce vase, où sont passées les fleurs, un vase sans fleurs c'est pas un vase, d'ailleurs je casse le vase, énervement d'huissier ! Mathilde avait un mal fou à les calmer, elle les poursuivait de pièce en pièce avec sa bombe insecticide, elle allait les traquer jusque sous les armoires, mais l'huissier c'est coriace, ça lance des contre-attaques, ça bondit aux nibards, hurlement de

Existe en blanc

Mathilde qui repartait dans l'autre sens avec les huissiers au cul, traversée de la maison, dérapage sur parquet, saisie du cul avec court-jus, Mathilde qui saute en l'air, finalement elle se retrouve acculée, j'ai bien dit acculée, coincée contre le piano, elle est dépoitraillée, les nibards ont jailli, les huissiers s'en saisissent, ils pétrissent, ils malaxent, leurs doigts de cadavres sur la chair blanche c'est un truc à faire tourner tout le lait du monde ! Les seins de Mathilde, à cette époque-là, ils étaient tellement beaux, gonflés de sève et d'espoir, y aurait pas eu sa tronche, qu'était déjà bigleuse, qu'on aurait dit de la hure, mais moi jamais j'aurais été un zigouilleur ! jamais ! Des seins pareils, pas besoin de soutif, ça tenait tout seul, c'était braqué, une cathédrale de sang ! Je vous parle de ça, j'étais pas né, mais dès que j'ai su marcher, et j'ai marché très tôt, et justement à cause de ça, je veux dire les seins de Mathilde, dont j'avais déjà croqué, vu qu'elle avait du lait, et ma mère du vinaigre, mais ça j'en reparlerai, ça fait partie de l'horreur, essayez pas de m'emmêler les crayons, pour l'instant j'ai deux ans, je suis pas encore traumatisé, je m'extrais de mon lit-cage dont je viens de limer un barreau, quelque chose de très fort m'entraîne vers l'escalier, vers ces énormes marches beaucoup trop grandes pour moi, que je vais essayer de gravir sans réveiller mon père, ma mère ça risque pas, elle dort avec des boules pour pas entendre mon père qui bien que dans une autre chambre ronfle avec un tel coffre que ça résonne dans toute la baraque, même que moi au début je croyais qu'on habitait près d'un aéroport, Mathilde m'a détrompé, elle m'a dit « mon chéri, ce n'est pas un avion, c'est ton papa qui ronfle... ». Elle m'appelait son chéri... elle me changeait mes couches... elle me branlait un peu... quand j'avais mal aux dents elle me prenait en bouche, elle me berçait à la salive, je m'endormais avec l'œil blanc... Je savais pas, à l'époque, que mon père, lui aussi, elle le prenait en bouche, j'aurais dû y penser mais j'étais quand même jeune, un bébé, même précoce, peut pas tout décoder, il manque un peu de données, la beauté par exemple, vu que ma mère se penchait pas souvent sur mon berceau, pour moi c'était Mathilde, dès que je voyais sa tête je riais aux éclats, elle aussi elle riait, quand elle riait je m'arrêtais de rire, ça me donnait envie de chier, je poussais comme une bête pour évacuer ma trouille, je devenais violacé, Mathilde elle me grondait : « C'est pas la peine de chier, j'ai bien le droit de me marrer ! » Oui mais moi, dans mes gènes, au fin fond de mon inné, il devait y avoir inscrit le souvenir d'une visite effectuée par mon père, ou par le père de mon père, à la galerie des Offices à Florence ou ailleurs, où le pauvre bougre avait été définitivement déglingué par la découverte de Botticelli, Véronèse et autre Titien, car j'ai le souvenir d'un trouble, quand je regardais Mathilde, et de l'impression confuse que quelque chose clochait, esthétiquement parlant. C'était au niveau des yeux que ça clochait. Je ne comprenais pas pourquoi, j'étais tout seul dans mon berceau, et pourtant elle regardait deux bébés. Je cherchais l'autre, je le trouvais pas. Ça me donnait mal au cœur ce croisement dans son regard. Parfois je régurgitais. Pour pas régurgiter, quand j'allais la rejoindre, quelque vingt mois plus tard, dans sa petite chambre de bonne, tout là-haut sous les combles, je me munissais d'une taie d'oreiller que je lui enfilais sur la tronche, et la partie foireuse du tableau ainsi dissimulée, je m'attaquais au chef-d'œuvre, la fabuleuse poitrine, à laquelle je faisais subir, jusque tard dans la nuit, toute une série d'outrages, je vous sens tiquer au mot outrage, ne comptez pas sur moi pour en dévoiler plus, n'oublions pas que j'avais deux ans et passons à autre chose, retournons aux huissiers, juste un mot, s'il vous plaît, avant de quitter cette chambre, la chambre de la bonne, dans laquelle, la pauvre fille, elle gisait comme une bête sur son lit de souffrance, une bête encapuchonnée, une chose aveugle et gémissante chevauchée par un nain, le fils du maître, déjà autoritaire et enculé potentiel, futur profanateur de temples : chassez de votre esprit toute notion d'innocence concernant cette saloperie qui porte le nom d'enfance. L'enfant il naît chargé comme une bombe à fragmentation. Toute la crapulerie des générations précédentes il la transbahute dans ses bagages, autant de grenades dégoupillées. Bordez-le, torchez-le, chantez-lui des comptines, lui il bave et il se marre. Un enfant, quand ça naît, faudrait tout de suite lui taper sur la gueule. Direct la fontanelle. Qu'il écrase d'entrée de jeu. Moi on m'a laissé un créneau, je m'y suis engouffré. Fallait me noyer tout de suite. Pauvre Mathilde, elle pleurait sous sa taie d'oreiller. Maintenant c'est moi qui pleure. J'ai balancé toutes mes grenades et elles m'ont aveuglé. J'ai tout raté y compris ma mort qui sera même pas tragique. On va me laisser moisir. Un jour à la promenade j'aurai un accident. Je ferai une chute stupide. Ça passera même pas pour un suicide. Tout ça parce que je suis né là où il fallait pas. Dans une maison condamnée à disparaître. C'est les huissiers qui ont donné le signal.

Ils sont arrivés comme une épidémie. Des petits vieillards en noir avec le crâne luisant, la lippe humide et le pantalon jauni au niveau de la braguette. Répugnants. Et impossible de dire combien ils étaient. Y en avait toujours un supplémentaire caché derrière une porte. Avec une gueule de pou. Qui aussitôt bondissait pour saisir. Mon père avait dû faire une connerie. « Qui est ce monsieur Treuttel pour refuser de nous recevoir ? » Il refusait de les recevoir. Il était enfermé dans son bureau en réunion avec lui-même. « Je ne peux pas le déranger ! s'époumonait Mathilde. – Nous saisissons le piano ! » Apparition de ma mère : « Je vous en supplie, messieurs, laissez-moi mon piano... » Les huissiers qui se retournent et ma mère qui s'avance. Elle a mis un peignoir par-dessus sa migraine. À l'intérieur du ventre il y a le germe de l'assassin qui est en train de pousser. La scène se passe dans le salon de musique. Les seins de Mathilde sont à l'air libre. Parcourus de mains d'huissiers.

HUISSIER : Un piano couvert de poussière, c'est un piano dont personne ne joue !

Ma mère s'installe à son piano. Elle soulève le couvercle. Elle leur joue le premier nocturne de l'opus 27. Émotion des huissiers. La musique touche tout le monde. Même les morbaques. Y a que mon père qui résiste. Il sort de son bureau. Il traverse les salons. Au passage il annonce : « Je vais chercher la somme. » Il se rend chez Masbouth, chez l'infâme promoteur, qui le reçoit dans un océan de moquette : « Vous venez me vendre votre maison ? J'en veux pas de votre maison ! Elle vaut rien votre maison ! – Dommage, répond mon père en se dirigeant vers la sortie. Mes affaires sont foireuses. J'ai les huissiers au cul. Je suis pas doué pour le négoce. La preuve je me mets en position de faiblesse. Ma femme attend un enfant et elle veut plus que je la touche. Y a plus que la bonne qui m'accepte dans son lit. Y a des miettes dans son lit. Je venais pour vous soutirer du pognon. Je suis un pauvre diable. – Je m'en étais aperçu. – À quoi ? – Vous avez l'air d'un arbre mort. – J'ai encore du bourgeon. – Pour Mathilde ? – Comment vous savez qu'elle s'appelle Mathilde ? – Elle s'appelle pas Mathilde ? » Mon père marchait de long en large. Il avait un coup de sang : « Elle a un cul : un four à pain ! elle ferait lever n'importe quelle pâte ! – Le problème c'est la tronche ! La tronche est un désastre ! et surtout cette verrue ! avec la touffe de poils ! – Vous connaissez sa touffe ? – Je connais tout de vous. Depuis des mois je vous attends. Je vous attends patiemment. J'en étais sûr que vous viendriez. Je vous désirais trop. Quelque chose me disait : " Un con pareil c'est trop sublime ! Il est pour moi, celui-là ! " »

    Deux mois plus tard arrivaient les bûcherons et les arbres tombaient. Les oiseaux se sont mis à chanter mais c'était trop tard. Mon père avait vendu la totalité du parc. Masbouth lui avait laissé la maison et quelques mètres carrés pour faire un jardinet. « Si vous avez un chien, vous pourrez le faire pisser. – J'aime pas les chiens », avait répondu mon père, et il était rentré chez lui pour s'enfermer dans son bureau. « Qu'on ne me dérange sous aucun prétexte. »
    Puis les immeubles se sont élevés, des barres de quinze étages, et la maison a disparu, étouffée à jamais, condamnée à l'oubli, et à recevoir sur le coin de la gueule tous les détritus des nouveaux arrivants, épis de maïs, noyaux de dattes, couches merdeuses et j'en passe. C'est là que je suis né, tout au fond d'un puits noir, jamais de soleil, jamais de lumière, un trou du cul en quelque sorte, sauf que dans un trou du cul y a pas de lampes allumées, là elles étaient allumées du matin au soir, sinon on y aurait vu que dalle.

Ma mère a donc accouché à la maison, comme à la grande époque, celle où les femmes mouraient en couches, d'ailleurs elle a bien failli passer les piquets, à tel point que le toubib a demandé un cordial, il a bu son cordial, il s'est essuyé le front où perlaient des grosses gouttes, puis il a dit à Mathilde : « Faut que je parle au mari. – Je ne peux pas le déranger. Il est en réunion. – J'aimerais quand même savoir si je sacrifie l'enfant ou si je sacrifie la mère ! »

Elle est allée chercher mon père en grimaçant de douleur, car elle aussi avait des contractions à force de faire pousser ma mère depuis deux jours et deux nuits. Moi j'attendais, coincé dans le col, cramoisi, presque nase, je commençais à me dire que la vie, si c'était pour la passer à chercher la sortie, ça valait peut-être pas tellement le voyage, et puis mon père est arrivé. Il était pas content. Il s'est penché sur ma mère dont le cœur battait presque plus : « Est-ce que tu aimes la vie ? il lui a demandé. Est-ce que tu aimes ma gueule ? Est-ce que tu aimes mon souffle dans ton oreille quand une fois tous les deux ans je jouis de ton corps glacé ? » Elle était hors d'état de répondre. « Sauvez l'enfant ! » a dit mon père. Je suis sorti comme un obus, dévastant tout sur mon passage, Mathilde hurlait, ma mère hurlait, moi je bitais rien à ce qui se passait, il m'a fallu des années pour biter, quinze ans exactement, quinze ans d'angoisse inexprimable avec l'épouvante au bout.

Ma mère n'est même pas morte et mon père, qui avait déjà commandé les obsèques, a dû garder le cercueil dans un coin du grenier, les pompes funèbres refusant de le reprendre. « Ça servira un jour », il a dit, avec son flair habituel.

Ma mère a repris sa vie languissante, faite de tisanes tièdes et de gants-éponges humides. Parfois, dans les lointains, on voyait passer son peignoir – vide, probablement, car elle quittait rarement le lit. Elle reposait comme une poupée dans une cascade d'oreillers frais et sur des draps jamais froissés. Ses yeux bougeaient. Ses ongles étaient peints. Ses lèvres maquillées. Elle était belle comme le souvenir.

Mathilde, de temps en temps, venait me présenter comme la huitième merveille du monde. Ma mère disait « bébé », je lui rotais à la gueule, et on repartait vers la cuisine, vers les odeurs de soupe au poireau, parfois gratin de chou-fleur, odeurs de mon enfance, enfance parfumée à l'amertume, élevé dans une cuisine par une sainte anonyme, une Mathilde qui m'aimait et que je torturais.

Mon père, barricadé dans son bureau, insultait sa détresse et maudissait la vie. Il n'en sortait que pour la soupe et, plus tard, dans la nuit, pour rejoindre Mathilde, tout là-haut sous les combles, Mathilde la bigleuse, son seul bonheur sur terre, qui avait toujours un restant de béchamel pour accommoder le poireau. Un soir que moi aussi je grimpais la rejoindre, je les ai trouvés en plein foutrage, énormité du traumatisme, ils soufflaient comme des bœufs, y avait de la viande dans tous les sens, une odeur de cramé... Je me suis caché dans un petit coin et j'en ai pas perdu une miette. Travail mâché pour mes experts.

« Qu'est-ce qu'il fait, mon papa ?
— Il est en train de baiser la bonne !
— Je voudrais retourner dans mon lit-cage !
— Ferme ta gueule et regarde ! »

Je le sentais bien, quand j'étais petit, que j'étais pas né au bon endroit. Le bon endroit c'était autour, dans la cité monstrueuse qui nous asphyxiait, c'était de là qu'ils venaient les rires et les cris d'enfants. Moi j'étais sage et je riais pas. Je jouais dans le jardinet. Je ramassais tout ce qu'on nous balançait par-dessus les balcons. Un vrai bombardement. J'en prenais sur la gueule. M'aurait fallu un casque. Un jour je me suis marré avec un truc sanglant. Je l'ai mis dans ma poche pour faire peur à Mathilde. Elle a hurlé, je l'entends encore. Je la poursuivais avec le truc. J'aimais bien ça qu'elle ait la trouille.

Parfois, dans le jardinet, atterrissait un ballon de foot et j'essayais maladroitement de le renvoyer aux envoyeurs, mais j'étais pas assez costaud, et les grillages trop hauts, d'où le bouquet d'insultes, eh pédé, eh lopette, que m'envoyaient les gars d'en face. À cette époque-là on niquait pas encore la mère mais y avait déjà du basané et du crépu dans l'air. Je leur répondais par des sourires. J'étais un autodidacte du sourire.

Il aurait pas fallu grand-chose pour que de merdique elle devienne merveilleuse mon enfance. Il suffisait de me laisser jouer avec les mecs de la cité. Mais

Existe en blanc

ça j'avais pas le droit. Fallait que je reste chez nous. Portail fermé à clé. Mathilde qui surveillait : « Veux-tu rentrer immédiatement ! Tu vas me choper une maladie ! »

Ma maladie je l'avais déjà. Je vais vous raconter comment tout a commencé. À cette époque-là on rentrait à l'école le 1er octobre. Le 30 septembre à déjeuner mon père baisse son journal et m'adresse la parole : « Je t'attends dans mon bureau à dix-sept heures pétantes. Je te conseille d'être ponctuel. »

À dix-sept heures je me pointe et je toque à sa porte. Il me fait asseoir en face de lui : « Demain est un grand jour, il me dit. Je t'ai inscrit à l'école. Je te demanderai de mettre une cravate. C'est une école qui coûte la peau, où j'ai moi-même fait mes études, j'espère que t'en seras digne, je veux dire de l'école, du pognon que j'investis et du souvenir que j'ai laissé. Cours Fulmar, ça s'appelle, 25 rue de l'Abbé-Carvin, à Saint-Mandé. Tu t'y rendras par tes propres moyens, à l'aide de ce billet de cinq mille balles, que je renouvellerai tous les lundis, sauf pendant les vacances. Avec la monnaie tu pourras t'acheter ton goûter, que tu mangeras pendant le trajet de retour. Tâche moyen de pas te perdre ni de te faire écraser. Voici un plan de Paris. Viens embrasser ton père. »

C'est comme ça que j'ai fait connaissance avec la méchanceté humaine. Je veux parler de mon accent belge. Une énorme hilarité salua mon arrivée entre les murs du Cours Fulmar. Ils étaient tous autour de moi avec des mines radieuses, illuminées par le bonheur. « Je suis une fois le nouveau, je venais de leur annoncer. Je m'appelle Baudouin Treuttel. » Ils me

contemplaient émerveillés. « Tu peux une fois répéter ce que tu viens de nous dire ? On a pas tout compris...
— Je suis une fois le nouveau. Je m'appelle Baudouin Treuttel. » Ils étaient de plus en plus hilares...
« Encore une fois, c'est trop grandiose... » Je commençais à me méfier... J'ai répété quand même :
« Je suis une fois le nouveau. Je m'appelle Baudouin Treuttel. Pourquoi vous me regardez comme ça ? C'est mon nom qui vous fait rigoler ? » Un grand s'est approché avec l'air amical : « Est-ce que tu as conscience, il m'a dit, que pendant toutes tes études on va se foutre de ta gueule ? »

Je comprenais une fois pas. Ils ont rien voulu me dire. C'est finalement le prof, à la joie de toute la classe, qui m'a fait entrevoir l'horrible vérité : « Vous êtes une fois belge ? il m'a dit. — Et pourquoi je serais belge ? Vous vous moquez de moi ? — Je ne me moque pas de vous, je m'intéresse à vous. Je me demande une fois, par exemple, ce que vous mangez à votre petit déjeuner. Des frites ? »

Je n'ai pas souffert longtemps. Sur le chemin de l'école, entre l'école et l'arrêt de bus, il y avait un magasin. Le magasin Thirion, il s'appelait. Articles pour dames. Le soutif venait d'entrer dans ma vie.

La première fois j'ai pas compris.
PREMIER EXPERT : Qu'est-ce que vous avez pas compris ?
— J'ai pas compris ce que je faisais là.
— Où ça ?
— Devant le magasin Thirion.
— Vos pieds refusaient de bouger ?
— Oui. C'était comme si j'avais obéi à un ordre. Quelque chose de puissant.

Existe en blanc

— L'appel du soutif?
— Exactement. Je regardais les soutifs, et sans savoir du tout ce que c'était ni à quoi ça servait, j'étais sous l'empire d'une émotion intense.
Deuxième expert : Quel âge aviez-vous? Six ans? sept ans?
— Je ne me souviens pas.
— Essayez de vous rappeler. Nous touchons au mystère.
Troisième expert : Efforcez-vous de revivre la scène.
— Je la revis tous les jours.
— Aujourd'hui nous sommes là, avec vous, sur ce putain de trottoir.
— Je suis sur le trottoir. À main gauche, mon cartable. À main droite, le magasin Thirion.
Premier expert : Vous vous en approchez?
— Pas tout de suite. Je suis trop bouleversé. Pour l'instant je regarde. Je regarde la vitrine. Dans la vitrine, tous les soutifs. Y en a des noirs, y en a des blancs. Des transparents et des opaques. Sont tous dressés vers moi. Moi aussi je me dresse. J'ai la main dans ma poche. Le chien qui vient me renifler je lui file un coup de pied. Le con il court pleurnicher dans les jupes de sa mère. La bonne femme se ramène : « Pourquoi que t'as donné un coup de pied à mon chien? » Je lui réponds de pas me parler, de me laisser me concentrer : « Vous voyez pas que ma vie est en train de basculer?... » C'est à ce moment-là que je m'approche. Je colle mon nez contre la vitrine. Je me bourre les yeux d'images. Les soutifs. Les soutifs. Ils sont fixés sur des femmes sans tête, sans bras, sans jambes, et pourtant j'ai l'impression qu'elles respirent, qu'à l'intérieur y a des veines qui palpitent. Je vou-

drais entrer dans cette vitrine, poser les mains sur ces dentelles, calmer leurs battements de cœur. N'ayez plus peur, je leur dirais. Je suis là. Vous ne risquez plus rien.

DEUXIÈME EXPERT : Elles avaient peur de quoi?
– D'être regardées par des yeux sales. Des yeux dans le genre des vôtres.

TROISIÈME EXPERT : Nos yeux sont pas plus dégueulasses que les tiens!

LE PRÉSIDENT : Laissez parler l'accusé!
– Je suis entré dans le magasin. Y avait deux dames qui bavardaient. Y en avait une qui disait « avec les seins que vous avez ça serait folie de tricher! moi si j'avais vos seins, je les mettrais en valeur! » et l'autre qui répondait « oui mais je veux être soutenue! – Avec Top Form vous serez soutenue! et néanmoins vos seins bougeront! moi je veux les voir bouger! plus besoin d'armatures! c'est le stretch qui vous porte! » Et en même temps elles ouvraient des boîtes, des modèles jaillissaient, on enlevait le cardigan, on remettait le cardigan, je m'approchais de la cabine, je surprenais un dos, des bretelles qui glissaient...

« Qu'est-ce que tu cherches, mon petit?
– Qui ça?... moi?
– Oui. Toi. Qu'est-ce que tu fais ici?
– J'ai rendez-vous avec ma mère.
– Comment ça rendez-vous?
– Elle m'a dit chez Thirion. Le magasin Thirion. Vous êtes bien le magasin Thirion?
– Je suis entièrement le magasin Thirion.
– Elle m'a dit on se retrouve là-bas. Le premier qui arrive attend l'autre.

Existe en blanc

— Bon ben t'as qu'à t'asseoir... »
Je vais m'asseoir sur la chaise. L'essayage recommence. Je me tords le cou pour voir. Un soutien-gorge qui tombe, je me précipite pour le ramasser et le tendre à la dame.
« Merci bien, mon petit. Il est gentil ce petit. Ça ne vous dérange pas, madame ?
— Pensez donc, un enfant...
— Un enfant, un enfant... qui n'a pas ses yeux dans ses poches ! »
Je suis dans la cabine, juste derrière la cliente. Elle essaye un Rose-Marie. Je l'aide à l'accrocher.
« Celui-là vous va bien, je lui dis. Vous vous sentez bien prise ?
— Oui, je me sens bien prise...
— L'existe pas en noir ? »
Les deux femmes se regardent avec un drôle de regard...
« On dirait qu'elle vient pas, ta maman, dis donc...
— Elle est toujours en retard, c'est son plus gros défaut...
— Ah oui ?
— Elle a un autre défaut c'est qu'elle a pas de nichons. Je l'aime bien mais elle est plate. Et puis je la vois jamais. Elle est tout le temps malade.
— Qu'est-ce qu'elle a ?
— Des migraines... Les seuls nichons que je connais c'est ceux de Mathilde mais ils sont énormes et elle met jamais de soutien-gorge parce qu'elle dit " une bonne ça porte pas de soutien-gorge, une bonne ça se soutient tout seul et même parfois ça soutient les autres... Et puis ça a pas les moyens de se payer du beau linge, à quoi ça servirait le beau linge si c'est pour vivre dans la merde ?... " Moi j'ai envie de beauté, madame... de beauté rapprochée... »

Je sentais les larmes venir, je me suis enfui comme un voleur. J'ai sauté dans un bus. La nuit j'ai mal dormi. J'ai rêvé que j'avais des seins. Que mon père m'emmenait acheter un soutif. Le lendemain j'ai évité le magasin. Je suis passé le plus loin possible. Sur le trottoir d'en face. Le boulevard était désert. Le magasin fermé. Le rideau de fer baissé. Derrière moi j'ai entendu des talons qui claquaient. C'était la mère Thirion. La salope elle me suivait. Elle m'a coincé dans une porte cochère. Elle a ouvert son astrakan. Elle m'a montré son soutien-gorge. Elle m'a montré sa gaine. C'était tout ce qu'elle portait. Elle a fait de moi ce qu'elle a voulu.

C'était une femme qui vivait seule dans un très vieil appartement avec très peu de lumière judicieusement placée. Elle était veuve. « Tu as tué ton mari ? je lui ai demandé. – Comment tu as deviné ? » elle m'a répondu.

J'avais deviné. Malgré mon très jeune âge j'avais senti le danger. Cette femme était dangereuse, c'est pour ça que je l'aimais. Je savais qu'elle allait me tuer, je le voyais dans ses yeux. Elle était obligée. On fait pas ce genre de choses-là avec un gosse sans finir par le tuer.

J'en garde un bon souvenir. Elle m'a mis sur la route. Elle m'a indiqué le bon usage de la lingerie féminine.

Au début elle s'est contentée de jouer à la maman. La maman complaisante. Tout le contraire de la mienne. Des vraies séances de rattrapage. Je la voyais le jeudi et le dimanche après-midi, sous couvert d'un copain que je terrorisais et avec qui j'étais censé faire du patin à roulettes sur la piste du bois de Vincennes.

J'arrivais avec des fleurs que je lui tendais avec

Existe en blanc

amour. Ça la touchait beaucoup. Elle m'enlevait dans ses bras et me faisait tournoyer dans son nuage de parfum. Quand elle me reposait j'avais un peu le tournis, la pièce qui vacillait, alors elle m'asseyait, me posait sur une chaise, et regardait mes genoux : « Comment il va ce bobo ? »

Mes culottes courtes la bouleversaient, et mes coquards aux genoux badigeonnés de mercurochrome. La première fois qu'elle m'a caressé l'intérieur des cuisses j'ai pas compris ce qui m'arrivait. Un grand vertige, l'envie de pleurer, jamais j'avais imaginé que ça pouvait exister quelque chose d'aussi doux.

« Un jour il faudra qu'on l'enlève cette culotte, elle m'a dit, qu'on regarde un peu ce qu'y a dedans... Doit y en avoir des jolies choses à l'intérieur... Hein ?... Ça te dirait ?

– Oh oui, madame... »

Elle était toujours belle, portait des jolies robes, des belles chaussures, quelques bijoux. Elle avait des chignons tenus par deux épingles avec des têtes dorées. Il suffisait de tirer et les cheveux tombaient. Elle avait des beaux cheveux, d'un joli gris cendré.

D'abord on bavardait. Elle me demandait comment j'allais, depuis la dernière fois, si j'avais bien pensé à elle, et cette culotte de dentelle noire, qu'elle avait glissée dans ma poche, est-ce que j'en avais fait bon usage ?

« Tous les soirs je m'endors avec, je lui répondais. Le nez dans votre odeur. »

Elle m'emmenait dans sa chambre. « J'ai pas eu le temps de faire mon lit », elle me disait. Les volets

Existe en blanc

étaient clos. Sa chemise de nuit traînait. Les draps étaient froissés. Elle s'asseyait au bord du lit, me souriait dans la pénombre. « Je suis à toi, elle me disait. Joue. »

Je lui enlevais ses chaussures et j'embrassais ses bas. Puis je remontais jusqu'à la robe que je déboutonnais et que je faisais glisser. Apparaissait le soutif. À chaque fois elle en avait un nouveau. À chaque fois j'avais le souffle coupé et la gorge qui serrait. Elle le savait la garce. Elle en jouait en virtuose. C'étaient toujours des soutiens-gorge du genre qui habillent bien, qui ne laissent pas voir grand-chose, qui font vibrer l'imagination. Ils étaient toujours parfaitement remplis, parfaitement tendus, parfaitement prêts à faire disjoncter un gamin.

Mes doigts venaient se poser sur le soutif. J'effleurais la dentelle. Je découvrais chaque millimètre. Les parties lisses. Les empiècements. La bretelle sur l'épaule que je faisais glisser pour découvrir la marque qu'elle laissait sur la peau. Je posais mes lèvres sur cette marque. Je remettais la bretelle en place. Je ne voulais rien détruire.

« Un jour, si tu es sage, j'enlèverai le soutien-gorge.
– Y a pas le feu, je lui disais. Tout est très bien comme ça.
– Tu as peur que je sois vieille ? que mes seins dégringolent ? »

Je ne lui répondais pas. Je défaisais le chignon. Elle, elle se renversait, elle m'attirait sur elle, elle entrouvrait ses lèvres : « Baiser ? »

Je l'embrassais prudemment. Sa bouche avait bon goût. J'aimais son rouge à lèvres, qui me collait un peu. Un jour j'ai senti sa langue et nos salives se sont mélangées.

«Je suis ta première femme, elle m'a dit. Toute ta vie tu seras marqué par moi. Jamais tu ne pourras m'oublier. »

Je lui caressais la gaine, je lui caressais les cuisses.

« Caresse *entre* les cuisses, elle m'a dit. Défais les trois pressions. N'aie pas peur, c'est très doux. Tu vas voir, c'est mouillé. Entre les cuisses d'une femme y a toujours du mouillé. »

Y avait aussi des poils et le contact m'a plu.

Elle m'a tout expliqué, où il fallait caresser, elle m'a montré l'endroit : « Tu vois, c'est un bouton. Il va gonfler et devenir dur. » Elle a guidé mon doigt, elle m'a donné le rythme, d'abord doucement puis moins doucement, et même assez énergiquement, avec des alternances d'effleurement et de massage tournant. J'ai vite appris la leçon. Elle m'a vite laissé me débrouiller tout seul. Elle s'est abandonnée. Elle avait l'air contente. Moi aussi j'étais content.

C'était vrai que ça gonflait. Ça devenait très charnu. Elle mouillait de plus en plus, elle était barbouillée, j'avais les doigts gluants, je glissais entre ses fesses, je sentais son trou du cul, je suis même rentré un peu, histoire de voir l'effet, elle ne s'est pas fâchée, je crois même qu'elle appréciait, elle gémissait et elle râlait, je la branlais par-devant, je la branlais par-derrière, c'était vraiment marrant. À un moment elle a gueulé, j'ai cru que ça n'allait pas, elle m'a dit « continue ! » sur un ton suppliant, alors j'ai mis la gomme et tout d'un coup elle a été parcourue de secousses terribles, des vraies décharges, des vrais courts-jus, moi je croyais qu'elle calenchait, mais pensez donc, mais pas du tout, elle était bien vivante ! toute souriante et affectueuse ! Elle m'a serré contre son cœur comme jamais j'avais été serré.

Existe en blanc

Dans l'autobus je sentais mes doigts. Quand je suis rentré, je les ai fait sentir à Mathilde. Elle m'a filé des tartes. Moi je me fendais la gueule.

Madeleine, elle s'appelait. Madeleine Thirion. Un jour elle me reçoit avec une froideur inhabituelle. Pourtant je lui avais apporté des roses. « C'est fini, elle me dit. Je ne veux plus que tu me touches. Maintenant c'est moi qui vais te toucher. Enlève ta culotte. »
Je me suis exécuté. J'ai enlevé ma culotte qui est tombée à mes pieds. Elle s'est approchée de moi et elle s'est mise à genoux. Elle avait la bouche à la hauteur de mon slip blanc et moi j'étais gêné parce qu'il était mouillé et que j'étais raidi. Elle a frotté lentement son visage contre le slip et moi j'ai mis mes mains dans ses cheveux. Elle a baissé le slip en faisant bien attention de ne pas me faire mal. Elle a regardé ma bite que j'avais jamais vue dans un état pareil, elle était toute congestionnée, c'était vraiment la honte.
Je me suis branlé devant elle, mais j'arrivais à rien. Je me salivais à mort mais ça me faisait très mal. Elle a ouvert sa robe et m'a montré son soutien-gorge. J'ai eu encore plus mal. J'ai continué de m'astiquer pour me délivrer du mal. Puis je me suis arrêté. Je tremblais comme une feuille.
Elle m'a pris dans ses bras et m'a emmené dans la chambre. Elle m'a déshabillé. Je me suis retrouvé tout nu avec mon bâton raide. Elle m'a dit de me pieuter et d'attendre cinq minutes. Je me suis glissé dans les draps. J'ai ouvert grand les yeux. Elle se déshabillait. Elle a commencé par le bas. Puis la gaine. J'ai vu sa touffe énorme et son ventre tout blanc. Elle a défait ses cheveux. Puis elle s'est arrêtée. Il restait que le soutif. C'était un soutif noir. Un modèle percutant. Est-ce

qu'elle allait l'enlever ? J'étais suspendu au moindre de ses gestes. Elle était immobile. Elle me regardait de toutes ses forces. Elle sentait que j'avais peur, elle aussi avait peur. Ses mains sont allées dégrafer les agrafes. Le soutif s'est relâché. D'un coup d'épaule elle l'a fait tomber. J'ai été surpris par ses seins. Ils étaient lourds mais assez fiers.

« Je suis une femme de cinquante ans, elle m'a dit. Je n'ai jamais pu avoir d'enfant.

– Ça t'ennuierait de remettre ton soutien-gorge ? je lui ai demandé.

– On va être nus l'un contre l'autre, elle m'a répondu. Ma chair contre ta chair. Si ça te dégoûte, tu me le diras. »

Elle a arraché le drap. J'avais le bâton moins raide. Elle est venue me rejoindre. Elle s'est penchée sur moi. Elle a baladé la pointe de ses seins sur mes paupières et sur ma bouche. Puis elle s'est retournée. Maintenant elle se penchait sur ma bite. J'avais son cul sous le nez. Ses grosses fesses et sa moule, toute son intimité, son anus cerclé de bistre. J'ai recommencé de triquer. Elle m'a pris un petit coup dans sa bouche pour me montrer la vie, ce que c'est qu'une femme et son pouvoir. J'ai failli me trouver mal. « Je vais faire de toi un homme, elle m'a dit. Je vais recueillir ta première giclée sur la pointe de ma langue. »

Elle s'est mise à me sucer. Je m'en souviens comme du grand virage de ma vie. Ce que cette femme faisait à mon engin avec sa langue, avec ses lèvres, avec l'intérieur de sa bouche soyeuse, comment tout d'un coup je me suis senti pris au piège, esclave, obligé de subir, c'était insupportable ! et d'autant plus insupportable que c'était fabuleux ! que plus jamais je ne pourrais m'en passer ! et elle qui continuait ! qui trouvait ça très bon! « Tu grossis! tu grossis! tu deviens un vrai petit homme! »

Elle est venue me rejoindre, elle m'a mis sur son ventre, j'avais le nez dans ses seins. « Allez, viens, mon chéri, maintenant on met le zizi dans la chatte... – Non! – Viens j'te dis, tout est prêt! » Je me débattais, elle me bloquait, elle m'encerclait avec ses bras, et petit à petit, tout en me fourrant sa langue dans la bouche, elle me mettait en place...

Y a eu le moment où j'ai senti le truc. Le contact insensé. J'étais en train de rentrer. J'étais à l'intérieur. C'était chaud et gluant. En même temps c'était bon, en même temps c'était dégueulasse. De toute façon c'était à devenir dingue.

Elle m'a bien enfoncé et j'ai pas discuté. Plus personne ne bougeait. On respirait très fort.

« Je suis dans la chatte, là?

– Oui, mon amour, t'es dans la chatte. Pour l'instant on bouge pas. Mais tout à l'heure on va bouger. »

Elle a relâché son étreinte. Elle s'est faite molle et voluptueuse. Ses mains sont descendues se poser sur mes fesses. Elle m'a dit « attention, je vais bouger un petit peu... ».

Elle s'est mise à bouger. Tout doucement sur elle-même. Des petits mouvements de hanches et les reins qui se creusaient pour remonter doucement. Elle me faisait danser entre ses cuisses. C'était assez terrible. Je sortais et je rentrais, quelque chose d'éprouvant.

« Tu aimes?

– Oui!

– Et comme ça! »

Elle a mis la vitesse supérieure. Je me suis retrouvé secoué comme dans une essoreuse.

« Arrête! je lui ai dit.

Existe en blanc

– Qu'est-ce qu'il y a ?
– Tu me fais mal !
– D'accord, elle m'a dit. On se repose un petit peu. »
Elle savait s'arrêter et respecter mon âge.

À l'école les mecs ont commencé à se foutre de ma gueule à cause de mes culottes courtes. J'étais le seul à en porter. « On voit ta couille qui pend », ils m'ont dit. C'est à cause de Madeleine, j'ai pensé. À force de me machiner, elle a dû me faire gonfler. N'empêche que j'étais mal à l'aise pour marcher dans la rue. Y avait des gens qui se retournaient. Pareil dans l'autobus. J'avais l'impression que tout le monde regardait ma couille. Surtout les dames. Je cachais mes cuisses avec mon cartable mais même comme ça elles me regardaient. Y en avait même qui se penchaient. Elles avaient l'air scandalisé : « Un grand garçon comme ça, lui mettre des culottes courtes... »
À peine rentré chez moi, je demande à voir mon père. Il n'était pas visible. L'était dans son bureau. Je force la porte de son bureau. Je me présente en tant que fils : « Papa, il faut que je te parle. – Je suis en réunion. – Réunion avec qui ? » Le bureau était vide. « Tu cherches à m'humilier ? m'humilier devant mon fils ! – Mes culottes sont trop courtes, papa, on voit ma couille qui pend. – Tu as honte de ta couille ? – Tout le monde se fout de ma gueule. – Tu veux que je t'inscrive aux scouts ? – Même le prof il m'a dit : " Treuttel, on voit votre couille, vous allez marcher dessus. " »
Confrontation avec le prof. Mon père a mis un short.
MON PÈRE : Paraît que vous vous foutez de la couille de mon fils ?

Existe en blanc

Le prof : Excusez-moi, monsieur, mais ça pose un problème...
Mon père : Vous voulez voir les miennes ?
Le prof : Oh, monsieur, je vous en prie...
Mon père : Vous faites moins l'humoriste quand les parents débarquent !
Le prof : Mais pourquoi vous me dites ça ?
Mon père : Vous avez quelque chose contre les Belges ?
Le prof : Pourquoi vous me parlez des Belges ?
Mon père : La Belgique est un grand pays !
Le prof : J'ai jamais dit le contraire !
Mon père : Mon fils a l'accent belge et porte des culottes courtes ! OK ? Et si on voit sa couille, c'est parce que l'élastique de son slip est détendu ! OK ? Et je vous interdis de parler de ma femme ! OK ?
Le prof : Mais je ne parle pas de votre femme...
Mon père : Je suis le père de cet enfant ! OK ? Jusqu'à preuve du contraire !
Le prof : Mais alors pourquoi il a l'accent belge ?
Mon père : Arrêtez de poser des questions imbéciles !

N'empêche que les copains, quand j'ai commencé à leur raconter que je me faisais une fois sucer la bite par une bonne femme de cinquante ans avec des gros nichons, et que même je pouvais lui toucher la chatte et lui mettre un doigt dans le cul, ils se sont beaucoup moins marrés avec mon accent belge, c'est moi qui vous le dis. Ils se marraient plus du tout. J'étais devenu le veinard, le mec qui a touché le gros lot, et tous les matins quand j'arrivais, comme un dieu j'arrivais, ils se précipitaient tous autour de moi, fascinés, tout baveux, pour me dire « et alors ? qu'est-ce qu'elle t'a fait hier ?

Existe en blanc

— Hier on a baisé, je leur disais, négligent, et l'air un peu fourbu, on a baisé comme des malades.
— Oh, la vache! t'as juté!
— Évidemment que j'ai juté! Quand elles te prennent entre leurs cuisses, elles te lâchent plus jusqu'à ce qu'elles aient obtenu leur liqueur! »

Et quand y en avait des sceptiques, y a toujours des sceptiques, je sortais la culotte noire de ma poche et je leur disais : « Tenez... si vous voulez pas me croire... »

Leurs yeux gourmands, c'était obscène...

J'avais exagéré en ce qui concerne le jus. À sept ans on jute pas. J'avais la pine bien dure, ça oui, et de plus en plus longtemps, à la grande joie de Madeleine qui s'extasiait sur mes progrès, paraît que je faisais merveille, que je devenais très ardent, mais bon, à l'arrivée, y avait pas d'arrivée. Ça se terminait jamais. J'étais là, comme un con, avec ma trique en l'air, dont je savais pas quoi faire, et parfois je m'énervais : « Ça me fait chier, à la longue, tes histoires de baisage! Regarde dans quel état tu m'as mis! Comment on va résorber ça, maintenant? »

Elle était emmerdée. Elle savait pas quoi faire. Elle essayait la glace pilée, mais ça me faisait durcir. Le doigt dans le cul, pareil. Y avait aucun remède.

« Y a qu'un truc, c'est la bière. Est-ce que tu aimes la bière?
— Tu veux me faire boire de la bière?
— La bière ça fait pisser et pour pisser faut débander. Toutes les femmes connaissent ça. »

Je me suis tapé deux mousses. J'ai trouvé ça pas mal. Elle, elle a bu aussi. On riait comme des cons. On en avait un coup dans le nez. J'ai eu envie de pisser. « Pisse-moi dessus », elle m'a dit. Je me suis pas fait prier. Même que c'était marrant. Je lui pissais sur la gueule et elle se pourléchait. Ça lui coulait partout. Sa gaine était trempée. Ses seins étaient collés. Quand j'ai eu terminé, elle m'a dit « Tiens, regarde ! » Accroupie sur le lit, elle a pissé aussi, et j'ai mis mes deux mains pour recevoir le jet. C'était chaud, ça giclait. J'ai recommencé de bander. Je l'ai baisée dans sa pisse. « Maintenant je voudrais que tu chies, je lui ai dit. – Tu as envie de voir ma merde ? – J'ai envie de voir ta merde. Un enfant, à sept ans, ça aime bien les histoires de caca. – Et si j'y arrive pas ? – T'as qu'à pousser un coup. »

Elle a poussé tant qu'elle pouvait. Elle est devenue violette. Moi, je sais pas ce qui m'a pris, je me suis mis à limer comme si je voulais la tuer. Elle a joui comme une folle, et pendant qu'elle jouissait et que tout se relâchait, elle a chié tant et plus, et moi aussi j'ai joui, j'ai eu le bonheur de jouir, et malgré la puanteur, qui était assez terrible, Madeleine et moi on se regardait, complètement bouleversés. Comment voulez-vous qu'un garçon qui connaît son premier orgasme dans la merde ne devienne pas un assassin ?

Tous les après-midi, en sortant de l'école, je la rejoignais au magasin. Elle me donnait un goûter puis je faisais mes devoirs. Elle m'avait installé un petit bureau dans l'arrière-boutique, juste derrière le miroir, miroir sans tain, évidemment, de manière à ce que je puisse travailler tout en regardant les essayages. Elle tenait beaucoup à ce que notre relation n'ait pas de répercussions sur la bonne marche de mes études. Elle surveillait mes notes, inspectait mes cahiers, et quand je me relâchais, elle se montrait sévère, parfois même intraitable, allant jusqu'à m'infliger de véri-

Existe en blanc

tables punitions. « Tu seras privé de cabine ! » elle me disait. Et elle tirait le rideau qui obturait le miroir. Je me retrouvais enfermé dans mon arrière-boutique, seul avec mon algèbre ou ma version latine, condamné à entendre, et à seulement entendre, ce qui se passait de l'autre côté. J'enrageais et je bossais. Et comme j'étais intelligent, tenace et orgueilleux, mes notes remontaient vite, elle me félicitait, et le rideau se rouvrait.

Tout ce que je voyais n'était pas rose, inutile de vous le dire, y avait des grosses et des sacs d'os, y avait des femmes désespérées sur lesquelles toute lingerie avait l'air d'un pansement, mais enfin, en moyenne, je le sentais à mon gland, juge de paix implacable, le spectacle de ces femmes dans le secret de leur cabine, enfilant un body puis affrontant le miroir, transformées en amantes par la grâce d'un soutif, devenant musicales et toutes surprises de l'être, était émerveillant, bouleversant, palpitant et formidablement éducatif pour quelqu'un qui s'intéresse un tant soit peu à la psychologie féminine. C'est là que j'ai tout appris : comment la disgrâce peut devenir charme, comment la mère de famille peut devenir maîtresse, comment la femme en friche peut se mettre à fleurir, comment le mauvais goût peut encanailler l'élégance, comment la femme du monde rêve de jouer les putains, comment la vraie beauté ne peut être salie, comment le souvenir de la jeunesse brille toujours dans les yeux pour peu qu'une femme soit désirée.

Madeleine, je la soupçonne, cherchait à m'amuser, disons plutôt à me rendre marteau, car manifestement elle proposait des tenues qu'elle aurait pu s'abstenir de proposer. On voyait dans les yeux de la cliente, à moitié nue dans la cabine, passer un grand effroi. Elle ne pense pas que je vais porter ça ? « Essayez, lui disait Madeleine, ça ne vous engage à rien... » Et elle faisait enfiler à la malheureuse, déjà rouge de confusion, un soutien-gorge d'une transparence et d'une obscénité à faire exploser toute son éducation, ses bonnes manières, son instinct maternel et ses convictions religieuses. C'est comme ça que j'ai découvert le Gossard. La cliente, bouleversée, stupéfaite de s'aimer et même de se désirer – car les femmes se désirent, elles se séduisent elles-mêmes, c'est ce qui les rend inconcevables, insaisissables, même quand elles sont devant nous elles se regardent dans nos yeux – la cliente, donc, qui est juste en face de moi, seul le miroir nous sépare, ne peut réprimer le geste, et comme je la comprends, de se caresser les seins. Madeleine sourit. Moi je me touche. Je sens le virus entrer en moi. Premier contact avec la drogue. Je ne suis que douceur et saisissement de beauté.

Quand arrivait sept heures, le magasin fermait, Madeleine baissait le rideau de fer, et on se retrouvait tous les deux. L'heure de la délivrance. Tout cet engorgement, que j'avais accumulé, et qui me faisait douleur, je savais qu'elle allait m'en soulager, j'attendais en tremblant. Elle, elle s'en délectait. Elle prenait tout son temps. Elle rangeait le magasin où traînaient des articles qu'elle pliait soigneusement avant de les mettre dans les tiroirs. Puis elle venait me rejoindre : « Tu as fini tes devoirs ? – Y a longtemps que j'ai fini. – Bon alors faut que tu rentres. Chez toi on va s'impatienter. – Chez moi personne s'inquiète. Je veux rester avec toi. Je veux manger avec toi. Je veux dormir avec toi. »

En général, elle refusait. Elle me baissait mon froc et

Existe en blanc

me délivrait de toutes mes images. Je me reculottais. «Je veux pas rentrer chez moi», je lui disais. Elle me ramenait chez moi. Je montais dans sa bagnole et elle me déposait. « T'es vraiment qu'une salope ! » je lui disais. Elle me larguait quand même. Chez moi tout le monde s'en foutait de savoir pourquoi je rentrais si tard. Quand je m'asseyais à table, mon père baissait même pas son journal. Y avait que Mathilde dont le strabisme manifestait quelque soupçon.

Un soir je me suis barré. J'ai descendu les escaliers sans faire le moindre bruit. Une fois dehors, j'ai mis mes pompes. J'ai escaladé le portail. J'ai marché dans les rues désertes. J'ai sonné chez Madeleine. Elle était en chemise de nuit. Surprise en plein sommeil. C'était la première fois que je la voyais sans maquillage et le cheveu en bataille. J'ai eu envie de l'appeler maman. Elle est retournée se coucher et elle m'a dit « viens vite ». Je me suis déshabillé et j'ai sauté dans le lit, qui était chaud comme un nid. Elle a éteint la lumière. Je me suis blotti contre elle, le nez dans le creux de son cou. Elle a tiré les couvertures sur mes épaules. On disait rien. On était bien. Ça sentait bon la femme aimée. C'était bonheur d'être un enfant. Y a des moments on a besoin de pas grand-chose : juste un peu de chaleur et une épaule accueillante. Et un bruit de train qui passe au loin.
« Un jour il faudra que je te tue, elle m'a dit. – Pourquoi ? je lui ai répondu. – Tu vas parler à tes copains, tes copains vont parler, ça va remonter aux oreilles de leurs parents, et y a toujours un imbécile pour faire son devoir de citoyen. J'ai pas envie de vieillir en taule. – Je suis d'accord pour mourir, je lui ai dit, maintenant que je t'ai connue. – Mon amour, elle m'a dit. – Ma ché-

rie », je lui ai répondu. Elle a ouvert les cuisses. « J'ai envie que tu me lèches le cul », elle m'a dit. Ça tombait bien, moi aussi j'en avais envie. Ça faisait un moment que j'y pensais mais j'osais pas. J'étais con. J'avais peur que ça pue et que ça m'attaque les yeux. Quand je me suis retrouvé au fond du lit, enfoui dans la fournaise, j'ai compris à quel point j'avais été con. C'est vrai, ça puait un peu, je me demande si elle avait pas lâché un petit gaz, mais le premier moment de stupeur passé, j'ai été submergé par l'amour. Un océan d'amour. Avec le varech et tout. J'ai roulé dans son cul comme on roule dans les vagues. J'ai plongé et replongé. J'ai ramené des merveilles. La pêche miraculeuse. Puis tout d'un coup le temps s'est couvert. J'ai déclenché un grain. Un gros orage de la cinquantaine. Ça m'a fouetté le visage. J'ai cru que le lit allait sombrer. Pouvoir extravagant de la langue quand elle danse sur la crête de la vague. Tout barbouillé d'écume je suis remonté à la surface. Y avait sa bouche qui m'attendait. « Toujours envie de me tuer ? je lui ai demandé. – Plus que jamais », elle m'a répondu. C'était très excitant. La trouille est excitante. Faire jouir la mort est excitant. Oui, je suis dans l'obligation de le dire : j'ai été la victime d'une pédophile. Quelle chance !

Tous les jours je me demandais comment elle allait me tuer. J'avais peur qu'elle m'étouffe, qu'elle me fasse un ciseau, qu'elle se badigeonne l'entrecuisse à l'arsenic. Mais elle a trouvé un truc beaucoup moins compliqué. Elle a tout simplement disparu. Elle s'est volatilisée. Fermé le magasin, baissé le rideau de fer, vidé l'appartement, plus un meuble, plus rien. Et la concierge, évidemment, qui n'avait pas l'adresse : « Elle a déménagé, mais elle a pas dit où. »

Existe en blanc

Je me suis retrouvé tout petit, avec l'envie de chialer, ne sachant plus où aller. J'ai traîné dans les rues. Chez moi j'ai pas dîné. J'ai tremblé dans mon lit. Tous les soirs j'ai tremblé en suppliant Madeleine de pas me faire ce coup-là. Mais elle me l'avait fait. Elle m'avait pas loupé. J'avais plus envie de vivre. Je partais pour l'école, j'y arrivais jamais. Je me diluais en route. Je marchais vers Paris. Des magasins de lingerie il y en avait bien d'autres mais j'osais pas entrer. Je restais devant les vitrines avec les larmes aux yeux. Parfois une dame sortait et s'inquiétait de savoir si j'étais pas perdu. Je tournais le dos et je m'enfuyais, ratant sans doute une occasion, mais j'avais le goût à rien, juste à me laisser dériver au fil de ma tristesse en pensant à cette femme qui m'avait tout donné et m'avait tout repris. J'ai grandi. Mon enfance a fondu comme neige au soleil. Un jour j'ai eu dix ans. C'est vers cette époque que notre Mathilde est morte pendant que je la sautais. On comprendra plus tard pourquoi elle en est morte et d'où venait son saisissement. Je me suis retrouvé encore plus seul. Mon accent belge s'est épaissi en même temps que je muais. Au Cours Fulmar on se gaussait. Je ne répondais même plus. J'étais devenu un étranger dans mon propre pays. Et puis un jour, sur le boulevard, à l'endroit même où autrefois elle exerçait son négoce, j'aperçois une silhouette sur le trottoir d'en face, c'est Madeleine, j'en suis sûr, j'ai le cœur qui bondit, je hurle son nom et je m'élance et j'entends un coups de freins et un bruit très violent : c'était le bruit de mon corps fauché par la bagnole.

Crime parfait. Pas de mobile. Elle monte dans sa voiture et démarre sans une larme. Moi je vais à l'hôpital, je me tape trois mois de coma, j'ai des tuyaux

Existe en blanc

partout, je me réveille mauvais, endurci par la vie. Je chie dans un bassin, les infirmières me torchent, je mange des trucs prémâchés, on me balade dans un fauteuil roulant, j'ai des copains handicapés, on se retrouve dans le parc, c'est presque tous des mecs, des éclatés de la moto, je les écoute raconter leurs histoires d'infirmières qui sucent, je me demande si je suis mort ou si je suis vivant, ma minerve me fait mal, mes souvenirs me font mal, ma jeunesse me fait mal, et puis un jour, vous allez voir, dans la vie le soleil finit toujours par s'infiltrer, j'aperçois une nouvelle, une fille dans un fauteuil d'infirme qui restait à l'écart et qui lisait un livre à l'ombre d'un marronnier. C'était le printemps. Le marronnier était en fleurs. La fille aussi était en fleurs. Y avait des seins qui gazouillaient dans son petit corps meurtri. Elle s'appelait Gabrielle et elle avait seize ans. Un tout petit seize ans. Elle portait un chemisier et une jupe de saison d'où pendaient deux fantômes, ses jambes, qui étaient paralysées. « Je suis une prématurée, elle m'a dit. Je suis née à cinq mois. On s'est battu pour que je vive et voilà le résultat. »

Le résultat c'était le bonheur. Le lendemain on s'est revus, tous les jours on se voyait et je m'endormais dans les bras des anges. On s'embrassait tant bien que mal de fauteuil à fauteuil et elle me donnait des baisers qui étaient frais et brûlants. Elle suivait un traitement pour la moelle épinière dont elle n'espérait pas grand-chose sinon qu'il se termine vite car les piqûres étaient douloureuses. Moi j'avais attaqué une rééducation, je faisais des progrès, et elle n'en faisait aucun. Mais quand je passais devant elle avec mon déambulateur, je lisais dans ses yeux qu'elle était fière de moi, qu'elle me disait « courage », et qu'elle n'avait pas peur, car elle savait que je l'abandonnerais jamais.

Existe en blanc

Ses parents avaient fini par divorcer. D'abord soudés par le malheur, ils s'étaient battus au coude à coude pour donner à leur petite Gabrielle, qui jamais ne gambaderait, tout l'amour que peuvent donner des parents, puis emportés par le chagrin, ils s'étaient séparés. Sa mère venait la voir, son père venait la voir, parfois ils se croisaient et s'embrassaient longuement. C'étaient pas des héros, c'étaient simplement des braves gens.

Pas une fois il ne fut question entre nous, je veux dire entre ses parents et moi, de savoir si, à notre sortie d'hôpital, Gabrielle et moi allions continuer à nous fréquenter, ou même pourquoi pas vivre ensemble, tellement il était évident que ma présence la rendait heureuse et que la voir heureuse était ma raison de vivre. C'est tout naturellement, comme un couple qui rentre de voyage, que nous nous sommes retrouvés, Gabrielle et moi, en train de dîner en tête à tête puis d'aller nous coucher dans un petit deux-pièces loué par nos parents près de la porte de Montreuil. Un rez-de-chaussée, évidemment. Et maintenant, Monsieur le Président, avant d'attaquer un des épisodes les plus douloureux de ma courte existence, est-ce que je pourrais me voir accorder quelques instants de repos et si possible boire un verre d'eau ?

LE PRÉSIDENT : Qu'on donne à boire à l'accusé.

On me guide pour m'asseoir. On me tend un verre d'eau. Je sens le parfum de mon avocate qui se penche vers mon oreille. « Vous êtes magnifique, elle me dit, vous êtes en train de les retourner, j'ai vu des larmes dans le jury... »

Gabrielle pesait trente-deux kilos. Je la portais du matin au soir. Le matin je la levais, le soir je la couchais. Entre-temps je la lavais, je l'habillais, je la promenais. Pour aller dans la rue et qu'elle se sente à l'aise, moi aussi j'avais un fauteuil roulant et on roulait côte à côte. Parfois même on blindait, on jouait à se poursuivre et Gabrielle riait, tout essoufflée, toute belle. Ça lui réussissait l'amour. C'était l'été et il faisait chaud. Gabrielle transpirait. Gabrielle avait soif. Gabrielle voulait une glace. Au moindre courant d'air je lui mettais son pull. On allait au marché. On allait aux terrasses. Tout le monde nous connaissait et nous regardait passer comme une bouffée d'espoir. On était l'histoire d'amour du quartier, les handicapés merveilleux. Les commerçants souriaient sur le pas de leur porte. On redonnait du courage à tout un tas de gens. On était montrés en exemple aux enfants difficiles. Quand on rentrait à la maison, on était contents de rentrer. On se regardait tout intimidés de se retrouver face à face dans cet appartement qui était le nôtre. Elle avait les joues en feu et quelques cheveux collés sur le front. J'attendais toujours un petit peu avant de sortir de mon fauteuil, pour amortir le choc, la faire revenir doucement à la réalité, qui était que moi je pouvais me lever et pas elle.

Le premier soir, je me souviens, après le départ de nos parents, qui avaient rempli la cuisine de provisions et la salle de bains de linge frais, Gabrielle m'avait dit, aussi fière que piteuse : « Tu vas devoir t'occuper de moi pour des choses très gênantes. J'espère que ma mère t'a prévenu... »
Je lui avais répondu qu'on allait commencer par la plus gênante de ces choses, c'est-à-dire l'amour physique, et ça ne l'avait pas gênée du tout.
Sa mère, en effet, m'avait prévenu. Elle m'avait dit : « Gabrielle, en tant que femme, est parfaitement constituée. Rien ne s'oppose à ce qu'elle ait une sexualité normale. »
Rien ne s'opposait, c'était exact. Je dirais même tout concourait. Je vivais avec une amoureuse.

Gabrielle, au début, j'aurais dû me méfier, semblait beaucoup plus autonome que prévu, elle se débrouillait pour plein de trucs, elle se hissait à la force des bras, faisait une grande partie de sa toilette elle-même, jusqu'au jour où je l'ai entendue tomber dans la salle de bains, où je l'ai trouvée en larmes avec son pauvre Tampax qu'elle essayait de cacher et où j'ai compris que c'était seulement sa pudeur qui lui donnait cette force, l'envie de garder ses petits secrets, et qu'il fallait la surveiller doublement, même quand elle ne voulait pas. À partir de ce jour je ne l'ai plus jamais laissée seule, et notre intimité, qui allait au-delà de l'intimité, n'en a jamais souffert, tellement Gabrielle était touchée par la grâce.
Joli métier que celui d'infirmier quand l'infirme vous chamboule. Quand à chaque fois que vous la

Existe en blanc

prenez dans vos bras vous avez l'impression de sauver tous les enfants du monde, tous ceux qui meurent par manque de soins. Elle, elle était vivante. Des gens s'étaient battus pour qu'elle vive, des médecins, des infirmières, des anonymes, elle, elle avait longtemps hésité, peut-être ne voyait-elle pas bien l'intérêt du voyage, du fond de sa couveuse, à travers son brouillard dans lequel on envoyait de l'oxygène, elle discernait vaguement des grosses têtes avec des airs inquiets, parfois quelque chose qui ressemblait à un sourire de mère, et puis un jour finalement elle avait pris sa décision, elle avait décidé de tenter le coup, et maintenant, pas tout à fait bien terminée mais vaillante quand même, elle était dans mes bras et je faisais gaffe de ne pas la cogner en franchissant les portes. Quand je voyais ses parents je leur baisais les mains. Ils ne posaient jamais de questions. Ils voyaient bien que tout allait bien. Tout ce qu'ils demandaient c'était des Kleenex, leurs yeux étant souvent humides.

Mon père venait de temps en temps. Il avait son assiette. On lui faisait un petit ragoût de mouton. Il était content. Il mangeait. Il disait pas un mot. Il promenait sur notre bonheur un regard d'apatride. Quand il avait fini de manger il allait s'asseoir devant la cheminée. Il avait son fauteuil. Il lisait son journal. Il écoutait Gabrielle me faire réviser mes cours. Je préparais un baccalauréat par correspondance. Gabrielle comptait les heures qui nous séparaient du lit.

Elle adorait baiser. Par un de ces phénomènes de rééquilibrage dont la nature a le secret, toute l'énergie inemployée par le bas de son corps s'était accumulée plus haut, dans sa région intime, et se consumait d'impatience. Cette impatience était si grande, si

Existe en blanc

grande sa frénésie, qu'à peine je la touchais, aussitôt elle jouissait, puis rejouissait encore, tout de suite, comme une cambrioleuse qui se remplit les poches. Je me laissais dévaliser, d'abord émerveillé de donner tant de plaisir, la recueillant tremblante, puis quand elle tremblait trop, alors je m'inquiétais, j'avais peur qu'elle se brise, elle était si fragile, tant de révolution dans un corps si chétif... J'essayais de lui parler, j'essayais de la calmer, je lui expliquais qu'on avait le temps, toute la vie devant nous, mais c'était impossible, ce regard dans la nuit c'était plus fort que tout, cette urgence, cette soif, cette angoisse de l'instant qui peut-être allait s'enfuir, cette peur d'un réveil brutal où elle serait de nouveau seule... Je replongeais en elle pour lui donner des forces et pour faire taire en moi cette idée épouvantable que la mort, si ça se trouve, était au bout du chemin. Celle de Gabrielle, évidemment. Pendant tout ce temps que nous avons passé ensemble, combien de temps, je ne sais plus, six mois, un an, j'ai senti la présence de la mort dans un coin de notre chambre. Et je suis sûr que Gabrielle la sentait aussi. Je le voyais dans ses yeux. Nous ne nous en sommes jamais parlé. On ne parle pas de ces choses-là. On a peur et c'est tout.

De grands accès de joie s'emparaient tout à coup de Gabrielle, sans raison particulière, une joie enfantine, qui la faisait taper dans ses mains en riant aux éclats. Elle se mettait à jongler avec des balles. Parfois c'était une joie plus polissonne, presque aguicheuse, déclenchée par un vieux tube à la radio, et elle se mettait à danser dans son fauteuil en me regardant en biais. Elle avait aussi des étirements de chatte repue, la volupté qui se mettait à l'aise, des moues de paresseuse, et là

Existe en blanc

c'était à la naissance d'une femme qu'il m'était donné d'assister. Je retenais mon souffle.

    C'est curieux comme souvent c'est au plus profond du bonheur que va se mettre à miroiter la plus noire des idées. Une idée tellement noire que vous n'oserez même pas la regarder. Vous vous débattrez comme un diable pour y échapper. En général on y échappe. Quelquefois ça revient. Alors ça ne vous lâche plus. Il s'agit presque toujours d'un acte gratuit. D'un cauchemar en plein jour.
    Quelque chose, déjà, je ne sais quelle drôle de sensation, aurait dû m'alerter. C'était un détail vestimentaire. Ça va vous paraître idiot. Je vais vous le raconter quand même.

    Gabrielle aimait bien les chemisiers. Elle en avait deux. Un blanc et un noir. Ainsi que deux soutiens-gorge. Un blanc et un noir. Aussi chastes l'un que l'autre. Des soutiens-gorge de jeune fille, simples et sans coquetterie, qui normalement n'auraient pas dû me mettre dans cet état. Or ils me faisaient chanceler. J'étais pris de vertiges. Obligé de m'asseoir. D'où venait ce coup de poing qui me cueillait à l'estomac à chaque fois qu'elle enlevait son chemisier ? Elle avait des petits seins plutôt jolis à regarder, tout gonflés, tout tendus, bon... mais pointés dans le soutif, alors là rien à voir, c'était beau à faire mal !
    Le président : Vous voulez dire que vous souffriez ?
    – Je souffrais.
    Le président : Mais de quoi, bon Dieu ! Vous aviez tout pour être heureux !
    – Je souffrais de la beauté et du temps. Une équation maudite.

Existe en blanc

Le président : Je ne comprends pas.
– Moi non plus.
Mon avocate : Faites un effort, monsieur Treuttel. Nous sommes au cœur de votre culpabilité ou de votre innocence.
– Je suis coupable d'avoir trop regardé ! Je suis coupable d'avoir trop aimé ! La beauté d'une femme qui se donne fait plus de mal que la beauté d'une femme qui se refuse !
Le président : Et pourquoi, s'il vous plaît ?
– Parce que plus vous croyez la posséder, plus elle vous échappe ! Elle vous file entre les doigts comme le temps ! Et le soutien-gorge, Monsieur le Président, malgré sa légèreté, malgré son peu de tissu, eh bien c'est lui qui retient le temps ! Avant de l'enlever, vous êtes au futur, après l'avoir enlevé, vous êtes à l'imparfait ! Et l'imparfait c'est le temps des morts !
Le procureur : Je laisse au jury le soin d'apprécier.
Mon avocate : Je demande que du temps soit laissé à mon client pour qu'il approfondisse sa pensée.

Je m'en suis ouvert à Gabrielle. Elle m'a dit : « Je comprends pas. » Je lui ai dit : « J'adore te voir en soutien-gorge. » Elle m'a proposé : « Tu veux qu'on en achète d'autres ? des plus sexy ? des transparents ? – Surtout pas ! je lui ai répondu. C'est ceux-là qui me déglinguent ! – Alors où est le problème ? On dirait que tu souffres... – Évidemment que je souffre ! – Mais de quoi ? – D'amour ! – D'amour de mes soutiens-gorge ? – D'amour de toi *en* soutien-gorge ! – Ça te fait mal quand je l'enlève ? – Ce qui est terrible dans le soutien-gorge, c'est qu'il est fait pour être enlevé. – Bon, écoute, je le garde, et puis quand t'auras envie qu'on l'enlève, on l'enlèvera. – Ne te moque pas de moi ! – Mais je me moque pas de toi ! – Si ! tu te moques de moi ! tu me prends pour un malade ! tu fais tout pour me rendre marteau et une fois que je suis marteau tu joues les innocentes ! – Mais ces pauvres soutiens-gorge c'est même pas moi qui les ai choisis, c'est maman qui me les a achetés ! – Oui ben ils sont sublimes ! »

C'était notre première scène. On s'aimait. Y avait aucune raison pour que ça se termine mal. Elle n'enlevait plus son soutien-gorge. Je la regardais énormément. Elle s'offrait à mon regard. Elle ne mettait même plus de chemisier. Elle passait des journées entières en soutif. C'était l'hiver. On faisait des grosses flambées. Moi je restais dans un coin et je bougeais pas. Je la regardais. Je la quittais pas des yeux. Elle avait un peu peur. Elle était excitée. Elle avait peur de cette excitation qui montait en elle. Je ne la touchais pas. Elle sentait que quelque chose d'exceptionnel allait se passer. Moi aussi je le sentais. C'était impossible de ne pas le sentir. À un moment, elle s'est levée. Elle s'est levée de son fauteuil. Elle a marché vers moi. À petits pas hésitants. Elle a traversé la pièce. Elle est venue s'asseoir à cheval sur mes genoux. « J'ai décidé de marcher, elle m'a dit. – C'est une bonne décision », je lui ai répondu. À ce moment-là on a sonné. C'était Madeleine. C'était Madeleine qui revenait, voir un petit peu quel grand garçon j'étais devenu depuis tout ce temps. Elle m'a trouvé grandi. Elle a eu l'air intéressée. Elle a laissé tomber son manteau sur le parquet. Je me souviens d'une apparition somptueuse. Elle était moulée dans une robe en jersey qui ne faisait pas de cadeau. Immédiatement j'ai pensé à sa gaine, aux trois pressions qui ne demandaient qu'à s'ouvrir, au formi-

Existe en blanc

dable enfouissement qui m'attendait, et je voyais dans ses yeux qu'elle pensait à la même chose, qu'elle en avait déjà marre d'attendre...

Les retrouvailles du cul sont les plus redoutables. Je me suis jeté sur elle et elle m'a agrippé, on a roulé par terre, tout de suite je me suis retrouvé en elle, à l'endroit exact où il fallait être, y a des moments faut y aller, c'est la vie qui veut ça, un jour on est poète, le lendemain on est une bête, dans chaque chose y a du bon, là c'était du meilleur, baiser une vraie salope y a quand même que ça de vrai, on se sent tout de suite en pays de connaissance, surtout quand elle a essayé de vous tuer, c'est déclencheur d'amour, le plaisir que vous prenez à lui donner de la tendresse n'a d'égal que la violence avec laquelle vous lui explosez le potager, regardez comme elle est saisie la belle madame Thirion, Madeleine, ma première femme, visez comme elle apprécie la croissance de l'élève, elle en suffoque, elle s'esbaudit, elle pousse des « oh », elle pousse des « ah », elle pousse tellement qu'elle pète sa gaine, elle perd tous ses repères, elle sait plus où elle est, moi je vais l'emmener au pays de la honte, là où les miroirs sont interdits parce que les femmes n'osent plus se regarder, on y va, on y va, le problème c'est que j'y vais avec elle, maintenant c'est elle qui m'emmène, elle m'emmène dans son bled, là où la nuit on entend hurler les éjaculateurs de cailloux, elle a noué ses guibolles autour de mes rognons, elle se défend, elle contre-attaque, elle sort sa toute-puissance, ses infinies capacités, je deviens son jouet, elle me balade, elle se rétracte et elle s'évase, elle m'oublie et me retrouve, je la supplie de mettre un terme, de me délivrer de mon onglée, elle s'en amuse, me met à vif, chaque glissando

Existe en blanc

m'arrache un cri, elle, elle y va de sa vocalise, même que ça serait plutôt des râles, une agonie des cordes vocales, à un moment je lui serre le cou, je voudrais tellement qu'elle ferme sa gueule, qu'elle arrête de dicter ses dernières volontés, malheureusement elle est costaud, j'arrive pas à serrer assez fort, va falloir que je m'entraîne, en attendant je lui dis que je l'aime, on jouit ensemble comme un orchestre, on a des secousses à n'en plus finir, la vraie crise d'épilepsie, puis on se retrouve tout enlacés, avec nos langues qui se congratulent, on se caresse, on se murmure, on regarde autour de nous... Mais d'où on vient? Où on était?

Je tends la main vers Gabrielle : « Gabrielle?... » Ben où elle est passée celle-là? Je me lève pour aller voir, mais le sol était tellement gluant, v'là t'y pas que je me casse la gueule et que Madeleine je lui retombe dessus! Crise de rire! Aussi sec elle essaye de me réenfourner! « Arrête tes conneries! je lui dis, j'étais avec une fille! – Une fille en soutien-gorge? – Oui! – Ça fait longtemps qu'elle s'est barrée. – Mais son fauteuil est là! – Quel fauteuil? »

Gabrielle marchait. Elle descendait en se baguenaudant la rue des Suppliciés. Elle souriait à la vie. Elle était belle comme tout. Tout le monde sortait pour regarder passer le miracle. Y en avait qui se signaient. D'autres qui criaient « vive l'amour! ». D'autres qui ne pouvaient rien faire pour cause de larmes aux yeux.

Moi, comme un imbécile, je m'étais lancé à sa poursuite par la rue Viviani. J'étais dans mon fauteuil d'infirme. J'allais le plus vite possible. J'allais pas assez vite.

Au carrefour des Aiglons, personne ne saura jamais ce qui s'est passé exactement, certains prétendent

qu'elle n'a pas vu le bus, d'autres qu'elle s'est jetée dessous, d'autres plus simplement que ses jambes l'ont lâchée, toujours est-il que quand je suis arrivé y avait déjà son sang sur la chaussée et dans ses yeux une nette sensation de départ. J'ai pas insisté. J'ai repris le chemin inverse et je suis rentré à la maison.
LE PRÉSIDENT : Comment vous vous sentiez ?
– Mal. Très mal. J'ai plus quitté le fauteuil roulant. Ni pour les obsèques ni pour le reste. Je trouvais la vie trop dégueulasse. Savoir qu'on ne peut rien faire pour protéger les gens qu'on aime ça n'incite pas à se mettre debout. Se mettre debout pour quoi faire ? J'avais besoin de réfléchir. Je restais des journées entières dans mon fauteuil à égrener comme des chapelets les soutiens-gorge de Gabrielle en me disant que l'amour, tout de même, ça entraîne dans des drôles de contrées. L'orientation que prenait ma vie ne me plaisait pas du tout. Même Madeleine qui me donnait pas de nouvelles. Pourtant j'avais acheté un appareil pour me muscler les mains.

Je sortais le moins possible, juste pour acheter mon pain, le journal et des boîtes de conserve. Ça m'énervait leur air compatissant, aux commerçants, dès qu'ils voyaient entrer mon fauteuil, et les clients qui chuchotaient, qui se parlaient à l'oreille, c'est lui, l'inconsolable infirme, regardez comme il a l'air doux... J'en profitais pour chouraver un maximum de trucs. Un homme accusé de meurtre peut bien avouer un vol...

MON AVOCATE : Je ferai remarquer au tribunal l'honnêteté de l'accusé qui ne cherche à dissimuler aucun aspect de sa personnalité, même les aspects les plus sordides. J'espère que le jury se souviendra de cette honnêteté lorsqu'il sera question des aspects sympathiques de mon client. Personne aujourd'hui ne

Existe en blanc

peut dire quelle sera l'issue du match que se livrent le bien et le mal en la personne de Baudouin Treuttel.

Le procureur : Pour les victimes l'issue est claire.

Mon avocate : Je ne plaide pas l'innocence, je plaide la fragilité d'un garçon emporté par une tempête déclenchée par des fous. Attendez seulement d'en savoir davantage, vous allez être édifiés.

Le président : Poursuivez, monsieur Treuttel.

Un jour mon père vient me rendre visite. Il se faisait du souci. « Pourquoi tu rentres pas à la maison ? il me dit. Ça nous inquiète, ta mère et moi, de te savoir ici tout seul à ruminer. Tu vas devenir neurasthénique. – J'ai un rendez-vous, je lui réponds. Un rendez-vous très important. – Avec qui ? – Une femme. Je suis sûr qu'elle va revenir. Je l'attends. – Laisse ton adresse punaisée sur la porte. – Non. C'est ici que ça doit se passer. C'est ici le lieu du crime. Un assassin revient toujours. – Tu vas faire une connerie ? – Tu l'apprendras par le journal. – Tu vas pas me gâcher ma seule joie qui est de lire mon journal ? – Toi tu me gâches ma seule joie qui est de rester tout seul à caresser les soutiens-gorge de la fille que j'aimais et que j'ai laissée filer. – Pourquoi tu l'as laissée filer ? – Dans la famille Treuttel on est con de père en fils. – Con mais pas assassin. – C'est là où je compte enrichir le génome. »

Ça l'a un peu secoué, ce qui s'explique, pour un père. Quelques instants plus tard, c'était lui qui me secouait. Il s'est approché de moi avec des yeux brillants, il s'est agenouillé devant mon fauteuil roulant, il a posé deux grosses mains paternelles sur mes genoux d'infirme, et il m'a dit à peu près ceci : « Treuttel. N'oublie jamais ce nom. C'est notre nom. Jamais un Treuttel n'a laissé tomber un Treuttel. Et si Treuttel le fils viole le premier commandement, Treuttel le père, quoi qu'il lui en coûte, se portera au secours du fils. Son fils. Sa honte et sa fierté. – Tu veux dire son amour ? – Je n'emploie pas de mot dont je ne connais pas le sens. – Moi je vois le sens dans tes yeux ! – Méfie-toi de mes yeux. Mes yeux sont fatigués. Parfois on croit qu'ils pleurent, alors que c'est une simple irritation, j'ai la cornée fragile. – Prends quand même un Kleenex... – Oui. Merci. Je dis pas non. » Et il essuie ses larmes comme tous les pères du monde. Du coup je lui prends la main : « Papa... – Oui... – Je crois bien que moi aussi j'ai un petit peu envie de chialer... – À ton âge on chiale pas. On a la tête bien droite et on regarde vers l'avenir. Même si l'avenir c'est tuer une femme. – J'ai plus envie de la tuer... – C'était pas une grosse envie, alors... – J'ai envie de voir ma mère... – Tu sais bien que ta mère ne gagne absolument pas à être vue... – J'ai envie de voir ma mère, je te dis ! qu'elle me serre dans ses bras ! qu'elle me prenne sur ses genoux ! qu'elle me berce ! qu'elle me dorlote ! – Si tu grimpes sur ses genoux, les tibias vont lâcher ! – Dis-lui que j'ai besoin d'elle ! dis-lui qu'elle vienne me voir ! dis-lui que son enfant infirme, qu'elle a eu tellement de mal à mettre au monde, qui a failli lui coûter la vie, dis-lui que cet enfant-là il est toujours vivant et qu'il réclame sa présence ! Dis-lui que rien que de la voir entrer, là, je serais capable de marcher ! Oh, dis-lui ça, papa... »

Mon père s'est redressé. Il avait l'air emmerdé. « Ça m'étonnerait beaucoup qu'elle se déplace jusqu'ici, il m'a dit. Mais, je te promets, je vais lui parler. » Le temps de fermer les guillemets il avait quitté le décor. J'étais tout seul dans mon fauteuil. J'ai roulé jusqu'à la fenêtre pour voir démarrer la vieille Citroën. C'était

Existe en blanc

l'époque où j'étais pas encore un assassin. Je me tâtais. Les conditions n'étaient pas totalement réunies. Manquait le petit déclic qui fait que tout d'un coup on passe à l'acte. J'ai décidé de me botter le cul. « Pour commencer, tu vas te lever, je me suis dit. Arrêter de jouer à l'infirme. T'as assez porté le deuil. » Et dans le même élan j'ai sauté sur mes pieds.

Je me suis retrouvé la gueule par terre. Sur le moment j'ai pas compris. Je me souviens même de m'être marré. J'ai cru que c'était un gag. L'instant d'après je tremblais : mes jambes avaient refusé de me porter. C'était plus des jambes, c'était de la flanelle. J'ai trouvé le gag moins drôle. J'étais assis sur le parquet et j'essayais de me lever. À chaque fois c'était le bide. Je me recassais la gueule. Ces enculés de spectateurs ils étaient morts de rire. Je me suis retourné vers eux et je leur ai conseillé de mettre une sourdine. Ils se sont marrés de plus belle. Moi je me traînais comme un cul-de-jatte. Pour me hisser dans le fauteuil j'ai dû m'y prendre à cinq reprises. Le fauteuil m'échappait. Il partait à l'autre bout. Moi je me rétamais. Puis de nouveau cul-de-jatte. Les spectateurs qui hurlaient de rire...

Je me suis tracté vers eux. Je leur ai parlé droit dans les yeux : « Profitez bien de vos femmes, je leur ai dit, pendant qu'elles sont encore en vie. Donnez-leur du bonheur. Et la nuit, quand elles dorment, écoutez battre leur cœur. On ne sait jamais ce qui peut une fois arriver... »

Les rires se sont éteints... J'ai sauté dans le fauteuil et je me suis arraché, direction mes parents, dont j'avais grand besoin.

Naturellement ils n'étaient pas là. Quand j'ai fini par arriver, lessivé, après une interminable randonnée

Existe en blanc

d'autobus en autobus, avec des gens qui m'aidaient à monter et d'autres gens qui m'aidaient à descendre, et parfois personne qui m'aidait, ce qui me mettait dans l'humiliante obligation de réclamer de l'aide, je suis tombé sur un mec avec un casque de chantier qui fumait un gros cigare en regardant ses ouvriers attaquer au marteau-piqueur la maison de mon enfance. Ma chambre, plus particulièrement. Je reconnaissais le papier peint. « Les gens qui habitaient là, j'ai demandé au fumeur de cigare, vous sauriez pas ce qu'ils sont devenus ? »

C'était un mec bronzé avec une chemise Lacoste rose. Il avait pris de l'embonpoint depuis la dernière fois. « Bâtiment G, il m'a répondu. Appartement 154. »

J'étais sur le point de partir, mon fauteuil pivotait déjà, puis je me suis dit, quand même, cette question qui me turlupine, faut quand même que je lui pose, et je suis revenu vers lui : « Est-ce qu'y aurait pas une femme dans votre vie ? je lui ai demandé. – Dans ma vie y a plein de femmes, il m'a répondu. Forcément, j'ai du blé ! » J'ai un peu insisté : « Non mais je veux dire une femme à laquelle vous seriez plus particulièrement attaché. – C'est pas moi qui m'attache, c'est elles. Et quand elles s'attachent trop, je donne un coup de propreté. Comment ça se fait que vous ayez l'accent belge ? – Je suis pas en Belgique, là ? – Non. Là vous êtes à Vibreuil. Banlieue nord de Paris. Mais la Belgique n'est pas très loin. Deux ou trois heures de route. Tout dépend de ce que vous avez comme bagnole. Vous n'avez que ce fauteuil ? – Et des enfants vous en avez ? »

Il a tourné son bronzage vers moi. Son bronzage et ses yeux myosotis. « Vous vous intéressez à moi ?

Existe en blanc

— Oui. Je vous trouve captivant. Un joli spécimen. — Un spécimen de quoi ? — D'enculé. » Il avait l'air content : « Je suis un enculé. — Ah ! vous voyez ! Je vous ai bien deviné ! — Je vais me présenter aux élections. — Vous serez élu dans un fauteuil. — C'est assez mon avis. Vous voulez un cigare ? — Non merci, je ne fume pas. — Même du belge ? » J'ai agité mon doigt : « Ça c'est une plaisanterie, hein ? Ça sent la plaisanterie... — Fume, c'est du belge », a fait le mec avec geste à l'appui. Je ne comprenais pas très bien mais je rigolais quand même : « Parfois j'ai difficile, quand je passe la frontière, à saisir toutes vos blagues... Mais y en a des fameuses... Nous aussi, en Belgique, on en a quelques-unes... Tenez, par exemple, savez-vous une fois me dire quel est le pays au monde où on achète le plus d'escabeaux ? — Non... — C'est en France, monsieur. Et vous voulez savoir pourquoi ?... Parce que le Français essaye toujours de péter plus haut que son cul !... N'est-ce pas qu'elle est bonne ? — Elle est excellente. D'ailleurs, vous voyez, je ris de bon cœur... — Vous en voulez une autre ? — Non merci. Sans façon. — J'en ai une sacoche pleine. J'en ai une sacoche pleine... »

Pendant qu'on bavardait y avait ma maison qui se barrait en décombres et mon enfance en nuage de poussière. Plus la fumée du cigare qui m'arrivait dans la gueule. « Vous seriez pas un fils Treuttel ? qu'il me demande, l'enculé. — En effet, je lui réponds. J'ai cet honneur. »

Il me regardait avec une expression nouvelle. Y avait de la bienveillance dans son regard, quelque chose de chaud qui passait. « Pourquoi vous me regardez comme ça ? Je lui demande. — J'éprouve de l'amitié pour toi, il me répond. Une incompréhensible amitié. — Moi aussi, que je lui dis. Totalement

Existe en blanc

incompréhensible. – Quel âge as-tu ? – Ça dépend des jours. Disons entre sept et vingt ans. – Qu'est-ce que tu veux faire plus tard ? – J'attends que vous me le disiez. – Tiens : voilà ma carte. Passe me voir un de ces jours. On essaiera de te trouver un truc. Un truc au rez-de-chaussée. »

J'ai mis sa carte dans ma poche : « C'est très aimable à vous. – Ça coûte rien d'aider un jeune. – Vous avez pas répondu à ma question, tout à l'heure. – Quelle question ? – Je vous ai demandé si vous aviez des enfants. – Pas d'enfant et pas de femme. Je suis un prédateur. Un prédateur n'a pas d'amour, un prédateur n'a pas de point faible, c'est pour ça que c'est un prédateur. Il est invulnérable. »

Je me suis dit un mec comme ça va falloir tout lui fabriquer, son bonheur, sa passion, sa folie d'homme vieillissant, ça va être du boulot. Mais quel pied, les amis, quand je l'aurai à ma main et que son bonheur je lui tordrai le cou. Voilà ce que je me suis dit. Ça fait du bien d'avoir un projet. Moi je suis pour les crapules. Vous imaginez, si tout d'un coup y avait plus de crapules, combien la vie serait terne ? Que des gens propres, dites donc ! Vous voyez le coup ? que des mecs super-réglo qui vous piquent pas votre montre, qui mettent pas la main au cul de votre femme et qui vous trouvent sensationnel ! Vous imaginez la monotonie ? l'ambiance dans les cocktails et les vernissages ! tout le monde qui sympathise avec tout le monde ! pas la moindre vacherie ! pas le moindre coup de pied en traître ! l'ennui mortel du bivouac ! Et les gonzesses, pareil ! toutes des filles tellement bien que rien que de les croiser déjà vous pensez au landau que vous pousserez tous les deux au jardin des Poètes ou au square Mandela tout en vous félicitant de la délicatesse du nouveau gouvernement qui a succédé au précédent dans une telle ambiance de cordialité, et même que du landau s'échappera le gazouillis déjà bourré de trouvailles d'un gniard café au lait que vous aurez conçu sans même vous en apercevoir, un soir de bonheur parmi tant d'autres, en écoutant la musique du *Grand Bleu*, que même peut-être, c't'enfant, vous l'aurez fait dans l'eau, un bain de minuit dans les Cyclades, baiser dans l'eau c'est le dernier truc, pas même besoin de toucher la fille, y a qu'à se laisser flotter, en provenance de tout le bassin méditerranéen arrivent les longs filaments blanchâtres des semences langoureuses, il faut que la lune soit pleine, que la fille soit offerte, autour de vous tournent les dauphins, pendant ce temps-là vous vous branlez, soutenu par les synthés, et vous éjaculez en direction de l'Afrique, en direction d'autres baigneuses qui sauront bien vous accueillir dans le secret de leur corps et vous donner un fils, un Farid, un Djemal, ou peut-être un Helmut, si c'est une vacancière, vous ne le saurez jamais mais vous vous en foutez, ce qui compte pour vous c'est d'être en phase avec l'humanité tout entière, c'est ce qu'on appelle le Nouvel Âge, l'âge de la Planète Amour, c'est ce qui explique aussi le gniard café au lait, pour des Bretons ça aurait pu poser problème, mais vous l'avez accueilli comme un don du ciel, tout est cadeau divin, quel dieu ? on sait pas, tout est Dieu, tout est dans tout, Dieu est musique, longue tenue de synthé !...

Je ne veux pas de ce monde-là, où on plane, où on flotte. Moi je veux des crapules, des enculés et des pourris, qu'on se foute bien sur la gueule et qu'on soit bien teigneux. C'est la crapule qui donne le coup de pied au cul, sinon tout le monde s'endort. C'est la crapule qui fait gronder la base et s'écrouler les murs. La crapule est notre objectif. Démasquer la crapule. Abattre la crapule. Et à la crapule abattue succède immédiatement une nouvelle crapule encore plus enfoirée que la précédente et le combat continue et le combat c'est le mouvement et le mouvement c'est l'espoir. Sauf quand on recule. Allons donc de l'avant, je dis! Guerre à tous ceux qui cherchent à nous mettre! Ils sont nombreux. Je me réjouis. Promoteurs, policiers véreux, politiciens corrompus, dans mes bras! Qu'est-ce qu'on deviendrait sans vous? Vous imaginez la faillite des médias? la disparition de tous les grands journaux? resterait plus que *Géo*...

Vénérons nos crapules.
Remercions les crapules de nous donner notre mauvaise humeur quotidienne.
Veillons à ce que rien ne dérange nos crapules dans leur crapulerie et qu'ils plongent leurs doigts crochus de plus en plus profondément dans nos sacs à illusions.
J'emploie le masculin, vous l'aurez remarqué, pour parler des crapules. Les femmes vont réclamer leur quota. On s'en occupe tout de suite. Je vais vous parler de la trahison.

Qui ne possède pas de femme ne connaît pas la peur.
La peur qu'on la lui emprunte. La peur qu'on oublie de la lui rendre. La peur, pire encore, qu'elle aille d'elle-même proposer ses services. Qu'elle ait de mauvaises fréquentations. Qu'elle s'offre au premier pillard venu. Qu'elle s'acoquine avec un vilain.
La femme est un diamant qui trotte sur des talons et qui, comme tout ce qui brille, éveille des convoitises.

Existe en blanc

Aucun assureur ne vous couvre. C'est du danger pur jus. Vous êtes le conservateur d'un musée dont aucune porte ne ferme. La femme n'est qu'ouvertures, persiennes, jalousies. D'ailleurs elle porte jupe, vêtement qui est la définition même de la recherche d'incident. Elle porte bien d'autres choses encore dont je ne vous ai que trop parlé. Serait-elle pousse-au-crime? La femme serait-elle à l'honnêteté ce que le pied-de-biche est à la porte blindée?

Je suis un type qui aime réfléchir. Malgré mon accent belge, je suis de tradition on ne peut plus française en ce qui concerne le raisonnement. Logique. Toujours logique. Je pense qu'il y a du bon dans le mal. Et qu'un beau salaud marrant sera toujours plus intéressant qu'un crétin sympathique. Faut se méfier, c'est tout. Y a des salauds sinistres et des crétins qui puent. Y a de tout. C'est très dangereux. J'aime le danger. J'aime bien les coups tordus. Et même parfois les tordre moi-même. Il m'arrive également de me laisser surprendre par la douceur de vivre. Un enfant qui court, un rayon de soleil, un envol de pigeons... Mais la douceur de vivre ne prend sa vraie valeur qu'en pensant au merdier dont vous venez de vous sortir. Le blanc n'est beau qu'à cause du noir. Et la fidélité qu'à cause de la trahison. Qu'est-ce qu'on deviendrait sans la trahison? Qu'est-ce qu'on ferait avec une femme si y avait pas cette trouille qu'elle se fasse la valise avec un autre? Rien. On ferait rien. On se regarderait. On serait béats. Ça serait une histoire d'amour entre légumes. On aurait la tronche en survêtement. Y aurait même plus de soutifs. Pas besoin d'armes en temps de paix. Pas besoin de se bouger le cul. Cool. Ça baigne. Encore la flotte. Les dauphins sont pas loin. L'ennui de cette existence. L'envahissant potage.

Existe en blanc

Je ne serai jamais un gentil membre. Le membre n'est pas gentil. Le membre est gorgé de sang. Le membre n'aime pas le karaoké. Le membre aime clouer la femme sur son lit de travail pour l'empêcher d'aller voir ailleurs. La femme est trahison. La femme est harnachée. La femme est un missile avec une tête qui cherche tout le temps. La femme est très sensible de la gâchette. Elle a un chien à la place du cœur. Un chien qui remue la queue et qui vient se coucher à vos pieds. Fidèle. Pendant ce temps-là ricanent les crapules cachées derrière les cactus. Regardez bien les yeux de votre femme pendant que vous l'embrassez : en général ils sont ouverts et regardent un autre mec auquel ils promettent mieux. C'est pour ça que nous nous battons, que nous essayons de resplendir, d'être beaux comme des soleils : c'est pour éblouir l'infidèle, qu'elle ferme enfin ses yeux, qu'elle reste un peu à la maison. Et qu'elle ferme ses persiennes.

Trahison, crapulerie, vous êtes mes carburants. Et aussi le manque de chance qui, comme vous avez pu vous en apercevoir, ne cesse de me poursuivre.

Sans parler que si on y arrivait vraiment – hypothèse de cauchemar – à supprimer toutes les crapules, voyez pas ça la nostalgie, la crapule-nostalgie, qui s'abattrait sur nous...

Le premier assassin qui ramènerait sa moustache et gueulerait un peu fort, hop il serait au pouvoir ! acclamé par des foules hurlantes ! un océan de bras tendus !

L'appartement 154, dans le bâtiment G, était un banal trois-pièces de HLM, sur la description duquel je ne m'étendrai pas vu qu'on y reviendra sans doute jamais et qu'on va pas se torsader les roustons avec des détails en chapelet pour une scène que j'espère courte et dont l'intérêt principal résidera dans le contenu et dans quelques informations de première importance pour l'avenir de notre héros, c'est-à-dire moi, Baudouin Treuttel, haï des Belges comme des Français, enfin sous les verrous après vingt ans d'une vie régalante passée à calmer des ardeurs et refroidir des corps brûlants avec la bénédiction de la police assoupie, qui n'entendant jamais un cri se disait tout va bien, et qui même si elle avait soulevé une paupière pour reluquer les environs aurait immédiatement été réduite au silence par de très hautes protections politiques, aussi bien en Belgique qu'en France, où rien n'est plus facile que d'acheter un ministre, surtout quand on le tient par les couilles, et même de lui taper un peu sur la gueule si il est long à la détente, car quoi de plus énervant, quand on joue sa peau toutes les douze minutes, que les gens qui se hâtent lentement, raison pour laquelle – la lenteur – j'ai toujours refusé de travailler avec la Suisse, pays pourtant voisin, et n'ai donc jamais tué de Suissesse, même à La Chaux-de-Fonds, localité pourtant tentante.

C'était au rez-de-chaussée. Le petit plan incliné qui sert pour les poussettes il a fallu m'aider, j'avais les bras vidés. Deux gamines m'ont poussé. Ça les faisait rigoler. Faire bander un infirme les filles elles aiment bien ça. Elles m'ont montré le slip. Elles m'ont montré le soutif. Ça explosait de partout. Fleurs précoces d'Algérie. Quand elles ont vu que j'avais les larmes, elles m'ont poussé comme un bolide dans le grand couloir rempli d'échos et m'ont arrêté devant le numéro 154. Elles m'ont touché les couilles et elles se sont enfuies, poursuivies par leurs rires.

Mon père – enfin ce qu'il en restait – m'attendait au milieu de ses cartons et de ses caisses qu'il n'avait même pas eu le courage de déballer. Il était en pyjama. Pas rasé. Gris. Presque mort. « Ta mère est partie, il m'a dit. L'expulsion de la maison elle n'a pas supporté. Voir son piano mis aux enchères elle n'a pas supporté. "Je ne pourrais pas survivre à ça, elle m'a dit. Mes parents ne m'ont pas préparée à subir ce genre d'humiliation. J'ai des principes et de l'éducation. Tout cela est bafoué. Je n'éprouve plus aucun sentiment pour toi, même pas de pitié, que du dégoût. J'ai l'intention de ne pas m'éterniser sur cette terre. Encore une chose à faire et je tire ma révérence... " Elle était belle comme jamais elle n'avait été belle... " C'est quoi, je lui ai demandé, cette chose qui te reste à faire ? – Sauver mon fils d'un destin tragique ", elle m'a répondu. Là-dessus elle est partie, et pas de nouvelles depuis trois semaines. »

Existe en blanc

Par la fenêtre on voyait des enfants qui rentraient de l'école. On voyait qu'ils rentraient de l'école à cause de leurs cartables. C'étaient des beaux enfants. D'ailleurs ils étaient noirs. L'appartement était au nord mais les enfants étaient au sud et renvoyaient le soleil en direction de mon père pour lui réchauffer un peu le désespoir. « Papa, je lui ai dit. – Oui, il m'a répondu. – Je suis paralysé. – Tu verras ça avec ta mère. Reste chez toi et attends-la. »

Mon fauteuil roulait déjà vers la porte et mon destin tragique, lorsque sa voix lugubre m'a immobilisé : « Juste un dernier conseil, il m'a dit, au cas où on ne se reverrait pas... »

J'ai pivoté vers lui... « Oui, papa », je lui ai répondu.

Je le voyais, tout là-bas, à contre-jour devant la fenêtre, et voici ce qu'il m'a dit : « Si jamais – je le souhaite pas, un père peut pas souhaiter ça à son fils – mais si jamais un jour, au cours d'une nuit d'amour, nuit d'amour accablante ou nuit d'amour splendide, que la femme soit un ange ou bien une moins que rien, si jamais cette salope, après l'avoir aimée, l'envie te prend de la tuer, je n'ai qu'un conseil à te donner, mon garçon : fais-le.

– Compte sur moi », je lui ai répondu.

Je suis resté chez moi et j'ai commencé à attendre ma mère.

Je l'ai attendue longtemps. Je l'ai attendue des mois. Combien de mois, je ne sais pas, je ne les ai pas comptés. Quelle importance ? Quand on attend une femme, le temps devient soyeux. Doux comme les bras d'une mère. Ça faisait tellement longtemps que j'avais pas dit « maman ».

Tous les matins je me faisais beau, tous les matins je me faisais propre, et je m'installais face à la porte,

Existe en blanc

attendant le coup de sonnette, le fauteuil prêt à bondir. Les feuilles tombaient des arbres. La pluie cinglait les vitres. Il faisait nuit de plus en plus tôt. Je mettais une bûche dans la cheminée. J'écoutais les gens rentrer du boulot. Ils prenaient tous l'ascenseur. Au rez-de-chaussée y avait qu'un seul appartement, le mien, et puis en face un local à poubelles. Je connaissais chaque bruit de l'immeuble. J'avais l'oreille très aiguisée. Je savais qui, je savais quoi. Je pouvais pas m'endormir avant que tout le monde soit endormi. La nuit c'est chiant, il se passe rien. Je me disais : « Vivement demain... que je me remette à attendre... » J'attendais le bruit de ses pas, sa légèreté d'oiseau, ses talons cristallins. Le bruit de son cœur avant de sonner. Son parfum qui, peut-être, se glisserait sous la porte...

C'est pas du tout comme ça que ça s'est passé. D'abord y a eu ce malabar qui est venu cogner comme un sourd à ma porte pour me déposer deux énormes valises. Deux valises fermées à clé. Y avait des étiquettes Aviancas et un bout de porte-jarretelles qui dépassait. J'ai filé un pourboire au balèze puis je suis resté en tête à tête avec les deux valises. Ma mère est arrivée une heure plus tard. « Qu'est-ce que c'est que ces valises ? je lui ai demandé. – Toute ma vie », elle m'a répondu. Elle avait changé de coiffure. Elle s'était fait faire un balayage. Elle me tendait les bras. « On vient pas embrasser sa maman ? – Je peux pas me lever, je suis paralysé. – Paralysé par quoi ? – La peur de vivre, probablement... »

Elle a commencé par enlever son manteau. « Je le sentais bien que tu allais mal. Une maman, même perdue, même à l'autre bout du monde, elle entend son enfant quand son enfant l'appelle. Tiens, regarde ce

Existe en blanc

que je t'apporte. J'ai un cadeau pour toi. » C'est là où ça s'est mis à chavirer. Quand elle a enlevé sa veste. J'ai senti que quelque chose échappant à tout contrôle était en train de se passer. Au chemisier, je l'ai senti. À ce que je devinais d'inimaginable sous le chemisier.

Elle a enlevé le chemisier.

Je présente mes excuses aux mamans qui liront ce récit, mais c'est comme ça que ça s'est passé.

Elle a enlevé le chemisier et j'ai découvert le cadeau.

C'était un vrai cadeau de maman.

J'en croyais pas mes yeux.

Elle autrefois si plate, désespérément plate, deux seins lui étaient venus, deux seins magnifiques et gonflés de fierté, que soutenait à peine un soutien-gorge mou de couleur bleu lavande.

Elle a enlevé le soutien-gorge.

« Tu vois les cicatrices ?

— Non, maman, c'est parfait.

— C'est pour toi, mon chéri. Professeur Iguski, Rio de Janeiro. Maintenant tu as une vraie maman. Tu es toujours paralysé ?

— Je vais essayer de marcher.

— Oui. Essaye. Pendant ce temps-là je me rhabille. Tu es un peu grand pour que je me montre à toi comme ça. »

Elle a remis le soutien-gorge.

J'étais debout. Je tombais pas. Je titubais juste un peu.

« Maman, je lui ai dit, en m'avançant vers elle...

— Mon chéri », elle m'a répondu...

Elle m'a pris dans ses bras et j'ai pleuré beaucoup. J'ai pleuré toute mon enfance comme un barrage qui se rompait. Elle m'embrassait les yeux et elle léchait mes larmes et elle aussi pleurait, tout en me disant des

Existe en blanc

mots de maman et en mettant plein de compresses sur mes blessures. On se retrouvait enfin après vingt ans de rendez-vous manqués. Ça faisait du bien. Dehors la nuit tombait. « Je vais faire du feu », je lui ai dit. Elle a ouvert ses valises. Elle est allée dans la salle de bains avec sa trousse de toilette. J'ai entendu l'eau couler. Elle est revenue en pyjama. Un pyjama de soie blanche. Je ne voyais que ses seins qui bougeaient dans la soie. Elle s'est assise devant les flammes. Elle a fumé une cigarette. « Je viens vivre avec toi, elle m'a dit. Maintenant on ne se quitte plus. On va rattraper le temps perdu. Je vais m'occuper de toi comme une mère doit s'occuper de son fils. » J'ai été pris de frissons : « Mais je n'ai qu'un seul lit... – N'aie pas peur, elle m'a répondu. Il arrivera ce qui arrivera. J'ai beaucoup de choses à me faire pardonner. Je ne veux pas que tu deviennes un criminel. Je vais surveiller tes rêves. Si jamais tu as peur, viens te blottir contre moi, maman te calmera. – J'ai envie de toi, je lui ai dit. C'est monstrueux, j'ai envie de toi. – Moi aussi, elle m'a répondu. Je ne pense qu'à une chose, c'est à ton érection. » Elle me tendait les lèvres : « Maman veut un baiser. »

Elle m'a donné sa bouche, sa langue et sa salive. Nous nous sommes barbouillés comme des gens qui s'oublient. Une mère et son fils. Une mauvaise mère. Une mère qui est prête à tout pour se faire pardonner. Même à baiser avec son fils. Se fait prendre en levrette par son fils. Sucer la queue de son fils. Avaler la semence de son fils. Écarter les cuisses pour son fils. Se faire lécher par son fils.

La chatte de la mère. Quoi de plus normal que de dire merci ? J'adore cette mère. C'est la femme la plus importante de ma vie. Mais n'anticipons pas. Laissons

Existe en blanc

la mère se déployer. Pour l'instant elle est à genoux devant son fils. Pour exciter son fils, elle a enlevé sa veste de pyjama et lui présente ses seins tout neufs, qu'elle a fait faire pour lui. Elle n'a pas encore enlevé son pantalon et on tremble à l'idée qu'elle va l'enlever, que forcément elle va l'enlever. Par contre elle a enlevé celui du fils. Elle sait ce qu'elle veut et elle le prend. L'érection de son garçon. Je vous raconte ça parce que c'est de la lave en fusion dans mes veines. C'est de l'incendie qui s'éteint jamais. Je vous raconte ça parce que c'est mon premier crime. J'ai éjaculé dans la bouche de ma mère et elle a avalé. Une maman ça avale. Ça lèche la dernière goutte. Pitié pour elle, pitié pour lui. On tremblait tous les deux. On était passés de l'autre côté. Au pays des forcenés. Je désirais cette femme. Je voulais posséder cette femme. M'introduire en elle par tous les orifices. Me perdre en elle. Et elle, elle voulait la même chose. Mon érection est revenue au galop. Je me suis jeté sur elle. Je lui ai dit « mon amour » et j'ai mordu ses seins. Elle a roulé sur le sol. Quand j'ai voulu lui arracher son pantalon de soie, elle a bondi vers le lit. Elle s'est cachée sous les draps. Quand je l'ai rejointe, elle avait un sourire de jeune mariée. Elle me tendait le pantalon qu'elle venait d'enlever. « Je suis à toi, elle m'a dit. Fais de moi ce que tu veux. Je ne suis pas ta mère. Je suis une simple femme. » Je me suis glissé à côté d'elle, soudain intimidé. D'être dans un lit, tous les deux, tout nus, ça devenait incroyable, on osait plus se toucher. Je lui ai serré la main très fort sous les draps : « Maman, je lui ai dit... – Mon chéri, elle m'a répondu... – Tu m'as tellement manqué... » Elle a repoussé les draps et elle m'a dit : « Suce-moi... »

Je suis descendu et je l'ai sucée. Je l'ai sucée tout doucement. Je l'ai sucée tout doucement d'abord pour la rendre folle et puis ensuite pour me remettre de ma surprise parce que j'étais en train de sucer une queue.

Ma mère avait une queue, je veux dire une queue d'homme, merveilleusement bandée, douce à la main, douce à la bouche, et je l'ai sucée comme doit être sucée la queue d'une mère, c'est-à-dire avec respect et délicatesse, beaucoup de fignolage, j'ai fait durer le plaisir, je parle du mien, évidemment, bouleversé que j'étais, mais le sien valait le mien, je l'entendais gémir, je lui caressais les seins, je lui caressais les couilles, je lui caressais l'anus, qu'elle avait velouté, doux comme de la peau de pêche, jusqu'au moment où elle a joui, des grandes giclées de sperme chaud, que j'ai avalées comme un assoiffé, ne pensant qu'à une chose : recommencer.

Quand je suis remonté vers elle, je l'ai trouvée toute tendre, toute reconnaissante, tout éperdue d'amour. « Maman chérie », je lui ai dit, et elle m'a serré de toutes ses forces contre son cœur. « Maintenant, tu vas me baiser, elle m'a dit. – Oui, maman », je lui ai répondu.

Elle s'est mise en levrette. Elle m'a tendu un tube de crème : « C'est pour faciliter », elle m'a dit. Je lui ai crémé l'anus. Elle avait des fesses d'ange. Je suis entré en elle comme on entre en religion. Avec recueillement. D'ailleurs c'était divin. Profusion de présents. Je pouvais toucher les seins. Je pouvais toucher la queue. Elle bandait de partout. « Baise ! elle m'a dit. Baise-moi comme une putain ! »

J'ai fait comme elle m'a dit. Je lui ai mis l'incendie. D'abord elle a gueulé puis je l'ai entendue rire. Le rire de la putain dans la nuit. « Pourquoi tu ris ? » je lui ai demandé. Elle savait pas pourquoi. Une femme c'est capricieux. Ça mène le monde en rigolant. Elle m'a conduit comme un gamin jusqu'aux limites du raisonnable, là où on perd la tête, là où on devient fou de l'anus maternel, vous savez pas ce qui vous arrive, enfin moi c'est ce qui m'est arrivé : j'ai joui dans le cul de ma mère.

    Elle était très contente. Elle souriait. Elle avait le visage d'une maman heureuse. Elle m'a dit de m'allonger. Elle m'a dit de me reposer. J'ai fait tout ce qu'elle a dit. Elle m'a couvert de baisers tendres. Elle a promené la pointe de ses seins sur ma bouche. J'ai ronronné de plaisir. Enfin je me laissais dorloter par ma mère. Je faisais l'enfant gâté. Elle bandait comme une folle. Je savais bien ce qui m'attendait. Je fermais les yeux en priant que ça arrive. J'ai relevé les jambes. Je me suis offert comme s'offre une fille. J'ai senti ses doigts qui me mettaient quelque chose de gluant dans le cul. Probablement mon foutre. Là j'ai ouvert les yeux. Elle était belle comme une bête fauve. Elle m'a enculé de face. Je l'ai pas quittée des yeux. Je l'ai regardée s'envoyer en l'air. Tant de beauté c'était à mourir. Elle m'a fait un peu mal, j'ai respiré très fort, puis le bonheur est venu. Je lui caressais les seins. Je lui caressais les fesses. Je lui caressais l'anus, qu'elle avait tout gluant. Pendant ce temps-là, elle me branlait. On a joui en même temps, en suffoquant de joie. Puis on s'est endormis, deux animaux repus, tendrement enlacés. C'était la plus belle nuit de ma vie. Et le plus doux des réveils. Quand j'ai ouvert les yeux, elle a ouvert les siens. Elle m'a souri : « Mon chéri, elle m'a dit... – Maman », je lui ai répondu. Non, c'était pas un rêve. Elle était dans mon lit. L'oreiller plein de cheveux.

    J'ai été pris d'un doute. J'ai voulu voir les seins. Elle avait bien des seins. J'ai voulu voir le sexe. C'était un sexe d'homme. Un sexe d'homme sur un corps de

Existe en blanc

femme. Je suis allé lui préparer du café. Ensuite je lui ai posé quelques questions. « J'aimerais savoir qui est ma mère », je lui ai demandé.

Ça s'est très mal passé. Elle m'a pas répondu. J'ai vu comme un orage se lever dans ses yeux. Puis une giboulée de larmes. Elle a couru s'enfermer dans la salle de bains. De l'autre côté de la porte, je l'ai entendue qui sanglotait. Moi je la suppliais : « Je te demande pardon, maman ! Je te demande pardon à genoux ! »

Je m'étais conduit comme un gros porc. J'avais envie de vomir. C'était la première fois que je bousillais un chef-d'œuvre. Ma mère, qui m'avait tellement manqué, tout ce que je trouvais à faire, pour une fois qu'elle s'occupait de moi, c'était de la torturer. Je me sentais misérable.

Elle est sortie de la salle de bains et elle m'a enjambé comme on enjambe un chien. J'ai vu passer ses pieds et ses chevilles délicates. Puis j'ai tourné la tête et j'ai levé les yeux.

Elle fouillait dans ses malles. Elle ne portait qu'un soutien-gorge. J'ai regardé ses fesses. C'étaient des fesses de femme. Tout en elle était femme : sa taille, ses hanches, l'étroitesse de ses épaules.

Elle a mis une culotte. Une culotte un peu ample. Puis un fin porte-jarretelles. Puis elle a mis ses bas, ses chaussures et le reste. Je me suis approché d'elle.

Elle était maquillée. Toute trace de chagrin avait disparu. D'ailleurs elle m'ignorait. Elle enfilait son manteau. « Où tu vas ? je lui ai demandé. – En ville », elle m'a répondu. Dehors y avait une limousine qui l'attendait. Une limousine avec chauffeur. Je l'ai regardée s'engouffrer dans un éclair de cuisses, la portière a claqué et elle a disparu. Je me suis retrouvé tout seul. Désemparé. Avec une drôle de sensation dans le cul.

119

Existe en blanc

Comme une douce meurtrissure. Autour de moi c'était le bordel. La tornade amoureuse. Je me suis mis au travail. L'état du lit m'a fait rougir. Le tube de crème était ouvert. Son oreiller sentait la fièvre. J'ai ramassé son pyjama. J'ai ramassé tout ce qui traînait. Dans la salle de bains elle avait laissé sa boîte de Tampax. Dans la poubelle j'en ai trouvé un qui avait servi. « Cherche pas, je me suis dit. Prends la vie comme elle vient. »

Je suis allé acheter des fleurs. Je les ai disposées. J'ai attendu le soir. La limousine l'a déposée. À peine elle est entrée, je l'ai poussée sur le lit, j'ai fouillé sous ses jupes et j'ai sorti sa queue, qui m'avait tant manqué.

Ô l'admirable bandaison tapie dans la dentelle ! Ô la tendresse du gland ! Ô l'anus maternel que je pèle comme un fruit ! Tant de douceurs offertes ! Moi qui depuis vingt ans implorais un câlin...

Il faut être allé au fond de quelque chose pour être enfin un homme. Moi je suis allé au fond de ma mère, qui n'était pas ma mère, ma mère c'était Mathilde, d'où ma laideur chronique et le saisissement de la pauvre femme quand je l'avais enfilée, un soir, dans la cuisine, et que sa tête était tombée dans l'évier pour ne jamais se relever. Vous me direz, une mère, si vraiment c'était une mère – et ça reste à prouver – quelle obligation a-t-elle d'immédiatement relever ses jupes sous prétexte que son fils vient de lui dire « je vais te baiser » ? Qui m'a foutu des mères pareilles ?

Pauvre Mathilde... À force d'être au service d'une famille de tarés, elle en avait perdu tout sens commun. Elle avait fait un gosse pour le donner à une autre, une plus riche, une plus belle, et faire croire à un imbécile, mon père, que sa femme était bien une femme. Je le tiens de l'accoucheur, médecin marron, cela va sans dire, que j'ai fini par retrouver, quand une fois ma mère morte, j'ai pu fouiller dans ses valises, éplucher ses papiers et lancer mon enquête pour savoir de quel cul j'avais bien pu sortir, question qui hante les hommes, surtout en cette fin de siècle où plus personne ne sait comment appeler un chat.

J'ai retrouvé le toubib. C'était un vieux débris qui commençait de mourir. Je n'ai pas eu à lui taper longtemps sur la gueule. Avant la troisième tarte il se mettait à parler. Le problème c'était que je bitais rien à ce qu'il disait. Élocution épouvantable. Je me suis fait chier pendant une heure à chercher son dentier qui dès la première baffe avait été mordre la poussière, et Dieu sait si y en avait de la poussière dans cette saloperie de baraque, et de la merde, et plein de signes encourageants sur la mort des crapules.

Je lui ai remis son dentier. Il m'a tout raconté. C'était un médecin belge. Il habitait Anvers. Il était venu d'Anvers pour accoucher ma mère. En train. Avec sa petite valise en carton bouilli. Mon père croyait que c'était un ponte, une sommité de l'obstétrique. Il avait été le chercher avenue Mozart devant un bel immeuble dans l'escalier duquel l'autre s'était planqué juste le temps nécessaire, le temps de sortir comme un rat et de monter dans la Citroën. Docteur Burgos, il s'appelait, ça fait pas très belge comme nom, c'est une histoire très compliquée, je vous la raconte mais je suis pas sûr d'avoir tous les éléments. Et ce n'est pas la lamentable déposition de mon père pendant le procès qui va contribuer à éclaircir les choses, bien au contraire.

Existe en blanc

La lamentable déposition :

MON PÈRE : Je vous demanderai de me respecter. Je parle devant mon fils. J'aimerais qu'il me garde un peu de sa considération, même si, aujourd'hui, je fais piètre figure. J'ai tout perdu, je suis broyé, mais j'ai ma dignité. Je suis toujours un père. Mon fils ne me voit pas mais il entend ma voix. À l'intention de mon fils, je tiens à dire ceci : Baudouin, si tu m'écoutes, sache que ton père est là. Et quels que soient tes crimes, même s'ils sont odieux, tu seras toujours mon fils. Le fruit de mon amour pour ta mère. De mon amour immodéré. Qui a causé notre perte à tous. Et fait le bonheur des spéculateurs. Ta mère était une œuvre d'art. J'ai englouti toute ma fortune pour la garder dans mon musée. Tout le monde voulait me la prendre. La nuit j'entendais rôder les cambrioleurs autour de la maison. « Ferme ta fenêtre », je lui disais. Elle la laissait ouverte. Obligé de m'acheter un fusil. Les poches pleines de cartouches, je veillais toute la nuit. Et une partie de la matinée, car elle dormait très tard. « Pourquoi dort-elle si tard ? » je me disais... Je l'attendais jusqu'à midi, parfois même davantage, les yeux braqués sur la pendule, me disant « c'est fini... je ne la reverrai plus... si ça se trouve elle est loin... au fond d'une calèche qui fonce vers la frontière... rideaux baissés... chevaux fourbus... ». Puis elle apparaissait, en haut de l'escalier. Elle descendait lentement, se tenant à la rampe, si fragile, si précieuse. Doux claquement de ses mules. Comme j'ai aimé ses mules... Comme j'ai aimé ses chevilles qui semblaient hésiter à chacun de ses pas, surtout quand elle s'approchait de moi... Elle avait le teint brouillé et le regard épuisé de la femme qui vient de subir des assauts... Je ne lui par-

Existe en blanc

lais pas. Elle préconisait que je lui parle le moins possible, et de préférence pas du tout, surtout le matin, moment terrible, qu'elle reculait chaque jour un peu plus, sans doute pour voir ma gueule, et le soleil noir de mon désir, lui glacer le sang le plus tard possible... Je lui préparais son thé. Elle brisait deux biscottes. Elle remontait se coucher. Je reprenais ma garde. Mes affaires périclitaient. Arrivaient les huissiers avec leurs doigts fébriles : « Où se cache votre femme ? » Je leur barrais le chemin de la chambre : « Saisir quelqu'un de vivant, la loi vous l'interdit ! – Êtes-vous bien sûr qu'elle soit vivante ? – Je sais qu'elle est vivante aux battements de mon cœur quand parfois, pauvre fou, je crois qu'elle va sourire ! – Une œuvre d'art ne sourit pas ! Y a que la Joconde qui a le droit de sourire ! Et encore c'est limite ! » Ils étaient implacables. Leurs petits yeux d'acier. Leur libido fétide. « Vos quatorze dernières traites sont toujours impayées ! – Je ne peux pas payer ! – Nous saisissons le bien ! – Elle refusera de vous suivre ! – Si elle s'accroche aux draps nous saisirons les draps ! nous saisirons ses rêves ! ses odeurs de la nuit ! » Les répugnants morbaques. Ils se tripotaient les couilles. Ils mangeaient leurs loups de nez. « Qui vous envoie, bande de chacals ? – La fiduciaire d'un consortium ! des gens très énervés ! – Je vais vendre mon usine ! – Nous venons de la saisir ! Nous avons tout saisi : les outils et les hommes ! Les scellés sont posés dans le quartier ouvrier, plus une porte ne s'ouvre ! Les enfants ne vont plus à l'école ! Le prêtre ne porte plus les sacrements aux mourants ! Tous haïssent leur patron, un dénommé Treuttel qui a pioché dans la caisse pour se payer un caprice ! – Qu'est-ce qu'il me reste à faire ? – Cracher au bassinet ! – J'ai dépensé le pognon ! – Votre femme est enceinte ? – Non elle n'est

Existe en blanc

pas enceinte ! – On peut savoir pourquoi ? – Elle se refuse à moi ! – Une œuvre d'art ne se refuse pas ! On l'achète et on jouit ! – Oui ben moi je ne jouis pas ! – On achète pas un cheval de course quand on sait pas monter ! – Cora n'est pas un cheval ! – Je vous trouve bien péremptoire pour un homme en caleçon ! »

Je me lève dans mon box : « S'il vous plaît, je demande, est-ce que quelqu'un pourrait me décrire l'état dans lequel se trouve mon père ?... me dire comment il va ?

– Ton père ne va pas bien, me répond mon père... les vents furieux l'emportent... je suis un capitaine sans navire... les mouettes me chient sur la tête... Pour venir témoigner j'ai volé un costard... il me va plutôt bien... j'ai encore belle allure... Toute ma vie je me suis tenu droit dans la tempête... j'ai essayé de maintenir le cap... Maintenant je suis échoué... un vieux bois vermoulu... rongé par le sel sans doute...

LE PRÉSIDENT : Vous oubliez les bigorneaux...

MON PÈRE : Ne m'interrompez pas !... Un père qui parle c'est important !... surtout quand son fils l'écoute... Tu m'écoutes, hein, garçon ?

L'ACCUSÉ : Oui, papa, je t'écoute.

MON PÈRE : De quoi je suis en train de te parler, là, en ce moment ?

L'ACCUSÉ : De la vie, papa. De la vie.

MON PÈRE : La vie n'est pas à la même échelle pour tout le monde... Ton père avait la tête trop près des nuages... Il croyait que se pencher c'était signe de faiblesse... Pardonnez-moi, Monsieur le Président, revoir mon fils, ça me rend tout chose...

LE PRÉSIDENT : Vous n'êtes pas allé le voir en prison ?

MON PÈRE : Personne m'a dit qu'il y était.

Existe en blanc

Le président : Vous ne lisez donc aucun journal ?
Mon père : Ni journal ni télé. De quoi mon fils est-il coupable ?
Le président : Meurtres. Soixante-trois femmes rayées de la carte.
L'accusé : Elles m'avaient énervé !
Big remous dans la salle. Les abrutis ils bitent que dalle. « Bande de pignoufs ! je leur gueule... Est-ce qu'il y en a seulement un, parmi vous, qui a fait l'effort de tuer quelqu'un ?... Vous, monsieur, par exemple ! Oui, vous, la cravate à pois ! »
Un mec se lève, à la voix pâle : « Comment vous le savez que j'ai une cravate à pois puisque vous êtes aveugle ? – Y a toujours un connard avec une cravate à pois. – Je suis le mari d'une des victimes. – Est-ce que vous êtes armé ? – On nous fouille à l'entrée. Les flingues sont confisqués. – Vous avez une voix à avoir une bonne tête... – C'est ce que ma femme disait. T'es pas beau mais t'as une bonne tête. Et elle me laissait jouer, à condition que j'aie les mains propres. – C'était quoi son petit nom ? – Pascaline... – Je me souviens pas d'une Pascaline... – C'est pourtant vous qui l'avez tuée... – Une femme qu'on tue ne laisse pas forcément un souvenir impérissable. »
Silence.
Cravate à pois : Je n'arrive pas à vous haïr.
– Faites un effort, mon vieux.
On évacue une femme qui vient de se trouver mal.
– Je suis l'unique coupable, dit mon père.
Le président : Expliquez-vous, monsieur Treuttel.
Mon père : L'histoire risque d'être longue...
Le président : Nous prendrons le temps nécessaire.

La lamentable déposition (suite) :

— Je vais vous parler de mon père, reprend mon père, car moi aussi j'en avais un. C'était il y a longtemps. Aujourd'hui je suis vieux, et plus on est vieux plus on s'éloigne du jour où on avait un papa, et plus ça vous manque. Je parle rarement de lui car personne ne m'interroge à son sujet. Seuls quelques-uns de nos vieux ouvriers se souviennent encore de lui. L'évoquent avec respect. J'aime bien m'asseoir à côté d'eux, dans l'arrière-salle du bistrot que mon père avait fait construire à leur intention, en même temps que les deux cent cinquante pavillons. Il faut que les ouvriers aient leur café, il avait dit, comme ça je pourrai aller boire un coup avec eux. C'était un homme remarquable. Toute une vie consacrée au travail. L'usine marchait à plein régime. Il partait tôt le matin, il rentrait tard le soir. Moi j'étais un long jeune homme qui jouait bien au tennis. Je portais des pantalons blancs. Je faisais aussi de l'aviron et de la boxe française. L'hiver un peu de ski. L'été on allait au Touquet. Là je rejouais au tennis. J'allais dans des soirées. On se fréquentait entre jeunes. Je savais danser le tango, la

Existe en blanc

valse et le paso doble. C'est à cette occasion-là que je serrais des filles dans mes bras. « Pas trop, elles me disaient, vous avez les mains moites ! » Je n'avais pas de succès. Même les grosses, les bigleuses, les qui faisaient tapisserie, elles ne voulaient pas de moi. « Moi je ne vais pas avec Treuttel, elles disaient. Si jamais ça s'apprend, je vais avoir l'air d'une conne ! » Le soir, derrière les dunes, garçons et filles se retrouvaient, ou plutôt se cherchaient, certains même s'emboîtant, et on entendait les faiseuses d'anges se frotter les mains dans la douceur de l'été. Moi je restais tout seul, au volant de ma Citroën, sans jamais quelqu'un à qui voler un baiser. Je roulais toute la nuit, j'allais jusqu'en Hollande, et je rentrais à l'aube, ivre de solitude, sans jamais être descendu une fois de voiture, sauf pour faire de l'essence. C'est d'ailleurs comme ça qu'une nuit, dans une station-service, j'ai connu mon premier frisson. La femme remplissait mon réservoir et moi j'étais derrière elle. Je regardais ses hanches. Il faisait froid. Y avait du brouillard. Elle était sanglée dans une robe-tablier qui avait dû rétrécir au lavage ou alors c'était elle qui avait un peu forci. Par-dessus elle portait un gros gilet fourré mouton. Aux pieds elle avait des bottes, aux mains des mitaines. C'était une femme dans la force de l'âge, généreuse de partout, et ses hanches m'attiraient. Soudain elle m'a parlé. Sans se retourner elle m'a parlé : « T'es plongé dans la contemplation de ma croupe ? elle m'a demandé. – Comment vous le savez ? je lui ai répondu. – Une femme ça a des yeux dans le dos », elle m'a dit. Puis elle s'est retournée. Elle avait fini le plein. Elle m'a fait un sourire. Un sourire dans le brouillard. « Tu veux un peu de chaleur ? » elle m'a dit... Sur le moment j'ai pas compris : « Vous parlez de quelle chaleur ? – La

Existe en blanc

chaleur corporelle. Qu'une femme peut donner à un homme. J'ai l'impression que t'as un problème de ce côté-là. – Oui, en effet, j'ai un problème. – On va s'en occuper. » Elle a fermé les pompes, elle a éteint les néons, puis je me suis retrouvé dans une arrière-boutique pleine de pneus et de batteries en train de me déshabiller à toute allure devant une femme qui se déshabillait elle aussi à toute allure parce qu'elle en avait envie autant que moi. Ensuite on est allés dans le lit, elle m'a fait venir sur elle et là je me suis aperçu que dans le lit y avait déjà quelqu'un.

Le président : Qui c'était ?

Mon père : Un gros mec à tatouages. « T'inquiète pas, elle me dit, il dort comme un sonneur. Il arrive d'Istanbul, il a roulé huit jours, il risque pas de nous déranger. Allez, viens, mon chéri, on va se faire du bonheur, tu me rappelles mes vingt ans ! » Pendant ce temps-là l'autre qui ronflait ! et en plus il avait becté de la purée d'ail !

Le président : Moi il m'est arrivé exactement la même chose pendant une nuit de noces. Le marié était complètement bourré, il avait dégueulé, il ronflait dans son dégueulis, et la mariée voulait absolument que je la baise dans le lit nuptial : « Ça lui fera les pieds ! elle me disait. Cocu dès le premier jour ! Allez, viens, enfile-moi ! c'est une aubaine à pas manquer !... » Eh ben je suis arrivé à rien !

Mon père : Mais moi non plus ! je cours encore !

Le président : On est pas des machines à triquer, putain !

Mon père : Une autre fois – je vous raconte, puisqu'on est entre nous – je vais dans une surboum. Une surboum assez chaude. Le genre où dans chaque coin ça fricotait à mort. Je tombe sur des copains, toute

Existe en blanc

la bande du Touquet, ils m'attirent dans une piaule, ils me disent « ça vaut le coup d'œil... ». Sur le lit y avait une fille, une grande fille retroussée... « C'est la fille du proviseur, ils me disent. Son vieux l'attend en bas. Il dort dans la bagnole. Il a un réveil qui sonne à minuit. À minuit faut qu'elle rentre. Sinon il monte la chercher lui-même. En attendant tout le monde la baise. Tu peux y aller, elle aime la gaule. Hein que t'aimes la gaule, Yolande ?... » Elle s'appelait Yolande... Elle était belle comme une prairie...

Le président : Qu'est-ce que vous avez fait ?

Mon père : Je suis allé voir le père qui attendait en bas. Il avait une Peugeot. Il dormait sur le volant. J'ai dû le secouer pour qu'il se réveille : « Y a votre fille qui est en train de se faire violer, je lui ai dit. Ils sont quatre sur elle à se relayer. Elle commence à pleurer et à dire qu'elle en a marre. » On est allés chercher les flics. La fille était mineure. Ça a fait un foin d'enfer. Y avait un mec, son père était député, il a failli être éjecté de son siège. Moi j'ai perdu tous mes amis. J'ai pas baisé la fille. Pendant des années j'ai pensé à elle. Son ventre blanc me poursuivait. Un jour je l'ai revue, longtemps après, elle avait deux enfants. Quand je lui ai parlé elle m'a pas reconnu. Son mari s'est pointé et ça a failli tourner vinaigre. « J'ai dû me tromper de personne », je lui ai dit. Et je suis parti avec mon souvenir sous le bras...

Le président : Ça a dû vous laisser un goût amer dans la bouche ces aventures qui tournaient court...

Mon père : Je me suis mis à me passionner pour le jazz. J'en écoutais toute la journée. Je fumais Camel sur Camel. Et puis il y a eu l'époque de mes troubles respiratoires. J'ai fait une cure à La Bourboule. Là j'ai rencontré une mère et sa fille. Des relations d'hôtel.

Existe en blanc

On a lié connaissance dans la salle à manger. On était voisins de table. On a vite fait de sympathiser. Sauf que ça a mis un certain temps vu que j'osais pas leur parler le premier. Malgré le tapis de sourires qu'elles me déroulaient. C'est la mère qui a entamé la conversation. On l'a poursuivie au salon en buvant des verveines. La fille était sublime. Dans ses yeux on voyait miroiter une promesse insensée. Dans ceux de la mère aussi. Par la suite j'ai appris qu'elles avaient demandé à changer de table pour se retrouver à côté de la mienne. Probablement une idée de la mère pour faire plaisir à sa fille qui était en âge de convoler ou une idée de la fille pour faire plaisir à sa mère qui n'était pas encore en âge de liquider les soldes. Peu importe dans quel sens va le tournis. Le soir même je commettais ma première folie : j'allais frapper à la porte de Sylviane.

LE PRÉSIDENT : Sylviane, c'était la fille ou bien c'était la mère ?

MON PÈRE : C'était la fille... Elle m'ouvre en chemise de nuit. Ses cheveux étaient dénoués. « Je vous préviens, je ne couche pas ! » elle me dit. Et elle se précipite sur ma bouche : « Vous avez le droit de toucher mais je veux rester jeune fille. Je me garde pour l'homme qui m'épousera. – Je suis cet homme ! je lui annonce. – Parlez-en à ma mère. – Dès demain je lui parle ! – Je préférerais tout de suite. Pourquoi attendre pour être heureux ? Courez vite chambre 12. Si elle donne son accord, je suis à vous cette nuit. » Je vole dans les couloirs en direction du 12. Avant même que je frappe, la mère m'ouvre sa porte. Combinaison groseille. Déjà les flammes la lèchent. Elle me tire dans la piaule et me colle contre le mur : « J'étais sûre que tu viendrais ! je t'attendais comme une folle ! » Quelques secondes plus tard, l'homme est vraiment une bête, je devenais dingue de son cul!... C'était mon premier cul. J'avais vingt-cinq ans d'âge. Je me souviens d'une folie. À chaque fois c'est pareil. Quand je suis dans un cul, je ne réponds plus de rien, toute ma raison s'échappe, je ne sais même plus comment je m'appelle. Elle, elle s'appelait Mireille. Elle connaissait plein de trucs pour se mettre en valeur. Surtout la nuit à la lueur d'une bougie. Le matin, au réveil, quand elle me souriait, pour peu qu'il y ait du soleil, ça me foutait la migraine comme après une grosse cuite. Dans ces cas-là il faut reboire exactement la même chose que la veille. C'est en vertu de ce principe que j'ai vécu avec elle pendant deux longues années. On allait de cure en cure, de palace en palace. Mireille faisait tapage. On frappait à notre porte. Ça la faisait rigoler de réveiller les curistes. Elle allait leur ouvrir. Leur offrait du champagne. Ils s'asseyaient autour du lit. Des petits vieux en peignoir. Finalement très contents. Du coup Mireille rajeunissait. Elle redoublait d'ardeur. C'était un récital. On avait des rappels. Des postures à bisser. Ils tapaient dans leurs mains pour donner la cadence...

Le président : Et la petite, dans tout ça, elle ne souffrait pas trop ?

Mon père : Elle était malheureuse. Souvent, le matin, au petit déjeuner, que nous prenions ensemble, sur un balcon ensoleillé, quelque part en Europe, de préférence au bord d'un lac, avec au loin des cimes neigeuses, elle avait les yeux gonflés par les larmes de la nuit. J'avais le cœur déchiré. Elle était tellement belle... Ce qu'il y avait le plus bouleversant, en elle, c'était quand elle trouvait la force, à travers son chagrin, de faire monter un sourire, un sourire merveilleux, à l'intention de sa mère, qu'elle aimait tellement voir heureuse, même avec un salopard de mon espèce.

Existe en blanc

« Vous m'avez trahie de manière ignoble ! elle m'avait lancé le lendemain matin, alors que je tentais de la reprendre dans mes bras. Jamais je ne vous le pardonnerai ! » Je la poursuivais dans les galeries de l'établissement thermal en hurlant mon désespoir : « Je vous aime comme un fou ! » Sans un regard pour moi, elle traçait son chemin au milieu des curistes qui s'écartaient devant elle. Drapée dans son peignoir, elle fumait de colère. D'ailleurs elle sortait du bain de vapeur. Ses cheveux étaient mouillés. J'imaginais son corps humide. Pendant ce temps-là elle me disait : « Jamais vous ne verrez la couleur de mes seins ! et encore moins mes fesses ! Tout ce que je gardais si précieusement je vais le donner à un autre ! au premier crétin venu ! » Et en effet, six mois plus tard, elle nous amène un imbécile, un mec tout en sourire, d'une jovialité à vomir, qu'elle nous présente comme le garçon le plus drôle qu'elle ait jamais rencontré. Je l'ai pas trouvé désopilant. Surtout quand il est venu me demander la main de Sylviane, me prenant pour son père. J'ai toujours fait plus vieux que mon âge, mais c'est pas une raison pour se foutre de ma gueule. « Je n'apprécie pas votre genre d'humour », je lui ai dit. C'était un mec petit et rondouillard, toujours sur les bons coups, avec des cheveux plantés très bas, et qui répondait au prénom ridicule de Roger. Il avait une bouche à gober des huîtres. D'ailleurs Sylviane avait des gros yeux. Elle était belle, je ne reviens pas sur ma première impression, mais elle avait des gros yeux. Quant aux mollets, je m'abstiendrai d'en parler. Si on peut appeler ça des mollets. En tout cas, pas galbés. Aussi c'est sans émotion particulière que j'entendis Mireille, toute roucoulante de lubricité, répondre au prétendant qui venait de faire sa demande : « Pour-

Existe en blanc

quoi mettre tant de hâte ? Faites un peu connaissance, avant de vous embarquer ! Vous m'êtes sympathique, Roger. Demain nous partons pour Stresa, sur le lac Majeur. Venez donc avec nous... » C'est approximativement vers cette période que remontent mes premières difficultés pour honorer Mireille. La vision de son cul, qui naguère m'enchantait, provoquait de plus en plus souvent dans mon appareil génital une sensation de freinage, comme un refus d'obstacle, et j'avais l'estomac qui se soulevait sous l'effet de la décélération. Ma partenaire, qui n'aimait pas sauter un repas, surtout celui du soir, et qui, dans sa jeunesse, avait commencé des études de médecine, section proctologie, connaissait un truc à la fois simple et radical pour remettre un cavalier dans l'axe de la piste. La première fois elle m'a fait honte. La deuxième fois aussi. À la dix-septième fois elle s'est mise en colère : « Un homme qui cesse de bander pour une femme, elle m'a dit, c'est qu'il n'a plus envie de cette femme ! J'aimerais savoir pourquoi tu restes avec moi ! – J'ai envie de lire un livre, je lui ai dit. – Quel livre ? – Je ne sais pas, n'importe quoi, quelque chose de délassant... – Le corps d'une femme n'est pas un livre ? – Si ? – Eh ben alors feuillette ! – J'aime pas Roger. – Je vois pas le rapport avec la lecture... – J'aime pas Roger. Je peux pas le sentir. Il est tout le temps dans nos jambes. – Tu veux qu'on parte tous les deux quelque part ? – Non !... » Nous voyagions dans une grosse Buick, le plus souvent conduite par moi, et nous allions par molles étapes, de trois-étoiles en trois-étoiles, franchissant les frontières et les cols, Mireille à côté de moi, tirant sur sa Craven, et ce salaud de Roger, sur la banquette arrière, obtenant de Sylviane tout ce qu'on peut obtenir, même qu'une fois ils baisaient ! parfaitement !

Existe en blanc

je le voyais bien dans mon rétro ! ils baisaient, putain ! « Ils sont en train de baiser ! j'ai gueulé à Mireille. – Mais non ! elle m'a répondu. – Mais si ! je lui ai dit. Je t'assure qu'il la baise ! » Elle avait l'air estomaquée : « Mais comment est-ce possible ? – Eh ben il a mis sa bite dans le cul de ta fille et il la lime, c'te blague !... » Elle s'est retournée très courroucée vers le concert de gémissements qui nous venait de l'arrière depuis que nous avions quitté Lucerne, et elle a dit : « Roger ! – Oui, madame. – Vous n'êtes pas en train de baiser ma fille ? – Absolument pas, madame. – Vous m'avez fait peur. Sylviane, assieds-toi à côté de Roger, s'il te plaît. Tu n'as aucune raison d'être sur ses genoux. – Oh, maman, j'allais jouir ! – Madame, nous allions jouir ! – Ben jouissez en silence ! Ça énerve le conducteur ! On va finir par avoir un accident ! » Fallait absolument que je fasse quelque chose... J'ai donc téléphoné à mon père à qui j'avais pas parlé depuis longtemps. Il était content de m'entendre. Moi aussi. La voix d'un père, quand on est loin, qui plus est dans la merde, ça fait comme un abri. Je lui ai demandé s'il était toujours copain avec son copain Le Vennec qui travaillait au ministère des Armées et qui m'avait fait réformer pour que je puisse participer à un tournoi de tennis. « Je dîne avec lui ce soir même, il m'annonce. – Bon, je lui dis. Demande donc à Le Vennec de jeter un petit coup d'œil sur le sursis d'un dénommé Vigneulot Roger, soi-disant étudiant en histoire de l'art, qui me paraît aussi étudiant que moi évêque, et qui, par-dessus le marché, se répand en propos défaitistes sur l'armée française et l'avenir de nos colonies... » Quinze jours plus tard, emmené par deux gendarmes très peu sensibles au silence ouaté des couloirs de palace, Roger partait rejoindre sa garnison, puis

Existe en blanc

l'Algérie, où ça commençait à devenir dangereux de porter un uniforme. Sylviane n'eut pas beaucoup de chagrin. Moi non plus. Elle se contenta de hausser les épaules, ce qui eut pour effet d'en dénuder une, le propre d'une chemise de nuit, et encore plus de la candeur, étant de dégringoler à la moindre secousse. Il y eut un moment de silence à crier de bonheur. Comme lorsque les fusils-mitrailleurs s'arrêtent enfin de tirer et que le soldat, sur son piton, quelque part entre Bouira et Dellys, peut enfin décacheter la petite enveloppe lavande envoyée par l'aimée qui l'attend au pays, il a les mains qui tremblent, moi j'ai le cœur qui s'arrête, je regarde le sein gauche de Sylviane à la pointe duquel est restée accrochée la chemise de nuit lavande, de la même couleur que les enveloppes lavande qu'elle n'enverra jamais à Roger, son écriture penchée étant tellement penchée qu'elle en tombe de sommeil rien qu'à l'idée d'écrire. Nous voilà enfin entre nous, Sylviane, Mireille et moi. Le café de ce pauvre Roger fume encore dans sa tasse. Miette de croissant qui tombe sur le sein de Sylviane. Qui va enlever la miette ? Personne. La miette reste là, sur la peau, posée. Sylviane sait que je regarde la miette. Mireille regarde Sylviane et sait que Sylviane sait que je regarde la miette. Et moi je sais qu'elles savent. Une équation en suspension. Le jour même nous partons pour Dax et ses fameux bains de boue. Ensuite Vichy, Baden-Baden, Montecatini. Nous vivions dans des suites, avec des chambres communicantes, et la folie tapie dans l'ombre ne demandait qu'à s'élancer. Elle s'est élancée. Je l'attendais de pied ferme. N'empêche que ça m'a fait un choc quand elle est arrivée. C'était un soir où j'avais quelques problèmes de vigueur pour célébrer Mireille. Sylviane est venue tranquillement s'allonger sur le lit à côté de sa maman. Elle se sentait nerveuse. Impossible de dormir. C'était ce temps orageux. Elle était nue comme un crime. Les seins gonflés à bloc. J'ai énormément baisé la mère en regardant la fille. Puis j'ai voulu monter sur la fille. Toutes les deux m'ont fait signe que « non ». Je suis remonté sur la mère mais ça ne fonctionnait plus. Obligée de demander un coup de main à la môme : « Fais-le-moi repartir, il est en train de piquer du nez. » Je suis devenu un galérien. Tous les soirs elles m'emmenaient en enfer. Où va se nicher l'amour ? Je ne pensais qu'à une chose : arracher ma Sylviane à la boue maternelle. Je l'en ai arrachée. Les choses se sont passées très simplement. Un jour Sylviane, sa mère pissait – c'est ça qui les trahit toujours – me fixe un rendez-vous secret. C'était à Châtelguyon, une cure réputée pour le transit intestinal. On se retrouve dans le parc thermal. Il pleuvait, je me souviens. Le vieux kiosque à musique. Elle arrive en courant. Elle se jette dans mes bras : « J'en peux plus, elle me dit, je veux t'avoir rien qu'à moi ! – On va se débiner ! – Elle nous retrouvera partout ! Ce qu'il faudrait c'est qu'elle meure ! – Comment ? – Un truc rapide ! un accident ! » On se regardait en frissonnant. C'était sans doute l'humidité. Le soir, dans le dos de sa mère, qui commençait de bramer, Sylviane me fait un signe. Un signe que je comprends pas. Ou que je comprends trop bien. Le temps que je pige, Mireille décharge. Sylviane me refait le signe. C'était le signe d'étrangler. J'étrangle donc la mère.

L'ACCUSÉ : Je t'aime, papa ! Je suis avec toi !

MON PÈRE : Ta gueule, je parle ! Un père qui parle on lui coupe pas la parole ! J'étrangle donc la mère et je possède la fille. Elle se donne comme une folle. L'en pouvait plus d'attendre. On a baisé pendant deux

Existe en blanc

heures, à côté du cadavre, puis on l'a évacué. Jolie région, l'Auvergne, pour faire disparaître un corps. On l'a balancé dans un lac de cratère. Ensuite Sylviane m'a repoussé : « T'es qu'un con, elle m'a dit. T'as les mains moites. Tu sens de la verge. J'hérite d'une grosse fortune. Maintenant je vais me taper des pointures. C'est fini les remèdes. Tu peux te barrer. Te lancer à la recherche de la prochaine fille qui va se foutre de ta gueule. » Je l'ai poussée dans le cratère. Elle nageait parfaitement. J'ai dû l'achever avec un rocher. Son rire me faisait trop mal. Je crois que je me suis évanoui. Je sais pas comment j'ai fait pour rentrer chez mon père. En tout cas je suis rentré. « Qu'est-ce que c'est que cette Buick ? » il m'a dit. J'étais en larmes. Je tremblais de tous mes membres. J'étais incapable de parler. « Est-ce que tu as tué des gens ? il m'a demandé. – Oui, je lui ai répondu. – Combien ? – Deux. » Il s'est occupé de tout. De faire disparaître la Buick. De me fabriquer un alibi. Je suis entré en dépression. Je chialais toute la journée. J'ai même pas pu recevoir les flics, tellement j'étais fragile. La nuit, malgré les doses massives, je me réveillais en hurlant. Je voyais des lacs rouge sang. Des squelettes dans des bains de boue. Les îles Borromées en flammes. Le lieutenant Roger à mes trousses à la tête de ses hommes dans une région peu sûre où seules les femmes vous ouvraient leurs portes mais c'était pour mieux vous dénoncer, vous envoyer à la torture. Je m'arc-boutais sous la décharge. Deux infirmières se relayaient, mandatées par mon père, pour me remettre en selle. Paraît qu'elles étaient belles. J'y ai même pas touché. Un hiver a passé. Puis le printemps est venu. Le médecin a décidé que j'étais guéri. Je me suis donc levé. Mon père m'a dit : « Je suis content. » Il m'a pris dans ses

Existe en blanc

bras. Déjà il était vieux. Il était raide comme un arbre qui craint le vent. Il me donnait ses dernières forces. Moi j'étais mou comme un service à la cuiller. Il me prenait par le bras. J'étais censé l'emmener faire son tour mais c'était lui qui me promenait. Un jour notre promenade nous a conduits jusqu'au village. Le village des ouvriers. C'était le 14 juillet. Devant le café, y avait un bal. On s'est assis, papa et moi, et on a commandé deux bières. Des casquettes se soulevaient. Des femmes venaient nous présenter leur dernier. Mon père caressait des têtes d'enfants. On buvait notre bière. On regardait les couples qui étaient fiers de leur valse. On était bien. On aurait pu continuer à être bien. Au lieu de ça, mon père me dit : « Regarde en face de toi. De l'autre côté de la piste. Est-ce que tu vois ce que je vois ?... » Oui, en effet, je voyais. Mes yeux voyaient. Ma tête refusait de voir. Ma tête, mon cœur, et tout ce qui fait qu'un homme, subitement, sans savoir pourquoi, a envie de fonder une famille, tout ça me criait de ne pas regarder. Mais je regardais quand même. C'était une blonde. Elle était assise sur une chaise entre son père et sa mère. Elle portait une robe décolletée. Ses épaules étaient robustes comme le travail que son père avait fourni pendant toute sa vie pour que nous soyons riches. Elle avait l'air inquiète. D'ailleurs personne n'osait l'inviter à danser. Quand j'ai croisé son regard, j'ai eu l'impression de la blesser. Ses parents lui ont pris le bras pour la soutenir. Elle m'a regardé de nouveau. Elle m'a offert son visage comme on offre une souffrance. J'ai compris que je n'aurais jamais de chance avec les femmes. Ça n'empêche pas l'amour... « Qu'est-ce que t'attends ? m'a dit mon père. Invite-la à danser. Tu vois pas qu'elle te fait les yeux doux ?... » Quand je me suis

Existe en blanc

avancé, les parents se sont levés. Le père a ôté sa casquette. Il m'a tendu la main. C'était la première fois que je serrais une main d'ouvrier. Il avait les yeux pleins de fumée d'un conducteur de locomotive. Dans les yeux de la mère défilaient des villes endormies et des souvenirs de voyage de noces. Le fruit de leur amour, qui n'avait pas bougé de sa chaise, avait le regard baissé et les mains nouées. Elle sanglotait. J'ai voulu prendre congé. La mère m'a retenu : « C'est l'émotion, elle m'a expliqué. L'émotion d'une jeune fille. D'avoir été distinguée par vous. Laissez-lui le temps de se remettre. Elle se prépare pour le tourbillon. » Puis, se penchant vers sa fille : « Tu es prête, ma chérie ? Ton cavalier t'attend. » J'ai attendu un bon quart d'heure. On était tous debout à attendre qu'elle se lève. Finalement elle s'est levée. « Je m'excuse », elle a dit. Et nous avons valsé. Nous avons valsé toute la nuit et peut-être même plusieurs nuits, et aujourd'hui encore, malgré mes rhumatismes et ma tenue de misère, pas une nuit ne se passe sans que je valse avec elle. Valentine, elle s'appelait, un prénom à trois temps. Elle effleurait à peine le sol et j'effleurais à peine sa taille. Nous formions un beau couple. C'était pour nous que jouait l'orchestre, un orchestre modeste, un orchestre de bons gars, ils y mettaient du cœur. Valentine avait les yeux clos. Elle valsait les yeux clos, s'en remettant à moi, à Dieu, à la malédiction qui frappe les femmes. Quand l'orchestre s'arrêtait, pour le rafraîchissement, car la musique donne soif, on restait face à face, plantés au milieu de la piste, moi avec ma timidité, elle avec son émoi, sa taille lourde, sa noblesse. Ni elle ni moi n'osions parler, ce qui n'était pas pratique pour avancer dans une relation qui, de toute évidence, allait bouleverser nos vies.

Existe en blanc

C'est Valentine, plus courageuse, comme le sont toutes les femmes, car elles disposent de hanches pour appuyer leurs poings, qui m'a dit, la première : « Si j'en crois la rumeur, vous envisageriez de demander ma main ? – J'envisage, je lui ai répondu. J'envisage. Vous êtes la personne la plus digne de respect et d'amour qu'il m'ait été donné de contempler. » Elle s'est laissé contempler. Des larmes coulaient sur son visage. Nous avons re-dansé, valsé et re-valsé. À un moment, dans le tourbillon, j'ai vu que mon père était parti, tout le monde était parti, il ne restait plus que nous deux et l'orchestre qui jouait. Je l'ai raccompagnée chez elle. C'était deux blocs plus loin, un pavillon coquet avec son jardinet. La nuit commençait à pâlir. Moi aussi à l'idée de quitter ma danseuse. Valentine à l'idée que peut-être un baiser s'imposait. Je l'ai rassurée d'un geste : « Toute une vie nous attend. » Elle s'est enfuie vers la maison. Quarante-huit heures plus tard je demandais sa main. Champagne. Fierté générale. Seule Valentine n'exultait pas. Elle était consentante, sa main était dans la mienne, tous les voisins venaient nous voir, nous présenter leurs compliments, mais elle n'exultait pas. Date fut prise pour la noce. Préparatifs de liesse. Mon père achète une maison pour loger tant de bonheur. Je la remplis de meubles et d'attentions charmantes. Un matin de soleil et d'oiseaux inspirés, Valentine la visite. Elle s'effondre en sanglots. « J'aime un autre garçon, elle m'avoue. C'est un garçon de rien. Marcel, il s'appelle. Il travaille à l'usine. Il charge les camions. Quand il me voit arriver il a les yeux qui flambent. Ça décuple ses forces. Pour qu'il renonce à moi, ton père lui a fait miroiter un poste inespéré : responsable des achats. Autant dire ambassadeur de la boîte. Toujours autour du monde. Marcel a décliné. "J'aime pas trop les voyages, il a dit. Et puis je parle pas anglais... " J'ai fait la fille déçue. Bouderies. Pudeurs. Absences. Immédiatement il a pris peur : " Tu m'aimes plus ? " il me disait, avec un regard de chien... Moi qui étais folle de lui. Marcel. Mon premier amour. Comment j'ai pu douter ?... Et pourtant je doutais... Quand je te regardais, je doutais... Tu te mettais à bien me plaire. Je m'habituais à toi. Je te trouvais des qualités. Tu respectais les femmes. Jamais une main qui traînait. Ton seul défaut c'était d'avoir un père à qui on pouvait rien refuser, surtout quand on travaillait pour lui. Tu sais ce qu'il a proposé au mien ? La direction de la production. Gagner en un mois ce qu'il gagnait en un an. Mon père a décliné. Je l'ai appris de la bouche de ma mère, un soir que la vie lui semblait lourde : " Mais comment il a pu refuser ? elle se demandait, avec les larmes aux yeux. Lui qui a tant mérité... " Je suis allée voir mon père. Il était seul au fond du bistrot. " Papa, je lui ai dit. Je crois qu'entre le fils Treuttel et moi, y a quelque chose qui ressemble à de l'amour... " Il m'a regardée avec l'air sceptique, derrière ses sourcils blancs... Les hommes, dans la classe ouvrière, ils sentent tout de suite quand on veut les entuber... " Quelque chose de trop beau, ils se disent, ça doit être une erreur... va falloir rembourser... " Mais, moi je nageais dans le rêve. Je voulais qu'une pluie de bonheur s'abatte sur ceux que j'aimais, et y compris sur toi, vieux valseur, que j'avais décidé d'aimer, et à qui je me promettais de faire la vie jolie, avec enfants et abandons, caprices et réjouissances. Je me voyais en bourgeoise. Je rêvais de lingerie fine, de mon corps dans la soie, j'ai eu des pensées troubles, la maladie d'argent ça vous caresse une femme, même une

Existe en blanc

femme qui n'est pas à vendre, ça l'empêche de dormir, elle se sent regardée, elle se sent convoitée... Mais l'homme qui dans mes rêves devenait fou de désir, malheureusement ce n'était pas toi. Je dis " malheureusement ", que Marcel me pardonne... ç'aurait été tellement plus simple d'épouser le fils Treuttel... Je t'épousais. Je m'habituais à toi. Mes parents connaissaient enfin l'aisance. Marcel sillonnait le monde avec sa Samsonite. À chaque fois qu'il revenait, il se jetait sur moi. Tu n'y voyais que du feu. Je te donnais des enfants. Je te faisais le coup du bonheur. La vie, pour toi, ç'aurait été comme du champagne. Tu aurais dit à tes copains : " J'ai une femme, c'est une bombe ! " Et tes copains t'auraient envié... Le seul petit problème, c'est que j'ai pas envie de vivre comme ça... Et, surtout, j'ai pas envie que *toi* tu vives comme ça... – Et pourquoi ? je lui demande... – C'est trop inscrit sur ton visage, elle me répond. Tu as le visage d'un homme bafoué. Je n'accepte pas que le destin d'un homme soit déterminé à l'avance. Je veux te donner ta chance. Et me donner à Marcel. » Et puis là elle s'est tue. Comme épuisée par tant d'aveux. Elle pouvait plus parler. Elle respirait très fort. J'entendais battre son cœur. Quelque chose d'étrange, d'ailleurs, était en train de se passer. Ses yeux étaient bizarres. Sa bouche était bizarre. « Maintenant tu vas me baiser, elle m'a dit. – Pourquoi ? je lui ai demandé. – Parce que, elle m'a répondu. Il y a quelque chose de mauvais, en moi, qui cherche à s'exprimer. J'ai envie de te faire du mal. J'ai envie de te marquer. Que mon odeur t'imprègne. Que tu ne m'oublies jamais. Que toujours, dans la nuit, jusqu'à ta dernière nuit, tu étouffes un sanglot en te souvenant de moi. Tiens, regarde, ça commence... » Et elle soulève ses jupes... Je lui ai mis deux baffes et

Existe en blanc

elle m'a remercié. « Les deux gifles que tu viens de me donner, elle m'a dit, c'est la plus belle déclaration d'amour qu'un homme puisse faire à une femme. Quelque chose vient de s'ouvrir en moi. Je t'aime. J'aime cette maison. Mon désir le plus cher c'est d'y vivre avec toi, d'y vieillir avec toi, que tu me désires encore quand j'aurai les cheveux blancs. Tu es un homme de bien. Tu portes la tête haute. Donne-moi un baiser chaste. Un baiser de promis. » Elle s'est laissé embrasser comme une brave fille honnête – juste un petit morceau de langue, comme un souvenir de valse – puis je suis allé chercher Marcel. Je l'ai trouvé aux entrepôts. Il chargeait un quinze-tonnes. « Va falloir que tu me suives, je lui ai dit. Valentine te réclame. » C'était un bon gaillard avec des biscotos et des moustaches pour chatouiller les filles dans le cou. Il sentait le travail comme moi l'embrocation. Il n'a posé aucune question. Il est monté dans la Citroën et on a démarré. Derrière l'oreille il avait une vieille maïs et il l'a allumée. Heureusement que le trajet était court. Quand on est arrivés, Valentine était assise sur le perron, entourée de glycine, et elle nous attendait. Ça faisait un beau tableau pour un homme qui rentre chez lui. J'aurais bien aimé être cet homme-là. Mais quand on est descendus de voiture, c'est vers Marcel qu'elle a couru, c'est dans les bras de Marcel qu'elle s'est jetée, c'est à Marcel qu'elle a offert ses lèvres, et elle avait raison. C'était un beau baiser. Marcel la tenait d'une main, de l'autre il tenait sa vieille maïs, et il y allait à bouche que-veux-tu, et elle lui répondait « encore ». Je me suis laissé envahir par un sentiment d'immense bonté. Bonté envers les femmes, que je trouvais bouleversantes, et faites pour être aimées par des gars comme Marcel, des gars qui savent ce que c'est qu'un

Existe en blanc

guidon de vélo, une sieste au bord de l'eau, ramener sa paye intacte, faire chalouper la vie. Ils étaient magnifiques à voir, tous les deux, collés l'un contre l'autre, elle déjà presque enceinte rien que d'être enlacée. Indiscutables, ils étaient. Je leur ai donné la belle maison que j'avais meublée pour elle, et où, de toute manière, elle habitait déjà, vu qu'elle l'avait visitée, et que partout où elle passait, tout lui appartenait. Marcel a accepté. C'était un mec toujours prêt à rendre service. « Vous aurez votre assiette, il m'a dit. – Gentil à toi », je lui ai répondu. C'était l'époque où mon père commençait de mourir. J'ai demandé à Marcel de diriger l'usine : « Je ne suis pas compétent, je lui ai dit. Tu me verseras des dividendes. » On a trinqué et c'était fait. Il est allé se commander un costume et une cravate. Valentine était folle de bonheur. Au mariage elle m'a accordé une valse. M'a fait sentir ses seins. Comme ils étaient gonflés. Six mois plus tard naissait l'enfant. Un petit garçon. C'était le portrait de Marcel. Tout juste s'il était pas né avec une maïs derrière l'oreille. Encore quelques mois passent et Valentine disparaît avec un inconnu. Au pauvre Marcel elle laisse un mot : « Désolée. Je n'ai pas l'instinct maternel. » On n'a jamais retrouvé sa trace, malgré toutes nos recherches, y a même un détective qui s'est cassé les dents. Marcel, inconsolable, il tombe dans la boisson. Un jour, en pleine usine, il insulte un ouvrier. C'est le père de Valentine. « Votre fille est une pute ! » Le vieux lui met un pain. Marcel qui pisse le sang. La honte des ouvriers. On m'appelle au secours pour que je fasse quelque chose. Qu'est-ce que vous voulez que je fasse ? Je vais pas, à moi tout seul, faire reculer le malheur !... J'étais au chevet de mon père et on guettait les pas feutrés de la mort qui faisait des rondes autour du lit. On se sentait encerclés. Je lui tenais la main, qu'il avait douce comme un enfant, lui si rugueux dans les affaires. Il avait l'air anxieux des gens qui ont raté leur vie. « Léopold, il m'a dit, il serait temps que je te parle. – Oui, papa, je lui ai répondu, tu m'as rarement parlé. – Je t'ai parlé deux fois. Une fois pour te dire que ta mère était morte, et une autre fois pour te dire que les Allemands, hélas, avaient perdu la guerre. Voici venir la troisième fois. Je vais faire court. Je suis en train de mourir. J'aurais aimé mourir en paix, or je meurs contrarié. – Contrarié par qui ? – Par toi. Je me demande bien ce que tu vas devenir, couillon comme tu es. – Tu veux parler des femmes ?... » Les femmes. Rien que de prononcer le mot ça le mettait en pétard : « Tu as l'intention de continuer à en prendre plein la gueule comme ça pendant combien de temps ? – Te fatigue pas, papa... – Tu sais comment tu vas finir ? – Non... – La tête pleine de purée. Une ruine. Une moufle. Tout ça à cause d'elles. Parce que tu les aimes trop. Elles en profitent. Elles se régalent. Faut que tu en trouves une qui moufte pas. Que t'aies tout pouvoir sur elle. – Tu connais une combine ? » Il a eu un hoquet puis il est reparti : « J'ai été démarché... – Par qui ? – Un marchand... – Un marchand de quoi ? » J'étais suspendu à ses lèvres... « Un marchand... – Il a des femmes ? – Il a quelques pièces rares... – Ça doit coûter la peau ! – C'est un investissement... – Oui mais j'ai pas le pognon ! – Tu vas l'avoir dès que je serai mort... – Ben oui mais tu meurs pas ! – C'est une question de secondes, je suis en train de m'élancer... – Donne-moi le nom du marchand avant de faire le grand saut ! » Je l'avais attrapé par le col de son pyjama pour l'empêcher de partir : « Donne-moi le nom du marchand, je te dis !... » Trop tard, il était

Existe en blanc

mort. Il me laissait en carafe. Dans ses papiers j'ai rien trouvé. Le notaire savait rien. Aucune trace du marchand. J'avais terriblement envie d'acheter une femme. J'ai pris la Citroën et direction Paris. Là je me suis renseigné. Je me suis retrouvé dans une rue où les hôtels se touchaient. Y avait des femmes à vendre. J'en ai repéré une qui avait pas trop mauvais genre. Je suis monté avec elle. Elle était belle comme tout. Rosita, elle s'appelait. Je lui ai dit que je l'aimais, que je voulais l'épouser, que j'étais un type bien, prêt à payer le prix fort. Elle était très flattée, comme une rose sur sa tige. Ça se passait en hiver et dehors il neigeait. « C'est pas moi qui décide, elle m'a répondu. Faut que tu demandes à Gérald. » Je me suis retrouvé dans une arrière-salle de bistrot avec des mecs qui tapaient le carton sans même lever un cil sur moi. « J'ai du pognon, je leur ai dit. – Nous aussi, ils m'ont répondu. – Beaucoup, j'ai ajouté. – Nous aussi, ils ont dit. – Je peux aligner plusieurs milliards. – Qu'est-ce que tu bois ? » ils m'ont demandé... J'ai accepté quelques whiskys pour détendre l'atmosphère. « Je viens causer à Gérald, je leur ai dit. – On s'appelle tous Gérald », ils m'ont répondu. Et c'était vrai, ils se ressemblaient, un véritable petit orchestre. « Qu'est-ce que tu lui veux à Gérald ? – Lui parler de Rosita. » Là y a eu un bel unisson de regards : « T'as une autorisation spéciale pour venir nous parler de Rosita ? – Non. C'est une liberté que je prends. – T'en prends souvent des libertés ? – Non. J'ai une existence plutôt monotone. Là, par exemple, je viens de perdre mon père. – Quel effet ça t'a fait ? – Je me suis retrouvé avec un pyjama vide. – C'est tout ? – J'ai plié le pyjama. Je l'ai rangé dans l'armoire. – T'es pas très émotif comme mec. – J'ai la vie entière pour pleurer. » Ils me regardaient comme des vieux potes : « Ça te fait quel âge, déjà ? – Trente ans. – On pourrait te donner le double... » Ils m'ont emmené dîner. Nous v'là partis bras dessus bras dessous. « T'aimes les huîtres ? » ils me demandent. On va becter des huîtres. Mais ce qui s'appelle des huîtres. Le sylvaner tombait. Y a eu un moment j'ai perdu le contact. C'était après les crêpes flambées. Quand je me suis réveillé il faisait jour et j'étais dans un lit. Dehors il y avait le métro aérien qui passait et à chaque fois qu'il passait j'avais envie de pleurer tellement ça me faisait mal. Je veux dire ma migraine. Et puis la vie, aussi. À côté de moi je sentais quelque chose de chaud qui respirait. Probablement c'était Rosita, en tout cas c'était bien une femme, je l'ai vérifié au moelleux de la hanche. Un homme qui peut pas bouger la tête, rapport à son envie de vomir, il peut quand même bouger les doigts, et mes doigts, sous la soie, ils sentaient bien qu'y avait du tendre. Quand une femme vient se blottir, c'est que tout n'est pas perdu. C'est à ce moment-là que j'aurais dû me barrer...

LE PRÉSIDENT : Ça m'a donné soif votre histoire de sylvaner. La séance est levée. On en a tous plein le cul. On reprend ça demain.

MON PÈRE : Mais où je serai, demain ? Je sais même pas où je vais dormir ! ni si je vais me réveiller ! et dans quel état ?

Pour l'instant il est couché dans le lit à côté de la pute. Pour lui c'est pas une pute. Y a pas de pute dans la tête de mon père. Y a de la migraine et une pauvre musique. Je vois la scène comme si j'y étais. J'entends le métro qui passe. Dans le métro qui passe y a un mec qui va pas au boulot. D'ailleurs il a l'œil vif, malgré qu'il a pas dormi depuis trois jours. Quand l'hôtel passe à sa hauteur, avec ses volets clos, il se dit tiens voilà un hôtel si j'avais du pognon et une copine pour me tenir chaud je ferais bien grasse matinée avec prolongation de câlin. Mais le mec a pas de pognon et la police au cul. C'est un assassin. On trouve toujours plus mal loti. Mon père touche la hanche de la pute à travers la chemise de nuit. Il ressent du bonheur. Une femme qui dort en toute confiance c'est quand même une preuve de quelque chose. Il a une érection. Passe un nouveau métro. Rosita, car c'est elle, s'occupe de l'érection. Elle y met tout son cœur. « C'était une fille qui suçait bien, dira mon père au tribunal. Elle suçait comme une reine. Pendant les premiers temps, j'ai vécu sur un nuage. Rosita m'enchantait. Elle était souriante et toujours engageante, quoique assoiffée, c'est naturel, de bonnes manières et de considération.

Existe en blanc

Très vite nous avons eu du personnel : une femme de chambre, une cuisinière, plus tard un jardinier, que je n'ai pas pu garder. D'ailleurs j'ai pas gardé grand-chose. Comme vous pouvez le constater, je suis un pauvre diable, et mon album de souvenirs, si jamais je l'entrouvre, m'arrache un gémissement. J'avais pourtant fait un bon choix. Vivre avec une putain, vous savez que c'en est une, elle, elle sait que vous savez, vous pouvez la regarder dans les yeux. Les yeux d'une femme ça reste intact, même quand ils ont vu des horreurs. Du coup, vous qui êtes timide, vous vous sentez à l'aise. Vous vous dites " de toute façon, elle a dû s'en taper des beaucoup plus moches que moi ", et vous vous permettez de ces choses qu'on ne se permet qu'avec les putes. Elle, elle retrouve les gestes. Forcément elle les retrouve puisque c'est son métier et que son métier vous le connaissez, c'est même là, au travail, que vous l'avez connue. Qu'est-ce que ça coûte, pour elle, quand son homme la demande, d'accéder à sa demande et de le gâter un peu ? Le reste du temps elle a la vie sauve. Elle ne monte plus les escaliers. Les seuls escaliers qu'elle monte ce sont ceux de sa maison, car elle a une maison, elle règne sur une maison, elle a fait installer des sonnettes pour appeler, y a des livreurs qui livrent, distribution de pourboires, c'est formidable ce qu'elle peut être généreuse avec mon pognon, j'adore la voir dépenser, " tu as bien dépensé ? " je lui demande, chaque soir, quand enfin de retour, après ma rude journée, je la regarde, dans son fourreau, me préparer mon drink, que j'ai tant mérité... Elle adore les fourreaux. Elle a toujours les épaules nues. Deux rangées de perlouzes. C'est une dame, maintenant. Une dame qui reçoit. Tous les soirs, elle reçoit. Et tous les soirs, son invité, figurez-vous que c'est moi... " Ne

Existe en blanc

reste pas dans mes jambes, elle m'a dit, au début, comme je la collais trop... Va faire un tour en ville... Intéresse-toi au monde... Le monde ne se limite pas à la taille d'une femme, même si cette taille est fine... Allez hop ! du balai ! Va jouer un peu dehors ! tiens, va chercher la balle !... " Elle m'a lancé une balle. Je suis allé chercher la balle. Je lui ai ramené la balle. " C'est très bien ", elle m'a dit, et elle m'a caressé. Elle m'a donné un sucre. Je salivais beaucoup. Elle a sonné la femme de chambre. Elle a dit à la femme de chambre : " Soyez gentille de sortir Monsieur. J'ai l'impression qu'il a besoin. " La femme de chambre s'appelait Martha. C'était une femme de soixante ans qui n'obéissait qu'à sa patronne et faisait régner la terreur sur le reste du monde. Valait mieux pas jouer les finauds. J'ai pris le volant de la Citroën et j'ai taillé la route. Ça fait du bien de rouler un coup, de renouer avec la mécanique, de sortir un peu du jupon, de l'odeur entêtante de la femme. Tous les matins, sur le coup de dix heures, elle me tendait mes gants et je partais au boulot, chacun son boulot, le mien consistait à lui débarrasser le plancher. Je roulais tranquillement, sans trop forcer sur le champignon, puis peu à peu j'accélérais, et je mettais la gomme, et la journée défilait. Je déjeunais d'une daube. Je connaissais les bons routiers. Je parlais avec les gars. J'offrais un digestif. On reprenait la route. Attention à la somnolence. Penser à Rosita me donnait un coup de fouet. Ses guêpières. Ses postures. Tous les soirs, sans forcer, juste un petit tour de reins, une main qui venait, comme par mégarde, se promener sur mes couilles, elle m'expédiait vite fait au pays des ronfleurs. " Excuse-moi, je lui disais, je suis en train de m'endormir... – On fera ça mieux demain, elle me répondait, t'as eu une grosse journée... " Et

Existe en blanc

c'est vrai que j'en avais becté des kilomètres ! putain ! faut-il aimer une femme pour rouler comme ça !
Le président : Vous avez toujours aimé rouler.
Mon père : Exact.
Le président : Jeune homme, déjà, vous ne crachiez pas sur un petit cinq cents bornes après le dîner.
Mon père : La voiture m'a donné plus de joie que les femmes.
Le président : Et le jazz, vous en écoutiez toujours ?
Mon père : Le jazz m'a très vite fait chier.
Le président : Faut être jeune, pour le jazz.
Mon père : Qu'est-ce que vous insinuez ?
Le président : J'insinue rien. Mais tout de même. Pour vivre avec une pute faut être un peu rassis...
Mon père : Vous parlez de Rosita comme si c'était de la merde ! D'ailleurs tout, dans votre bouche, donne l'impression d'être chié !
Le président : C'est vrai, parfois je ressens un goût. Ça doit être la justice. Le nez sur la misère ça débouche les narines mais ça pourrit le moral. En plus ma fille se drogue. Je suis un mec dans votre genre. À avoir une vie de pus.
Mon père : J'ai pas toujours eu une vie de pus !
Le président : Ah oui ?
Mon père : Parfaitement !
Le président : Je serais curieux de les connaître, vos merveilleux souvenirs !
Mon père : Je suis sûr que j'en ai !
Le président : Nous vous écoutons. »
Là mon père a un trou. Il cherche et il trouve pas. Il trouve que du pourri. Il est très emmerdé. Et le public qui attend... « Tout le monde a un joli souvenir ! il s'écrie, pris de panique... Au moins un ! – Pas forcément, répond le président... pas forcément... »

Souvenirs de Rosita.

C'était une femme qui avait du bon.
Elle tenait ma maison.
Elle me soignait aux petits oignons.
Elle était toujours d'accord pour se mettre à croupetons.
Elle rechignait jamais.
Elle avait même des mots gentils.
Elle faisait des efforts.
Par exemple elle me disait tu sais il faut pas m'en vouloir je peux aimer aucun homme tout ce que je peux donner c'est ma chatte j'espère qu'elle te plaît ma chatte t'es vraiment un bon gars et puis tu me gâtes tellement.
Toi aussi tu me gâtes, je lui répondais. On sent que tu sais y faire.
Elle pleurait.
À chaque fois que je lui disais quelque chose elle pleurait. Surtout quand je lui disais que je l'aimais. Et moi de la voir pleurer j'avais les larmes qui venaient. On pleurait tous les deux. De bonheur. De chagrin. De se sentir aussi seuls, aussi perdus dans l'immensité.

Existe en blanc

Le bonheur fait pleurer, surtout quand on s'y accroche de toutes ses forces parce qu'on en a pas d'autre. Le chagrin, quand on le laisse pas s'éteindre, c'est une étoile qui éclaire quand même.

On était bien. On se cajolait. On se tapait des petits coups de porto dans la nuit. Elle aimait bien ça le porto. Ça la rendait pompette. Elle riait dans ses larmes. Ça scintillait comme une guirlande.

Et mes manières, elle me demandait, elles te déplaisent pas trop mes manières?

Je riais.

Comme si j'en étais encore à m'intéresser aux manières d'une femme, moi qui ne demandais qu'une chose, c'était une tête sur mon épaule.

C'est vrai qu'elle faisait pute. Et pour cause. Et plus elle s'efforçait de ressembler à une bourgeoise, plus ça se sentait d'où elle venait. Te fatigue pas, je lui disais, puisque je te dis que tu me plais...

Oui mais faut que tu sois fier.

Mais je suis fier.

Elle portait des chemises de nuit transparentes. Elle se mettait du rouge à lèvres pour dormir. Elle se démaquillait jamais. Un jour je l'ai surprise sous la douche, elle avait plus du tout le même âge, l'air d'une pomme de reinette. Elle était pas contente, elle s'est mise à gueuler, je veux pas que tu me voies comme ça, sors d'ici, sale connard, sa voix devenait stridente et son visage affreux, j'aurais dû lui en mettre une immédiatement suivie d'une autre, la prendre dans mes bras, et l'emmener à l'église, au lieu de ça j'ai couru, évidemment que j'ai couru, et j'ai sauté dans la Citroën, et on s'est arraché.

Ce jour-là j'ai roulé avec moins d'entrain. Je me suis même arrêté en rase campagne. Je suis resté immobile au volant, moteur éteint, à écouter le vent qui soufflait et à regarder un cheval qui broutait encore un peu, histoire de dire qu'il avait pas fini son parcours, alors qu'il était pas loin du terminus. Au loin y avait un village écrasé par le ciel. Moi j'étais dans ma Citroën. Bien au chaud. Je pensais à cette femme. Cette femme dans ma maison. C'est fou ce qu'on s'attache vite.

Un jour elle m'a donné un baiser. Comme ça. Sans raison. C'était le matin, dans le vestibule, juste avant de prendre la route, au moment de la canadienne et des gants. J'avais une tasse de café qui fumait sur la demi-lune à côté du plateau à clés. Rosita me regardait. Elle me regardait par en dessous. Son peignoir n'était pas fermé. Elle avait oublié de se repoudrer. Ses yeux bavaient un peu. Sa cendre de cigarette allait tomber par terre. Tout d'un coup elle est venue vers moi et elle m'a donné un baiser. Sur le moment ça m'a surpris. C'est seulement après, alors que déjà elle me tenait la porte ouverte et que l'hiver s'engouffrait dans la maison, que j'ai été bouleversé. Et je crois bien qu'elle aussi elle était bouleversée. D'ailleurs ce matin-là, malgré qu'il faisait froid et qu'elle était en tenue de nuit, elle m'a accompagné jusqu'à la voiture. Comme si elle essayait de prolonger ce moment de tendresse insensée qu'elle était en train de partager avec moi. Ou, qui sait, même, peut-être, de m'empêcher de partir. Bien que rien, aucun geste, ne le laissât supposer. Seulement ses yeux baissés. Obstinément baissés. « Je peux rester, je lui ai dit, si ça te fait plaisir... – Il vaut mieux que tu roules, elle m'a répondu. La prudence c'est de rouler. Quand je me sentirai prête je viendrai avec toi et on roulera ensemble... » Ce matin-là elle m'a regardé m'éloigner jusqu'à la grille du parc. Je l'ai vue dans mon rétro qui agitait la main. Y avait des gestes qui commençaient à lui échapper. Elle ressemblait de plus en plus à une femme d'émotion. À une femme qui peut trembler sans que ça soit à cause du métro qui passe. Le soir je l'ai démaquillée et elle m'a laissé faire. Il a fallu plusieurs cotons. Surtout autour des yeux. Sa vraie jeunesse apparaissait, intacte malgré les saisons. C'était pas de la jeunesse dans le sens où on l'entend, qu'on cueille comme un printemps. C'était de la jeunesse éternelle, comme on le dit d'une neige, de celles qu'on ne peut pas détruire, qui résistent au soleil, hors d'atteinte pour cause d'altitude. Et en même temps si proche. Si fragile. On dit d'un lac qu'il est sans une ride. On dit d'une femme qu'elle offre son âge comme un bouquet. Parfois les fleurs sont un peu grises. Il y a des gouttes de sang. Acceptez le bouquet. C'est toujours une jeune fille qui vous le tend. Rosita avait cinquante ans. Toutes les putes ont cinquante ans. C'est la première passe qui coûte. Les premières mains qui se posent. Après les choses se figent. Y a comme une glaciation. Ce soir-là, quand je suis rentré, Rosita n'a pas fait semblant de se réjouir. Elle m'a simplement accueilli. Quand on est blessé, il est déconseillé de bouger. Rosita ne bougeait pas. Et moi à peine, en elle. J'étais intimidé. Et elle tellement abandonnée. Juste une femme qui respirait. Et sa respiration, lourde, régulière, son souffle dans mon cou, ses mains posées sur ma nuque, comme deux amies, ça m'en disait assez long pour continuer à vivre. Je bandais. Elle mouillait. Rien que de très naturel. Sauf que c'était ma femme. J'ai joui comme une rivière qui sort de son lit. Une colère. Elle m'a laissé me calmer puis elle m'a dit merci. Merci de quoi ? je lui ai demandé... Mais elle dormait déjà... Cette femme, je me suis dit, en allant

Existe en blanc

me taper un restant de bœuf mode à la cuisine, ça va être mon chef-d'œuvre... La bonté m'inondait... Et les six mois suivants, sous l'effet de cette bonté, j'ai eu le plaisir d'assister – car c'est un plaisir de sauver une vie – à la métamorphose de Rosita. Elle ne se maquillait plus. De rousse elle était devenue brune. Un peigne retenait ses cheveux. Elle avait expédié ses fourreaux au grenier. Elle portait des robes sages. Elle aidait en cuisine. Même elle faisait des tartes. Un soir que je m'étonnais de la voir servir à table, elle m'apprend, toute contente, qu'elle a donné congé à tous les domestiques. On était seuls dans la maison. « Demain matin je ferai le café, elle m'a dit... – Et mes chaussures ? je lui ai demandé. Qui va faire mes chaussures ?... » J'étais très excité. J'étais aux mains d'une femme qui me dictait sa loi. Elle portait, je me souviens, un tablier serré à la taille. C'était sa seule coquetterie. Elle avait pris quelques kilos. Elle se laissait aller à toutes les douceurs, y compris celles de l'embonpoint. Une fois la vaisselle faite, et le tablier humide posé sur le radiateur pour qu'il sèche pendant la nuit, nous avons entrepris, Rosita et moi, en éteignant au fur et à mesure les lumières derrière nous, de monter vers l'étage supérieur où se trouvaient les chambres, et plus particulièrement la nôtre, où depuis presque un an, dans le grand lit choisi pour une autre, nous abritions cette braise hésitante qu'on appelle un amour improbable. Nous sommes dans l'escalier. C'est Rosita qui monte en tête. Je me retrouve donc à monter derrière elle et forcément je pense à des trucs. À son cul. Principalement à son cul. Comment ça se fait que je lui mets pas une main ? C'est ma femme, une ancienne pute, et j'ose même pas lui prendre la motte, alors que j'en ai grosse envie ! « Tu penses à des

Existe en blanc

trucs ? elle me demande. – Je pense qu'à ça, je lui réponds. – Moi aussi », elle m'avoue. Et elle reprend son ascension. Je ne savais pas que j'habitais aussi haut. Arrivée sur le palier, elle se retourne vers moi. Prend appui sur la rampe. Léger manque d'oxygène. Elle a les yeux qui brillent. Est-ce la fête ou la peine ? Avec une femme, on sait jamais. « Excuse-moi, elle me dit, je suis un peu bouleversée... – On est deux, je lui réponds... – C'est la première fois que je suis heureuse de monter un escalier avec un homme derrière moi... – J'avais envie de te toucher le cul... – Je le sentais. Ça me plaisait. Maintenant tu regardes mes seins. – Oui. – Je me sens désirée. J'en suis tout effrayée. Je dois avoir l'air idiote. Tu sais, je fais tout pour te plaire. Hier, aux Dames de France, j'ai acheté une combinaison comme il faut. J'ai dit à la vendeuse si jamais j'ai un malaise dans la rue et qu'on est obligé de me dégrafer, j'aimerais pas que les gens disent c'est une femme de mauvaise vie, ça vient vite ces choses-là dans la bouche d'un badaud, c'est le dessous qui trahit, moi je veux qu'on parle de moi comme si j'étais quelqu'un de bien, comme si j'étais madame Treuttel, même si pour l'instant tu m'as pas encore demandée en mariage, probablement c'est un oubli, allez viens je vais te montrer ma nouvelle combinaison, tu vas voir comme elle a l'air convenable... » C'était une combinaison noire avec de la dentelle et deux bretelles qui retenaient le temps sur ses épaules. L'amour m'a submergé. Je me suis retrouvé collé à elle mais elle m'a repoussé : « Je ne suis pas tout à fait prête, elle m'a dit, il faut que tu roules encore un peu. – J'en ai marre de rouler. J'aimerais bien me reposer. Profiter de toi et puis de la vie. – Le jour approche de notre rencontre. Soyons exacts au rendez-vous. – Quel rendez-vous ?

Existe en blanc

— Demain matin tu vas te lever de bonne heure. Tu as de la route à faire. Je t'ai préparé une valise, ainsi qu'un itinéraire détaillé. Tu vas être absent quelques jours. L'itinéraire se trouve dans la valise. Suis mes instructions à la lettre. Le voyage te paraîtra long. Pense à moi de toutes tes forces. De ta persévérance dépend notre bonheur... » Ce soir-là elle n'a pas voulu dormir avec moi. Elle m'a mis un réveil qui a sonné à six heures du matin. J'ai dégringolé l'escalier. Elle m'attendait à la cuisine avec du café chaud. Il était bon son café. « J'ai pas envie de partir, je lui ai dit. — Ta valise est déjà dans la voiture, elle m'a répondu. Nous ne sommes pas des gens à faire machine arrière. Notre destin c'est nous qui le fabriquons. » J'ai pris la route le cœur gonflé. Le premier soir j'ai couché à Angoulême, à l'hôtel des Remparts, y avait une chambre réservée à mon nom, pas très marrante la chambre, en plus il était trop tard pour dîner, il restait plus qu'un mec dans la salle à manger et il en était au café. Je lui ai demandé de me raconter ce qu'il avait becté. Il avait becté comme un salaud. Je suis allé me taper une pizza près de la gare. Quand je suis remonté dans la piaule, le lit était ouvert. Y avait mon pyjama et puis sa chemise de nuit bien disposés sur l'édredon. Mais elle n'était pas là. Ni dans la chambre ni dans la salle de bains. Elle avait simplement mis sa chemise de nuit dans ma valise. J'ai regardé mon itinéraire pour le lendemain. Fallait que je me rende à Gap. J'ai demandé qu'on me réveille à cinq heures. Je me suis dépêché d'éteindre la lumière. Impossible de dormir. La pizza me reprochait. Dans la chambre à côté y avait un couple qui baisait. J'ai tapé contre le mur. Ils se sont arrêtés et puis ils ont repris. Je suis sorti dans le couloir. J'ai tapé à leur porte. Le mec est venu m'ouvrir. Il avait l'air emmerdé. Sous les draps y avait une femme qui se cachait. Je me suis dit si ça se trouve c'est Rosita. Le mec a deviné mon inquiétude. Il a soulevé le drap pour me montrer le cul de la fille. C'était pas Rosita. Elle était beaucoup mieux. « Prenez-la, m'a dit le mec, j'en ai marre des boudins. » Je lui ai balancé mon poing dans la gueule et il est tombé comme une masse. Probablement il était ivre, fatigué ou malade. J'ai tiré les draps pour voir la fille. Elle pleurait. Elle avait les mains attachées derrière le dos, ce qui faisait jaillir ses seins. Je l'ai délivrée de ses liens. Elle était pas contente. Elle voulait pas que je la regarde s'habiller. Elle m'a donné une gifle. Je lui ai demandé de m'en donner une autre. Je lui ai demandé aussi si par hasard elle voulait pas se marier avec moi. « Non », elle m'a répondu. J'ai insisté. Je l'ai suivie dans le couloir et dans les escaliers. Je lui ai expliqué qu'elle devrait quand même étudier ma proposition, qu'une demande en mariage ça se repoussait pas comme ça, que c'était ma vie que je lui offrais. « Et imagine que ça te porte malheur ! » je lui ai dit. On était dans le hall. Le veilleur de nuit dormait. Dehors le vent soufflait. On est remontés en ascenseur. Elle m'a suivi jusqu'à ma chambre. S'est assise sur mon lit. M'a écouté plaider ma cause. C'était presque une enfant. J'étais à genoux devant elle. Je lui racontais ma vie. Quel pauvre garçon j'étais. Que je fréquentais les putes. Que j'avais de la fortune. Que c'est avec elle que j'aimerais la dépenser. Que je ne l'importunerais pas. Que je la toucherais rarement. Qu'au lieu de ça qu'est-ce qu'elle allait faire ? épouser un rougeaud qui l'empoignerait comme une charrue ! jamais écouter de Mozart ! toujours sentir le chou ! des marmots plein les jupes ! et toujours ce remords, de plus en plus cuisant :

mais pourquoi j'ai pas suivi cet inconnu ?... Je la sentais vaciller, l'intérêt la gagnait, moi je vacillais aussi, quand je prenais ses mains elle ne les enlevait pas, dans son corsage ça se bousculait, personne n'est à l'abri de ce genre de coup de chien, il était temps que je me ressaisisse, d'ailleurs c'est vrai qu'elle était mignonne, mais combien de temps allait-elle le rester, et d'abord est-ce qu'elle était aussi mignonne que ça ?... « Et toi, je lui ai demandé, qu'est-ce que tu as à proposer ?
– Pas grand-chose, elle m'a répondu. Ma jeunesse, mon sourire, je sais un peu chanter... » Je ne lui ai pas demandé de chanter. Je l'ai laissée partir. Elle comprenait pas bien. Sur le seuil de la porte, elle s'est retournée, boudeuse : « Vous ne m'avez même pas touchée, elle m'a dit... – Exact », je lui ai répondu... Elle avait l'air paumée : « Je peux dormir avec vous ? elle m'a demandé. Je sais pas où aller. Je suis enceinte et mon père vient de me chasser de la ferme... » Je lui ai ouvert mon lit. Magali, elle s'appelait. Elle a refusé la chemise de nuit. « Moi je dors toute nue, elle m'a dit. C'est d'ailleurs pour ça que j'ai des ennuis. Quand je me suis réveillée, y avait mon père qui me regardait. " Pourquoi tu dors toute nue ? il me demande. – J'ai chaud ", je lui réponds. Lui il était bourré et il avait le vin triste. " Un papa ça pleure pas, je lui ai dit, surtout devant son enfant. " Mais il pleurait de plus belle : " C'est que t'es vraiment jolie, il disait... Regarde-moi ça ces seins... " Je lui ai montré tout le reste et il m'a fait un gosse. Maintenant je suis dans la merde. Le salaud il se souvient même pas d'avoir couché. Il me dit : " Je veux pas d'une fille qu'a pas de vertu ! " Moi je me retrouve dans la rue. Obligée de dormir avec des inconnus. Les inconnus ils veulent bien de mon cul mais ils veulent pas de mon gosse. Vous voulez pas d'un beau bébé ? Je

Existe en blanc

le nourrirai au sein ! Pose ta main sur mon ventre, je suis sûre que c'est un garçon, il est déjà très turbulent !... » Et c'était vrai qu'il gigotait, le petit salaud, un véritable énergumène. Et Magali riait. Elle implorait le bonheur. « Comment on va l'appeler ? je lui ai demandé. – On l'appellera comme tu voudras », elle m'a répondu... Elle avait la bouche fraîche comme une source, les seins comme deux poneys, et du côté d'en bas tout ce qu'il fallait pour déclencher une vocation. J'ai pas tergiversé. En plus c'était une blonde. Un truc à reconstruire le monde. À cinq heures du matin, quand le réveil a sonné, elle avait disparu. J'ai cassé une chaise. J'ai sauté dans la Citroën. J'ai foncé vers Gap. Saloperie de Magali. Avant-goût de paradis. J'ai arrêté la quinze pour pleurer un bon coup. Le jour se levait sur la campagne. C'est joli aussi la campagne. Je me suis dit allons-y doucement à Gap puisque c'est là qu'elle me dit d'aller Rosita. On verra bien en route si on tombe sur quelque chose de plus intéressant. Qu'est-ce que j'en avais à foutre de son itinéraire ? Tout d'un coup j'étais de bonne humeur. L'aventure. Le brouillard qui se dissipait. J'ai fait la route comme un milord, négociant chaque virage, ralentissant dans chaque village, surveillant chaque bistrot, chaque sortie d'hôpital, pour pas louper le regard, qui, sait-on jamais, allait s'accrocher au mien. Je ne suis jamais arrivé à Gap. Je me suis perdu dans Lyon. Je me suis retrouvé devant un gras-double agrémenté de morgon. C'est là que j'ai été abordé pour la première fois par l'homme à l'élégance indéfinissable. On le remarquait à peine tellement il était sobre. Pourtant il était assis à côté de moi sur la banquette depuis mon arrivée. Même qu'on s'était salués. Même que c'était lui qui m'avait conseillé le gras-double. Et puis après il

Existe en blanc

s'était replongé dans son *New York Herald Tribune* et m'avait ignoré. C'était mieux comme ça. J'aime pas trop bavarder quand je mange. Il a attendu que j'aie terminé. Que le morgon ait produit son effet. Là il a enlevé ses lunettes d'écaille et s'est penché vers mon oreille : « On me raconte que vous seriez vendeur, il me glisse.... – Vendeur de quoi ? je lui réponds. – D'une pièce exceptionnelle... » C'était un homme d'un âge certain, cheveux d'argent, prunelles d'acier, d'une élégance indéfinissable. « De quelle pièce voulez-vous parler ? je lui demande. – Je vais vous montrer les documents », il me répond. Et d'une mallette à combinaison il sort un jeu de photos. Des photos bouleversantes. Mon cœur ne fait qu'un bond. C'était Rosita. Ma Rosita telle qu'elle serait si j'étais pas un salopard. Heureuse. Offerte. Une impression de nudité absolue, de femme qui donne tous ses secrets, y compris ceux qu'elle ne connaissait pas encore et qu'elle vient de découvrir, elle en est toute remuée, ça se voit sur la photo, dans ses yeux y a du soleil qui se lève. « C'est maintenant qu'il faut vendre, me dit l'homme. Quand la tendance est à la hausse. J'ai des acheteurs très agités. Vous pouvez faire une belle culbute. La somme se trouve dans ma mallette. Cinq millions en francs suisses. – Je ne connais pas cette femme. – Ne soyez pas stupide, je vois bien que vous tremblez. – Je tremble depuis toujours. – Vous voulez un café ? – Non merci, faut que j'y aille, y a la route qui m'appelle. – Prenez quand même ma carte, j'ai une galerie à Genève. – Moi je me rends à Gap. – Heureux propriétaire !... » À la sortie de Grenoble, je m'aperçois que je suis suivi. Une voiture qui collait. Quatre mecs dans une Packard. J'ai eu vite fait de les décoller. J'ai fait parler la traction avant. N'empêche que j'ai

Existe en blanc

pas aimé ça. Au col Bayard, y avait de la neige. Un camion en travers. Quand je suis arrivé à l'hôtel Hannibal, ça sentait déjà le café. J'ai rattrapé une femme de chambre qui montait avec un plateau. Sur le plateau y avait une rose. La femme de chambre a frappé à la chambre 12. Et comme personne ne lui répondait, elle a sorti son passe. Je l'ai suivie à l'intérieur. À l'intérieur c'était la nuit. La femme de chambre était en noir avec un tablier blanc. « Petit déjeuner ! » elle a annoncé, en posant le plateau sur la table. Puis elle s'est retournée vers moi avec ses seins et le reste. Elle rigolait déjà. La bonne femme dans le plumard, quand elle a allumé la lumière, j'ai même pas regardé à quoi elle ressemblait, ni d'où elle émergeait, d'un rêve ou d'un cauchemar. Si ça se trouve c'était Rosita, qui avait tremblé toute la nuit en m'attendant, mais qu'est-ce que vous voulez, la vie est ainsi faite, dure pour les uns, ludique pour les autres. Je colle au train de la femme de chambre qui redescend vers les cuisines où on lui file un nouveau plateau. On remonte dans les étages. Je la coince dans les couloirs. Une fille qui a les mains prises on lui en met une autre. En général ça gueule. Mais Maïté riait. Elle aimait bien qu'on la chatouille et qu'on la traite comme une friponne. C'était une fille de bonne humeur et qui prenait pas ses fesses pour des saintes reliques. Ni ses fesses ni ses seins, qu'elle avait très farceurs. Je suis resté avec elle pendant un certain temps. Disons jusqu'à la fonte des neiges. À l'hôtel Hannibal. J'avais ma chambre sur le parking. J'en bougeais pas beaucoup. J'attendais Maïté. Elle venait me voir dès qu'elle pouvait. Dès que son service le lui permettait. Tout était simple et naturel. Elle jouissait vite et sans histoires. Elle m'appelait son biquet. Elle sentait pas toujours le muguet. Surtout des pieds en fin de journée. Mais j'aimais bien être avec elle. Dormir avec elle. Le dimanche la regarder se reposer, manger du chocolat et dévorer les magazines. Ça aurait pu durer une vie... Sauf qu'un jour elle me dit : « T'as pas envie de sortir ? moi j'aimerais bien sortir... – C'est pas la peine, je lui réponds. D'abord pour aller où ? – Au restaurant... au cinéma... – Et pourquoi pas au bal ? – Eh ben oui, pourquoi pas ?... » Les emmerdes commençaient... « Je suis un mec sédentaire, je lui ai dit. Quand on est bien quelque part, pourquoi aller ailleurs ? – Pour faire plaisir à la fille... » Un jour qu'elle insistait, je l'ai emmenée faire de la route, quelques cols dans les Alpes. Elle a beaucoup vomi. « Tu vois, je lui ai dit, qu'il vaut mieux pas bouger... » C'était la première fois que je la voyais pleurer, et des larmes, et des larmes, pas moyen de la consoler. « Pourquoi tu pleures, je lui ai dit, toi d'ordinaire si gaie ? – Je suis fatiguée, elle m'a répondu. Fatiguée de porter des plateaux et de me porter moi-même, avec ces seins qui pèsent devant. Une femme, de temps en temps, il faut la consoler d'être une femme. – Oui, je lui ai dit, bien sûr. » Comment ? je ne savais pas. J'ai cherché une idée. Quelque chose de calmant. Une astuce de gredin. Mais le problème, avec Maïté, c'est qu'elle était tellement gentille qu'on avait pas le courage de lui mentir. Quant à lui dire la vérité, c'était pas facile non plus. La vérité c'était qu'à chaque fois qu'on se retrouvait en sa compagnie on avait envie de pousser le portail de son jardin. Or un jardin parfois c'est triste. Il pleut. Les fruits en ont marre d'être cueillis. Je lui ai tendu un mouchoir propre. Elle s'est mouchée jusqu'au fond de l'âme. Ça a déchiré le ciel. Le sourire est revenu. Dans le soutien-gorge les animaux pointaient le museau. « Excuse-moi, elle m'a dit, j'ai eu un coup de cafard, une impression de gâcher ma vie, je voudrais pas terminer comme la femme du 18. – Quel 18 ? – Au 18 y a une femme, on sait même plus depuis quand elle est là tellement ça fait longtemps, une femme qui semble attendre quelqu'un, probablement un homme, un rendez-vous d'amour, sinon elle serait pas là, toujours impeccablement prête, couchée face à la porte, comme si l'homme, un homme qui vient de loin, certainement, et dont la vie ne tient qu'à un fil, comme sa vie à elle, qui elle aussi ne tient qu'à un fil, bien qu'une violence incroyable soit embusquée au fond de ses yeux, ses grands yeux silencieux, je dis violence je devrais dire ardeur, passion, elle est prête à bondir, comme si cet homme, à chaque instant, allait pousser la porte... Tous les matins, quand je lui apporte son café, j'ai peur qu'elle ne bouge plus, que ses yeux soient gelés, que sa combinaison se brise comme du cristal, j'entre sur la pointe des pieds et tous les matins, jusqu'à ce matin, elle m'a dit bonjour Maïté, comment allez-vous Maïté, vous êtes bien jolie Maïté... – Vous aussi, je lui ai répondu, vous êtes très en beauté, comment faites-vous pour être si belle ? »

Est-ce que vous avez déjà assisté à la course de l'homme fou d'amour dans les couloirs d'un hôtel de troisième catégorie, un dimanche après-midi, à l'heure de la sieste, quand même les mouches, pourtant voraces, renoncent à prendre leur envol ? Je suis cet homme qui court avec son crâne luisant et ses mains comme des moulages fixées au bout des bras. Toute ma vie n'a été qu'une lamentable succession d'erreurs. Maintenant je sais où je vais. Je fonce vers ma certitude. Chambre 18. Là m'attend une femme qui m'est destinée comme la foudre à l'arbre isolé. Une nommée Rosita, bientôt femme épousée, femme comblée de cadeaux. Manque de bol, quand j'arrive, il est déjà trop tard, elle vient de rendre la chambre, elle a pris un taxi, non, elle n'a pas dit où elle allait, l'abruti à la réception je lui cogne la tête sur le comptoir : « T'avais qu'à pas baiser Maïté ? » il me répond, avec toute la haine dont il est capable. Je me retrouve sur la route. C'est ma patrie la route. Je suis un mec qui roule. Dans quelle direction ? Ça, c'est une autre affaire. On verra bien où mes pneus me portent. Pour l'instant je glisse sur une belle nationale qui taille dans la forêt. J'arrive dans une longue courbe. Ça plonge dans un vallon. En

Existe en blanc

bas, au bout de la courbe, un parking plein de gros-culs. Doit y avoir un restau. Je vais aller pointer le nez. C'est pas que j'aie faim mais j'ai besoin de chaleur humaine. Et puis d'un petit remontant. Les mecs se poussent pour me faire de la place. Immédiatement je vois le portrait. Oui, Monsieur le Président, je dis bien *le portrait.* J'en ai le souffle coupé. Jamais Rosita n'a été aussi belle. Elle est accrochée au fond de la salle dans un vieux cadre poussiéreux. « C'est-y pas malheureux, me dit l'homme à l'élégance indéfinissable, qui vient de me rejoindre à table, par la beauté attiré, une pièce d'une telle valeur, la laisser macérer dans une telle odeur de frites... – Fermez donc votre gueule, je lui réponds. Vous êtes très élégant mais vos dents sont pourries. » Et je bondis sur la patronne, que je bloque en plein slalom, avec sa pile d'assiettes : « Je veux tout savoir sur ce tableau ! je lui dis. Quand il a été peint ! Depuis quand il est là ! – Il est là depuis toujours, elle me répond en s'essuyant le front. C'est une vieille croûte qui vaut pas un clou. Ça fait des années qu'on cherche un connard pour l'acheter. » Le temps de remplir le chèque et j'embarque le tableau. Je le paye cent mille francs, autant dire un pourboire. On l'installe tant bien que mal à l'arrière de la Citroën. Dans mon rétro je vois que dalle. Je vois que la peau de Rosita. Le grain de sa peau si bien rendu par le génie du peintre. On roule. L'homme à l'élégance indéfinissable est assis à côté de moi. « Toute histoire d'amour est une œuvre d'art, il me dit. Vous êtes un grand artiste. Soyez gentil de me déposer à la gare de Grenoble. » Je me retrouve tout seul avec mon tableau. Je suis de retour chez moi. Dans ma maison glacée. J'ai installé le tableau juste en face de mon lit, posé contre un fauteuil. Je contemple le tableau. Le tableau représente une femme assise au bord d'un lit, le mien, dans une chambre écarlate, la mienne. C'est Rosita, la femme que j'aime, en combinaison noire, et elle m'attend à en mourir. Solitude de l'artiste devant l'œuvre inachevée. Comment faire pour la rejoindre ? pour entrer dans cette chambre qui est aussi la mienne, tout est à l'identique, l'armoire, la table basse devant l'armoire, et sur la table basse les trois roses dans le verre d'eau, qu'on dirait du jardin, cueillies le matin même. Qui a cueilli ces roses ? La maison était close, livrée à la poussière, et nous deux en voyage, l'un à la recherche de l'autre, nous venons juste d'arriver, fatigués par la route, tant de kilomètres, tant de villages traversés... Rosita se retourne. En provenance de la salle de bains, dont la porte depuis des mois était restée entrouverte, je suis en train de m'avancer vers elle. Bonheur. Apothéose. Glorification de la femme aimée. Durée des retrouvailles ? Personne jamais ne pourra le dire. Je me souviens d'un siècle. Un siècle de soupirs et de larmes versées. Je me souviens d'une femme qui riait, qui riait vers le ciel, et retombait en sanglotant, brisée par le plaisir. Je me souviens de ma fierté. De l'honneur qui m'était fait d'être un homme. Je me souviens d'avoir aimé passionnément ma bite. D'avoir éjaculé des fleurs et des diamants. Et puis un soir, un soir après tant d'autres, passés à mélanger nos fluides, je me souviens avoir eu faim, être descendu à la cuisine, et là être tombé, devinez donc sur qui, en train de se taper justement la boîte de foie de canard à laquelle je pensais depuis un moment : l'homme à l'élégance indéfinissable, confortablement installé devant mon bordeaux de propriétaire, avec sa Samsonite bien en évidence sur la table. « Je vous croyais à Genève, je lui dis. – J'ai été à Genève, il me répond.

Existe en blanc

J'ai été à Zurich et j'ai été à Berne. Mes acheteurs s'impatientent. – J'ai terminé le boulot. – Est-ce qu'on peut voir la pièce ? » Je l'emmène au premier. Devant le tableau il a un choc. Faut dire que l'effet est saisissant. Et particulièrement bien rendu l'aspect gluant des cuisses, avec les poils collés. « Jour et nuit, sans relâche, j'ai travaillé le détail, je lui dis. – Bouleversant, il me répond. – Vous avez vu le sourire ? ce bonheur ineffable ? cet apaisement ultime ? » Nous descendons le tableau. Virage dans l'escalier. On emplafonne le lustre. Gémissement de Rosita. Elle se retourne sur sa couche. Elle réclame de l'amour. Encore. Toujours de l'amour. Nous faisons halte dans la cuisine. Buvons un coup de bordeaux. Rosita tend la main, on lui remplit un verre. Elle boit avec la même avidité qu'elle met à toute chose. Ça dégouline sur son menton, sur ses lambeaux de combinaison. Ses lèvres sont sanglantes d'avoir été mordues. « Je vais vous demander de signer en bas de ce contrat, me dit l'homme à l'élégance indéfinissable. Maintenant vous travaillez pour moi en exclusivité. Je vous laisse ma Samsonite. Mettez-la à l'abri. Vous faire voler quatre cent mille francs suisses ça serait vraiment stupide. J'attends avec impatience votre prochain chef-d'œuvre. » Et il embarque ma Rosita vers une voiture aux vitres sombres qui attendait au bas du perron. Rosita se débat. Elle s'accroche à mon cou. « Tu es vendue, je lui dis. Tu ne m'appartiens plus. » Je me retrouve tout seul dans ma cuisine avec mon pauvre tableau qui ne représente plus rien, rien qu'une chambre vide et un amour perdu. Je vais me coucher dans le lit et je m'endors comme un voleur. Tout créateur est voleur. Voleur de beauté. Maquereau du rêve. Enculeur de mouches consentantes.

Existe en blanc

S'ensuit un vif échange entre le Procureur du Roi et le Président de la Cour relatif à l'heure tardive, la fatigue générale, et que ça fait quand même maintenant quatorze heures qu'on écoute ce grotesque ! « Et s'il me plaît de l'écouter ! rétorque le Président. Ç'aurait été mon rêve d'acheter des toiles de maître ! Y a pas de peinture chez moi ! Mon seul tableau c'est le portrait de ma femme ! c'est vous dire le croûton ! MON PÈRE : Votre femme est décédée ? LE PRÉSIDENT : Y a des moments, je me demande. – Comment ça " vous vous demandez " ? – Je me demande si c'est bien vrai qu'elle est complètement froide... (Frisson glacial dans l'assemblée... assemblée d'assassins...) MON PÈRE : Où se trouve le tableau ? LE PRÉSIDENT : Dans ma salle à manger. – Accroché au-dessus de la cheminée ? – Elle a toujours aimé trôner. – C'est un portrait d'elle jeune ou un portrait d'elle vieille ? – Je me souviens pas de l'avoir connue jeune. – Vous vous souvenez de l'avoir aimée ? – Je l'ai aimée sur le tard, quand j'ai vu qu'elle partait, qu'elle souffrait trop pour continuer... Elle s'accrochait de toutes ses forces mais moi, pendant ce temps-là, je poussais avec les pieds... – Et tous les soirs, seul à votre table, votre maigre dîner, vous le prenez face à elle, en vous félicitant de sa mort ? – Je me félicite de moins en moins. – Une inquiétude qui vous étreint ? – J'ai l'impression qu'elle me sourit... même parfois qu'elle se marre... – A-t-elle seulement une raison de se marrer ? – Absolument aucune ! – Elle se marrait de son vivant ? – Absolument jamais ! – Je demande à voir la toile... » Interruption de séance. Soulagement général. Le Président invite mon père à dîner chez lui. Il le fait entrer dans un très vieil appartement, bas de plafond à se cogner, avec des lustres qui traînent par terre, et l'amène sans plus attendre, après

Existe en blanc

un long parcours au milieu des reliures et des piles de dossiers, devant le portrait de Mado, ainsi s'appelait sa femme : « Alors ? demande le juge. Qu'est-ce que vous en pensez ? – C'est un faux, dit mon père, qui, vous le verrez plus tard, ne sait même pas faire la différence entre une entrée de service et une entrée principale. Cette femme n'est pas votre femme. D'ailleurs je ne vois pas de femme. – Vous voyez bien des yeux ? Vous voyez bien un nez ? Vous voyez bien une bouche ? – Oui, mais lancés en vrac. Et plantés dans la chair comme des éclats d'obus. J'appelle pas ça une femme. J'appelle ça un ragoût. Vous l'avez payée cher ? – C'était un receleur. Il m'a filé le tableau en échange d'un non-lieu. – Il vous a bien baisé ! – J'étais jeune magistrat. Il m'a dit c'est moderne, ça va valoir de l'or. Et puis le titre m'a plu : *L'Annonce faite à Mado*... – Et on lui a annoncé quelque chose, à Mado ? – Pas à ma connaissance. – C'est sans doute pour ça qu'elle fait la gueule. – Vous croyez ? – Poussez-vous de là, laissez-moi faire. Moi j'ai plein de trucs à lui annoncer. » Et voilà-t'y pas que mon père il se met en prière devant le tableau, le recueillement et tout, et qu'avec une voix douce, une voix d'ange Gabriel, il se met à parler à Mado : « Mado, il lui dit. Ma petite Mado. Je suis venu pour te dire que tu étais jolie. La plus jolie des Mado. Pour qui sait te regarder. Et moi je te regarde avec les yeux de l'amour car je *suis* l'amour. Je *suis* l'adoration. Je suis l'homme qui ne respire que quand la femme sourit. » Et Mado souriait. Et le tableau pleurait. Le juge aussi pleurait. Il disait à mon père : « Vous êtes un grand artiste, je sauverai votre fils ! » Et Mado le rejoignait, se blottissait contre lui, enfin devenue la jeune femme délicieuse qu'elle n'avait jamais été. Oui, c'est exact, mon père était un grand artiste, mais malgré son génie, il n'a pas pu me sauver.

Tout ce que je raconte est vrai. Et particulièrement ce que j'invente. Moi aussi je suis un artiste. Admirez la maîtrise. Je reprends mon récit exactement là où je l'avais laissé. Mon père vient de voir partir son premier chef-d'œuvre dans une berline aux vitres sombres. Déjà il sent monter en lui les affres de la création. À quoi vais-je m'attaquer ? se demande-t-il. Solitude de l'artiste. Qui n'a d'égale que celle de l'assassin. Moi je suis dans un coin. J'essaye de me faire petit. De pas me faire remarquer. C'est pas encore mon heure. J'ai pas été craché. Il serait temps d'y songer, sinon comment je vais faire pour étrangler toutes mes femmes ? D'ailleurs mon père sent bien l'urgence. Il tourne et il retourne dans sa maison déserte où aucune femme ne chante, où ne gazouille aucun enfant. Il monte et il descend. Un possédé. Je le suis sans faire de bruit. « Cette maison sera *ta* maison ! il m'annonce. C'est là que tu grandiras ! – Bien, papa, je lui réponds. – J'espère que tu seras pas trop chiant ! – T'inquiète pas, je lui réponds, je serai la discrétion même. – Et que tu feras honneur au nom de ton père ! – Comment que je vais m'appeler ? – Treuttel ! Baudouin Treuttel ! – Et si je suis une fille ? – Un Treuttel fait pas de fille !

Existe en blanc

Un Treuttel fait des mecs! avec des couilles pleines d'autres mecs! des Treuttel! encore et toujours des Treuttel! Et autour des Treuttel vrombit l'essaim de greluches! elles se cambrent! elles prennent des poses! elles ont des décolletés! elles décochent des sourires et des regards malhonnêtes! partout des lits qui s'ouvrent et des gorges qui s'offrent! profusion! difficulté du choix! un homme a vite la tête qui tourne! il se laisse embarquer par la première effrontée... Je parle de l'homme ordinaire, qui n'a jamais porté d'éperons. Je ne parle pas du Treuttel... Le Treuttel prend son temps. Il cherche l'inspiration. Il regarde, il écoute, il respire les parfums, il se laisse pénétrer par les ondes féminines, il attend le grand choc, l'alléluia, qui va le stopper net, lui empoigner le cœur, l'obliger à s'asseoir tellement soudain il se sent faible... Parfois c'est une simple main qui se pose, une femme qui vient de trébucher, qui prend appui sur toi et te demande pardon, excusez-moi, monsieur, en même temps qu'elle te glisse, au milieu de la foule : " Emmenez-moi! prenez-moi! je suis une symphonie!... " Parfois c'est juste un regard, une femme à sa fenêtre qui te regarde passer en plantant des épingles dans son chignon défait... L'envie de peindre te prend... peindre cette femme à l'infini... la travailler, la travailler... aller vers la beauté absolue... et puis faire don de la beauté! – À qui? – Au monde! aux malheureux dont les larmes ne demandent qu'à couler!... » J'étais devant un géant et ce géant était mon père... « Je suis ton fils! je lui dis. Je suis ton fils Baudouin que tu vas engendrer par un soir de colère! – Quelle colère? – La colère de l'artiste qui veut brûler son œuvre!... » Mon père marchait de long en large : « Saloperie de vie! il disait. Accumulation de brouillons! poubelles pleines de souvenirs et d'occasions ratées!... » Il était pitoyable et en même temps si fort... « Faut que tu trouves le motif, je lui dis. – Quel motif ? » il me répond. Décidément, il était con... « Un artiste, je lui dis, ça travaille sur un motif ! – Oui ! Bon ! – Alors je te demande, puisque tu prétends être un artiste : sur quel motif travailles-tu en ce moment ? – Mon motif c'est le chagrin, le malheur et le manque de bol. Le tout doublé tendresse et fascination pour les femmes. – Qu'est-ce qui te fascine chez les femmes ? – Le simple fait qu'elles soient des femmes. – À la bonne heure. » Au moins la situation était claire. N'importe quelle femme, et si possible la plus dangereuse, pouvait lui tomber sur le coin de la gueule. Voici comment les choses se sont passées. On a pris le vieux tableau d'où Rosita s'était enfuie, on a arraché les lambeaux de toile qui pendouillaient, on a mis le cadre vide à l'arrière de la Citroën et on est partis à la chasse au motif. Comment se passe une chasse au motif ? Le plus simplement du monde, à condition d'être deux. L'un qui tient le cadre vertical, et l'autre, à la distance convenable, qui regarde ce qui se passe dans le cadre. Vous pouvez planter votre cadre où vous voulez. C'était mon père, évidemment, qui choisissait l'endroit propice. Moi je n'étais que porteur. « Là ! il me disait. Là ! tu poses le cadre là ! » Ça le prenait sans prévenir, comme une envie de pisser, c'est comme ça les grands créateurs, ça voit des choses que nous autres on voit pas, on appelle ça l'inspiration, un appel en provenance du ciel. Il recevait beaucoup d'appels. Tout d'un coup je le voyais s'accroupir au milieu d'un champ de tournesols, un océan de tournesols, et il me disait : « Là ! dans les tournesols ! recule ! recule ! » Et puis on attendait, et puis rien ne se passait. Un corbeau sur le cadre éventuellement venait se poser, un paysan

Existe en blanc

passait sur un vélo couineur, et puis on repartait, mon père et moi, moi portant le cadre, un grand cadre doré comme on en voit dans les musées. On s'installait dans un village, petite terrasse ombragée, mon père buvait une Suze, moi je tenais le cadre planté sur le trottoir. Des badauds s'attroupaient. Surtout les jours de marché. Ils se rassemblaient dans le cadre pour regarder mon père qui lui-même les regardait, par-dessus son verre de Suze, avec une telle concentration, une telle précision dans le regard, qu'aucun n'osait bouger. Sauf si je déplaçais le cadre, auquel cas les badauds se déplaçaient d'autant pour rester encadrés et être regardés, comme si c'était devenu une drogue, par cet homme fascinant avec son verre de Suze. Moi je n'existais pas. Personne ne me voyait, personne ne me parlait. Personne, non plus, ne parlait à mon père, tellement il avait l'air détenteur de lourds secrets. Tout restait immobile, tendu mais immobile... Parfois ça s'agitait, quelqu'un poussait un cri, des femmes couraient vers une maison pour quérir une jeunesse, un printemps, qu'elles nous ramenaient en chemise, en cheveux, en pleine toilette interrompue, et qu'elles abandonnaient, rouge de honte et de bonheur, au beau milieu du cadre... Mon père posait son verre et se dépliait lentement... La fille, nullement craintive, lui souriait déjà, le cœur gonflé de joie à l'idée d'être choisie... Moi je tombais à genoux et j'implorais le Seigneur : de la vie, Seigneur ! de l'ardeur !... Et en effet, mon père, en bon professionnel du motif, s'approchait avec bienveillance, examinait le grain de la peau, le pli à la saignée, l'humidité de la nuque... mais jamais satisfait, il reculait boudeur, et faisait signe que non, ça ne pourrait pas coller. La fille fondait en larmes et je tournais la tête pour ne pas l'imiter, me demandant si

Existe en blanc

la vie, à tout prendre, ça valait vraiment le coup... Et puis un jour, un drôle de jour, les choses se sont accélérées. C'était un jour de pus, un jour à ne jamais naître. La Citroën avait rendu l'âme et basculé dans un fossé plein de merde. On a continué à pied. Mes chaussures me faisaient mal. En plus la route montait. Et je vous parle pas du froid. Le ciel était blanc de neige. L'asphalte, de la glace noire. Jamais j'avais trouvé le cadre aussi lourd, surtout quand je dévissais et le prenais sur la gueule. « Va pas me péter mon cadre ! » gueulait mon père qui ouvrait la marche comme un brise-glace. Jamais j'avais autant maudit cette putain de vie que je désirais de moins en moins, me disant même « si jamais je nais, je leur en ferai chier, ils se souviendront de mon bref séjour ». Quant à cette espèce de Léonard de Vinci de mes deux qui avançait tel un prophète cinquante mètres devant moi à la recherche de son motif c'est-à-dire d'un cul pour semer sa graine d'assassin, je lui aurais bien cassé les deux jambes pour qu'il pleurniche un peu, mais j'étais pas en âge et puis d'abord j'avais pas de barre à mine... Dans chaque village où on passait – disons plutôt dans chaque bistrot, car personne était assez fou pour mettre le nez dehors, y avait que nous deux, mon père et moi – dans chaque bistrot où on passait, donc – disons plutôt où *il* passait, parce que moi, en tant que porteur, fallait que je reste dehors pour surveiller ce putain de cadre, des fois qu'on nous le piquerait (mais par la fenêtre je voyais tout, malgré la buée je voyais tout) – dans chaque bistrot où il passait, donc, l'enfoiré, pour se taper son vin chaud, sa bibine, son genièvre, y avait toujours, comme par miracle, un bouquet de femmes qui se présentait et dont il ne voulait pas. Des merveilles de plus en plus rougeaudes et

Existe en blanc

de plus en plus robustes plus on remontait vers le nord et dont il ne voulait pas. « T'es peut-être un peu regardant, je lui disais, en reprenant la route direction l'enfer blanc. Faut des hanches un peu fortes pour que je puisse nidifier. » Il me répondait : « Ta gueule. Les contours sont trop flous. Je travaille pas sur du mou. Moi je travaille au burin. J'ai pas envie que ma vie ça soit un déjeuner de soleil. » Je comprenais rien à ce qu'il disait. Je le suivais. Je me les gelais... Et puis on est arrivés au passage à niveau. Enfin. Ce fameux passage à niveau qui devait décider de notre sort à tous. Devant la barrière baissée était arrêtée une limousine aux vitres sombres. Le moteur ne tournait pas. À l'intérieur y avait personne. Des traces de pas dans la neige se dirigeaient vers la maison du garde-barrière, dont la cheminée laissait monter vers le ciel une maigre fumée blanche. Nous sommes allés toquer à la porte. « Entrez, nous a dit l'homme à l'élégance indéfinissable qui était déjà installé près du poêle avec sa Samsonite et ses liasses de billets. Nous allons stopper le Paris-Amsterdam en rase campagne. – Pourquoi en rase campagne ? j'ai demandé. – On peut savoir qui est ce crétin ? a répondu l'inconnu avec son regard blanc. – Quel crétin ? » a dit mon père qui, tout à son motif, ne me voyait déjà plus. Le garde-barrière pleurait. Des billets changeaient de mains. Je suis reparti avec mon cadre dans la nuit qui tombait. J'ai vu un train qui s'arrêtait. J'ai vu deux hommes courir et se hisser dans le train. Le plus grand des deux boitait. Le con il avait dû se tordre une cheville.

À la page 42 de son manuscrit Treuttel nous parle d'une fille nommée Sandrine dont il regarde danser les seins dans une boîte à Bruxelles.

Je suis cette fille nommée Sandrine.

Je porte le Gossard.

Ça fait partie de ma mission de porter le Gossard et d'avoir les seins libres en même temps que soutenus.

Je ne m'appelle pas Sandrine.

Je vais essayer de vous expliquer.

C'est à cause de mes seins que j'ai été choisie, après toute une série d'épreuves, dont certaines étaient dures.

C'est ma première mission.

Je danse.

Treuttel me regarde danser.

Il est bien accroché.

Il est resté deux heures en bas de chez moi à poireauter dans sa Mercedes noire, toujours la même Mercedes noire, tout le monde connaît la plaque, alors pourquoi on l'arrête pas? pourquoi il passe toujours entre les mailles du filet?

C'est ce qu'on me demande d'élucider. Même si ça éclabousse. Qui protège cette ordure? Un mec qui fait même pas l'effort de mettre des gants pour tuer! qui laisse ses empreintes partout! ses empreintes et son sperme!

Existe en blanc

« Je ne peux plus supporter que la police de mon pays soit ridiculisée ! » m'a déclaré mon chef...
Il en avait les larmes aux yeux.
Sur moi personne ne pourra exercer de pression. Je n'existe pas. Je ne suis recensée nulle part. On me paye en fonds secrets. Je suis ce qu'on appelle un joker. Un agent clandestin. J'ai demandé des garanties. J'ai dit que je voulais pas mourir. On m'a répondu de me démerder. Un agent clandestin c'est un peu comme un chien, c'est fait pour être écrasé. Personne dira une messe.
Thibaut est venu me chercher avec sa GTI. Thibaut c'est mon préparateur physique. C'est lui qui m'apprend à regarder la mort dans les yeux tout en évitant le refroidissement (Comment éjecter ce mec. Comment le neutraliser. Résistance au plaisir. La seringue sous l'oreiller).
Je suis prête.

Le regard de Treuttel c'est comme un projecteur. Je danse dans sa lumière. Elle est noire sa lumière. Jamais je me suis sentie aussi blonde. Ni aussi déshabillée par des yeux. C'est curieux, j'ai pas peur. Je me sens même étrangement bien. Étrangement bien pour une fille qui va coucher avec son assassin.
Je trouve son regard doux. Sombre mais doux. Un regard tamisé. Peut-être déjà un peu voilé.

Maintenant je suis dans sa voiture, qu'il m'emmène où il veut. Peu importe la piaule, peu importent les détails, lequel a abordé l'autre, etc. On s'est reconnus, c'est tout. Son regard et mes seins. C'était fatal que ça arrive.
« Tu es dans la police ? il me demande.
— Qu'est-ce qui te fait penser ça ? je lui réponds.
— Y a quelque chose en toi qui sent bon l'écurie... »
Ce type est fatigué, ça se voit et ça s'entend.

Existe en blanc

« *Je porte le Gossard, je lui dis.*
— *Quel modèle ?*
— *Glossie Python.* »
J'entends l'arbitre compter les secondes...

La suite se passe dans un hôtel.
Une chambre.
Vous vous foutez de savoir comment elle est cette chambre, ce qui compte c'est moi qui me déshabille, l'apparition de mon soutien-gorge (toujours un moment fort), la stupeur dans vos yeux : comment une fille peut-elle, sur un torse si gracile...
Cette émotion qui s'empare de vous...

Je suis d'abord frappée par la timidité de Treuttel. Par sa délicatesse. Par la tendresse de ses mains.
Je suis ensuite frappée par la rapidité de mon premier orgasme, puis la violence du deuxième, bientôt suivi d'un troisième, un vrai tir en rafale, comme on m'a appris à l'entraînement.
Il n'a pas le temps de me tuer. Je suis une fille qui dégaine trop vite. Vous vous retrouvez en train de gémir sans même savoir comment. Je suis une thérapie. J'efface les traumatismes et démode les fantasmes. Même les plus opiniâtres. Je suis une abondance de biens, une prairie gorgée d'eau, une vallée suspendue à vos lèvres. Buvez. Détendez-vous. Arrêtez de trembler. Je me referme sur l'assassin et j'attends qu'il se calme, qu'il cesse de gigoter. Je recueille son venin. Quand il sera consolé et enfin en confiance, je le livrerai aux autorités de son pays, avec mes faveurs pour seules menottes, et sans même qu'il se réveille.
Nous sommes restés agrippés l'un à l'autre jusqu'au lever du jour. Sans dire un mot. À écouter nos cœurs.
Ses mains, de temps en temps, remontaient vers ma gorge et je les repoussais. Il suffit de dire « non ». Un vieux tic qui reve-

nait. C'est comme un mec qui se ronge les ongles. Suffit de le faire manucurer. Ses mains il ose plus y toucher. Laissez tranquilles mes carotides. J'en ai besoin pour irriguer mon cerveau. Tout est dans le cerveau. Les redditions, les trahisons, le courage et la peur, tout ça en vrac et faut trier.

Par exemple pourquoi tout d'un coup je me lève ? J'en sais rien.
Pourquoi les rideaux je les ouvre brutalement avec le soleil qui inonde la chambre ?
J'en sais rien.
Ordres.
Exécution.
Treuttel a mis la main devant ses yeux. Il cherche ses lunettes noires. Il met ses lunettes noires. Il est recroquevillé sur le lit comme une bête.
Moi je suis debout en pleine lumière.
Je lui en mets plein la vue.
« Le soutien-gorge va être enlevé, je lui annonce.
— Non ! il s'écrie. Fais pas ça !
— Désolée, je lui réponds, le moment est venu. »
Ordre.
Exécution.
Y a quelqu'un qui commande.

Je m'approche tout doucement. Je m'approche du pauvre diable. Je m'agenouille devant lui.
« Prépare tes yeux, je lui dis. Et fais taire ta folie. Tu vas souffrir un peu. »
Maintenant c'est lui qui interprète le rôle de la victime. Il est très convaincant. Pour un peu on aurait pitié.
Personnellement je ne suis pas ennemie d'une certaine cruauté.

Existe en blanc

Le soutien-gorge Gossard, comme vous le savez sans doute, s'ouvre sur le devant à l'aide d'un agrafage invisible. Le geste est maternel, provoque l'émerveillement, en général des mains se tendent et l'homme est bouleversé.

Mes seins sont magnifiques. J'ai vingt-huit ans. Je suis du genre belle à mourir.

« J'ai mal aux yeux, me dit Treuttel.
— Pleure, ça va te faire du bien.
— J'ai oublié comment on faisait...
— Pense à ta vie gâchée...
— Ma vie en vaut une autre ! c'est la mienne ! je vais quand même pas chialer parce que j'ai tout foiré ! »

Et le voilà qui fond en larmes.

« Aïe ! il crie. J'ai l'impression de pleurer des clous ! »

Je le serre contre moi. Il sanglote de plus belle. Il grimace de douleur. J'ai quelque chose de rouge qui me coule sur les seins. Il pleure des larmes de sang.

Au-dessus du lavabo, je l'asperge d'eau glacée. Il tremble. Essaie encore de m'étrangler. Je lui tape sur les mains. Le ramène vers le lit. Le couche. Le borde. Il tremble encore un peu.

« Qu'est-ce que tu as aux yeux ? je lui demande.
— Rien, il me répond. C'est pas grave. C'est juste une douleur sourde. Lancinante.
— Ça a commencé quand ?
— Ça fait un certain temps... Au début je croyais que ça venait de la pollution. Qu'y avait dans l'air des trucs en suspension qui venaient se coincer sous mes paupières. Des poussières. Des microfibres.
— T'as consulté un opthtalmo ?
— Plusieurs... La première fois c'était une femme. Elle portait un Dim Chantilly. Je l'ai tuée. Ensuite je suis allé à l'hôpital. J'ai vu des mecs en blanc. Ils m'ont fouillé le fond de l'œil. Ils avaient l'air embarrassé... " Quand vous êtes

dans le noir, ils m'ont demandé, est-ce que vous avez comme des flashes? des éblouissements? des lumières qui passent? l'impression de croiser des phares de voitures? — *Je ne suis jamais dans le noir.* — Et pourquoi? — *J'ai peur.* — De quoi avez-vous peur? — *J'éteins jamais ma lampe de chevet.* — Oui, mais de quoi avez-vous peur? — *Je dors dans un vrai bain de lumière. Prêt à bondir.* — Bondir sur qui? — *Qu'est-ce que ça peut vous foutre?* — Saloperie d'enculé! — *Restez polis, je vous prie!* — Pourquoi tu réponds jamais à nos questions? — *Je suis ici pour être soigné! pas pour répondre à des questions! Je souffre!* — Tout le monde souffre! et bien souvent à cause de toi! — *D'abord pourquoi vous me tutoyez?* — Tu sais ce qu'on voit dans ton fond de l'œil si par malheur on l'examine? — *J'aimerais bien qu'on me le dise!* — Des foules en deuil qui défilent dans un silence de mort! Pour qui brûlent tous ces cierges?..." Ils étaient tous autour de moi, le grand patron et ses internes, le paquet d'infirmières prêtes à me maîtriser. En face de nous l'amphithéâtre, une muraille d'étudiants avec des lèvres minces et des lunettes hostiles... "*Je suis un artiste!* j'ai gueulé... *Mon père était un artiste, moi je suis un artiste et mon fils sera également un artiste!* — Vous n'aurez jamais de fils! m'a lancé une grosse étudiante à moustaches. — *Comment tu le sais?* je lui ai répondu. — Jamais! elle a répété, brandissante. Jamais!..." Ça m'a foutu un coup... Jamais de fils? je me disais... jamais de fils?»

Treuttel se tourne vers moi : « *Tu veux pas me faire un fils?* » il me demande.

À fréquenter les dingues on en perd la raison. En plus il me bouleversait.

Je lui réponds d'accord. D'accord, je te fais un fils.

Au moins comme ça j'étais sûre qu'il allait pas me buter.

Existe en blanc

C'est un flic.
Je suis pas tombé de la dernière pluie.
Je l'ai vu tout de suite que c'était un flic. Trop bien tendu le piège. Trop parfait. Trop irrésistible. Travail d'ordinateur. Presque une image de synthèse, la fille, tellement elle est idéalement treuttelienne, avec son soutien-gorge fait sur mesure. C'est comme si c'était moi qui l'avais dessinée, habillée, fait bouger. C'est *ma* créature. Enfin je veux dire celle de mes rêves. Celle qui console de tout. De ne pas avoir eu de mère ni d'apprentissage de la douceur. Elle est la femme que j'attendais et qui arrive trop tard. J'en ai les yeux tout labourés.

Et pourtant je le sais que c'est ma dernière moisson, qu'elle va me conduire en taule, que la beauté c'est comme le soleil : ça se couche, et après c'est la nuit.

Pour l'instant elle est sur l'horizon de ma vie. Ma vie a été chaude. Ça fera du bien un peu de fraîcheur. Je la tuerai plus tard. Si les forces me reviennent.

Pour la vue ça va encore. C'est pas terrible mais ça va. Je vois suffisamment pour fouiller la chambre et trouver l'émetteur. Puis pour lui mettre sous le nez.

« J'ai trouvé ta boîte noire, je lui dis. Lance ton dernier message. »

Pour le mettre en confiance, j'ai sacrifié Thibaut. J'ai lancé un appel sur le petit émetteur, mon appel de détresse, et Thibaut s'est pointé. Baudouin était derrière la porte. Il l'a étranglé avec les menottes. Je l'ai un peu aidé. Avec le sac-poubelle de la salle de bains. Ils sont pas grands mais la tête entre. Thibaut s'est écroulé. Mort d'un lampiste.

« Admettons, a dit Baudouin. Admettons. »

Là j'ai vraiment eu peur. Je me suis dit c'est un dingue. Je suis embarquée avec un dingue. Heureusement, il bandait.

Existe en blanc

« T'es comme moi, je lui ai dit, ça t'excite le trépas. »
Avec un dingue faut choper le rythme, il faut sauter dans la musique et donner un coup de reins.
En admettant que ce soit un dingue...
Et si c'était, tout simplement, le mec le plus émouvant que j'aie rencontré ?
Jamais je me suis sentie autant une femme.

À mon avis la pauvre chérie elle est en train de tomber amoureuse de moi. On va bien s'amuser. Je vais l'emmener dans un pays dont elle n'a jamais supposé l'existence. Le pays où règnent les ordures. Mon pays. Ensuite, si elle en réchappe, qu'elle fasse de moi ce qu'elle voudra. Un taulard. Une bavure. Que les tireurs d'élite se mettent en position. Je ne tuerai pas Sandrine. Je l'aime trop pour lui faire du mal. Je vais juste me servir un peu d'elle pour régler quelques comptes.

Arrive un moment, dans la vie, où quand on a vécu un certain nombre de choses, on se dit ça va comme ça, la promenade est finie, on éprouve comme une fatigue, une envie de poser le sac, ce qu'on voudrait c'est s'asseoir, et puis ne plus bouger, et puis surtout qu'il ne se passe rien. C'est mon cas. J'ai vécu quarante ans. Quarante ans à essayer de regarder une femme en face. À chaque fois c'était l'éblouissement. Mes rétines qui hurlaient. De joie. De douleur. Et puis voilà Sandrine qui arrive. Sandrine comme un vent frais. Un éclat de rire qui balaye tout. La pollution, malheureusement, a duré trop longtemps. Je suis devenu un vieux crassier. Et maintenant que la lumière se fait dans ma tête, elle disparaît de mes yeux.

Je ne suis pas aveugle, pas encore, mais c'est une question de mois, peut-être même de semaines. Mon regard ne jette plus que des lueurs. Je suis un jouet poussif dont les piles sont usées. J'ai les yeux qui larmoient. J'ai trop regardé la mort en face. La mort qui me souriait. Elle m'a toujours souri. Déjà, à ma naissance elle se penchait sur mon berceau. Pour me faire reluquer son décolleté osseux.

La mort porte pas de soutif. Elle ne porte pas non plus de culotte. Juste des porte-jarretelles sanglants. Je vous conseille pas de lui toucher le cul.

Hier Baudouin m'a dit : « Tu vas passer un test. » Moi j'aime bien ça passer des tests avec Baudouin. Ils sont excitants ses tests. C'est excitant de vivre avec lui. Un homme qui vous excite, dont vous savez qu'à chaque instant peut jaillir de son cerveau une idée encore plus tordue que la précédente, même si vous avez peur, faut toujours lui dire oui. Oui à sa folie, oui à sa laideur, vous laisser embarquer là où il a décidé de vous embarquer. C'est toujours excitant là où Baudouin vous embarque. L'autre jour, par exemple, je sais pas ce qui lui prend, un coup de bourdon, sans doute, ou bien alors on était restés trop longtemps dans la piaule à limer, tout d'un coup le voilà qui regarde ses mains comme deux oiseaux morts et qui se met à pleurer... « Oh mon chéri qu'est-ce qui t'arrive ? je lui demande. J'ai dit quelque chose de maladroitement formulé ? – Quand je regarde mes mains je vois des cadavres de mains, il me répond. Même plus bonnes à serrer un gosier. Même un poussin je pourrais pas lui faire taire son cui-cui. – Tes mains sont devenues caresse, je lui dis. Elles dispensent la tendresse et non plus la terreur. » Il s'est mis en colère : « Je veux étrangler une dernière femme ! Une femme avec une blouse en train d'étendre son linge ! Et comme y aura du vent, le vent s'engouffrera dans sa blouse, et moi je verrai son Cœur croisé ! mon dernier Cœur croisé ! avant de commander ma canne blanche ! »

Existe en blanc

J'ai retrouvé une copine qui squattait près d'Orly un pavillon abandonné pour cause de bruit ambiant, soi-disant des avions, nous avec nos boules EAR on a rien entendu, quant à ma copine, qui étendait son linge, elle était déjà sourde quand on était à la communale, rue Pons, à partager le même pupitre, c'est-à-dire bien avant que je tombe dans les pattes de la police, bien avant que je tue ce fameux mec sous prétexte qu'il avait voulu me violer, alors qu'il m'avait même pas touchée, ni même regardée, j'étais tout simplement jalouse, il avait le béguin pour une autre fille de la boîte, et ça je supportais pas, c'était l'époque où j'étais dactylo, après y a eu cette histoire de braquage pour payer ce chirurgien qui devait me siliconer, me baiser ça lui suffisait pas, fallait en plus que j'allonge du pognon, et pas une petite somme, enfin bref tout un passé peu glorieux qui m'a valu d'avoir le choix entre aller en taule ou me mettre à la disposition de la police, je vais pas m'éterniser là-dessus, j'ai déjà tout raconté à Baudouin, qui en a pas cru un mot, ce en quoi il a eu raison, l'histoire est complètement bidon, c'est donc pas la peine que je la raconte une deuxième fois, je suis flic et c'est tout, je suis en mission, je vais tirer sur le fil et faire coffrer tout le monde, les petits et les gros, que Baudouin me pardonne, je sais que c'est dégueulasse, c'est la chose la plus dégueulasse que j'aie été amenée à faire dans toute ma vie de femme, moi je dirais plutôt vie de merde, la preuve c'est qu'à chaque fois que j'ouvre le manuscrit Treuttel ça me fait monter les larmes aux yeux.

La femme étendait son linge avec le geste ample des gens qui n'ont jamais été dérangés par le bruit. Elle était sourde. Elle avait la beauté des sourdes, qui est faite de grandes steppes chevauchées au ralenti. Elle n'avait jamais sursauté à une porte qui claque. Pour elle, les gifles étaient des caresses, même celles que son père donnait à sa mère. Elle croyait que les larmes c'était la musique du bonheur, bien qu'elle n'eût jamais entendu de musique, sauf dans les livres, évidemment, qu'elle ne cessait de dévorer, très peu de récits de voyage, plutôt des biographies, de préférence celles des grands compositeurs, et plus particulièrement Schubert, qui en effet la faisait pleurer, quelle oreille pour une sourde. Quant au bonheur, elle ne connaissait que celui d'avoir été convoitée, prise et abandonnée par de soi-disant timides, des petits chauves, des bigleux, qui soudain se déchaînaient, sale pute, bouffeuse de bite, je vais t'éclater le baigneur, alors que l'instant d'avant, paralysés derrière leur buisson, ils n'osaient même pas faire un pas vers elle, tendant leur bouquet de fleurs en regardant leurs pieds. Vous supprimez l'ouïe et la bête se déchaîne. Baiser une sourde, quel coup royal, on se refilait le tuyau. D'autant plus que la pauvre, paresseuse de nature, c'était son seul défaut, n'avait jamais appris à lire sur les lèvres des hommes. Elle ne lisait que sur celles des enfants. Elle n'était que silence et mots d'amour en suspension.

Existe en blanc

Jamais violée, jamais honteuse, elle prenait son plaisir comme il se présentait. Quand elle revenait à elle, consciente un peu quand même d'avoir été maltraitée, elle ramassait son bouquet, mettait les fleurs dans l'eau et attendait le prochain, en espérant qu'il serait plus tendre, qu'il resterait un petit peu plus, le temps de prendre un café, il est bon mon café, il est douillet mon lit, mais aucun ne restait, tous partaient comme des pets, en même temps que sa jeunesse. Elle avait conçu une espèce de langueur qui s'élançant du périnée remontait vers la bouche, une bouche d'aristocrate qu'on traiterait comme une bonniche sans qu'elle puisse protester, d'où la douce amertume du sourire, un sourire accroché avec des pinces à linge, et cette impression de nostalgie, de femme à l'abandon, comme était à l'abandon chacun des pavillons alentour, volets arrachés, carreaux brisés, rouillées les balançoires et partis les enfants, expropriée la vie. Seule restait cette Martine, c'est ainsi qu'elle s'appelait, la dernière survivante, une femme sans âge et sans éclat, qui étendait son linge, des dessous fatigués, des torchons, un mouchoir. Elle portait une blouse que gonflait le vent du soir.

Je n'avais eu aucun mal, en lui parlant par signes, à me rappeler à son bon souvenir, l'école de la rue Pons, le marché aux oiseaux, nos premières boules de neige, moi qui la protégeais quand on la poursuivait. Elle se souvenait de rien mais elle était contente. On a tous des souvenirs dont on sait plus grand-chose. Il suffit de raconter et n'importe qui vous croit. N'importe quelle histoire. Pourvu qu'on soit plus seule. Vite on fait du café. On sort les petits gâteaux. Les visites sont si rares. Oui maintenant je me souviens, la rue Pons, le marché, quel plaisir de te revoir. Une sourde-muette, quand le bonheur l'envahit, elle a tellement honte d'avoir oublié son texte qu'elle se prend à danser. En guise d'applaudissements je lui ai donné mille balles et puis j'ai pris ses mesures. Enfin les mesures de ce qui restait. Ses seins avaient besoin de soleil. Le lendemain je

Existe en blanc

lui apportais la blouse et le Cœur croisé, son dernier costume de scène. Sale boulot mon boulot. Croyez pas que je l'aie choisi. Je vous raconterai plus tard. Pour l'instant on se pointe, mon criminel et moi, animés d'intentions.

 Des avions y en avait, ça c'est sûr, et des gros, même, qui faisaient une ombre énorme sur tout le lotissement, une ombre à attraper la crève. Nous on profitait de l'ombre pour s'approcher de notre proie. Quand le soleil revenait, on s'immobilisait. C'était un soir de printemps, autour de dix-neuf heures, quand le trafic bat son plein. Les avions se succédaient, le soleil se couchait, on l'avait dans la gueule, et Baudouin, malgré ses lunettes noires, devait se protéger. À deux ou trois reprises, j'ai dû le remettre dans la bonne direction, il savait plus où il allait. C'était comme un infirme, fallait lui tenir le bras. Sans parler que plus on approchait, plus il accélérait, comme tous les prédateurs.
 À un moment je l'ai arrêté. On était à deux mètres. À deux mètres derrière elle. Elle avait rien senti. Faut toujours progresser contre le vent. Surtout quand il s'engouffre dans la blouse d'une femme. Une femme qui étend son linge. C'est-à-dire ses secrets.
 J'ai lâché le bras de Baudouin. Comme il démarrait pas, je l'ai un peu poussé. Il s'est avancé tout doucement dans le dos de la femme. Il marchait à tâtons. Comme un mec dans la nuit. Merde il voyait que dalle. La dénommée Martine, tout d'un coup, elle a vu un type passer à côté d'elle avec les mains tendues, ça lui a fait bizarre. Puis plaisir. Elle était heureuse d'être aussi près d'un homme. Elle a déboutonné le haut de sa blouse pour qu'on voie son soutif et les battements de son cœur et puis elle est allée poser une main légère sur l'épaule de Baudouin. Il s'est retourné au ralenti comme se retournent les aveugles. Ses mains se sont posées sur le soutif. Rien qu'au contact il reconnaissait une poitrine de femme. Martine a fermé

les yeux. Des mains couraient sur elle. Elle devenait presque belle. Offerte. Tendue. Vibrante. Baudouin aussi devenait presque beau. On peut même dire sublime. Des larmes de sang coulaient de ses yeux.

Martine lui enlève délicatement ses lunettes. Elle lèche le sang qui coule. Puis elle lui lèche les paupières. Importance des yeux. Voilà la lumière qui revient dans ceux de Baudouin. Comme si on levait un voile. Sur la beauté de Martine. Sur la beauté de la vie. Sur comment il faudrait faire si c'était à refaire. Peut-être la cécité c'est une façon de tout effacer. Une connerie tous ces meurtres. Pourquoi les tuer puisqu'il suffit d'en prendre une au hasard et vous avez tout l'amour du monde ?

Baudouin bouleversé. Martine bouleversée. Moi aussi pas loin d'avoir les larmes. On entend du Schubert. Ils échangent un baiser auprès duquel Fra Angelico c'est de la peinture au pistolet. Je suis déjà dans la chambre pour leur ouvrir le lit. Scène de cul. Je reste pour regarder. C'est la première fois que j'assiste à un meurtre en direct. Ça m'intéresse. Sauf que ce con-là il la tue pas. Qu'est-ce qu'ils font ? Non seulement il lui donne trois fois de suite du plaisir, mais en plus, tout content (il riait comme un môme), il se retourne vers moi et il m'annonce qu'il est guéri.

« Guéri de quoi ? je lui demande.
— Je n'ai pas envie de tuer cette femme.
— T'as envie de quoi, alors ?
— Vivre avec elle. L'aimer. Faire son bonheur. Elle m'a rendu la vue. »

MARTINE : J'ai décidé d'entendre. J'ai décidé de parler. D'ailleurs je vais vous raconter ma vie. Comment je suis devenue sourde. Les traumatismes que j'ai subis...

BAUDOUIN : Oui ben tu vas commencer par fermer ta gueule. C'est pas parce que tu parles qu'il faut nous bassiner. Moi j'aime bien ça, le silence, quand il est observé.

Existe en blanc

MARTINE : *J'ai du retard de parole !*
BAUDOUIN : *Tu rattraperas petit à petit. Une phrase le matin, une phrase le soir. Le reste du temps des beaux regards. Des sourires mystérieux. Tu étendras ton linge. Beaucoup de lessives. Du repassage. Je vais t'aimer comme un dingue. Ton ventre va s'arrondir. À l'intérieur ça gigotera. Nouvelles lessives en perspective.*
Il se retourne vers moi : « *Je suis désolé, Sandrine. Y avait quelque chose d'assez beau qui prenait forme entre toi et moi. C'était avant que je connaisse Martine. Maintenant je connais Martine. Je reste avec Martine.*
MARTINE : *Je lui plais. On est faits l'un pour l'autre. Mon corps a été sculpté pour accueillir le sien.* »
J'ai les larmes qui jaillissent : « *Oui mais moi je l'aimais !* »
Baudouin me prend dans ses bras :
« *Tu es dans la police. Je ne peux pas vivre avec un flic. Un jour ou l'autre tu vas me donner.*
— Je l'encule la police ! elle m'a jamais rien donné la police ! qu'un salaire de misère ! Toi ce que tu donnes c'est le grand frisson ! Je t'aime ! je veux partager ta vie ! avoir peur avec toi ! aller de planque en planque ! mille fois mourir par jour !
MARTINE : *Baratin ! boniment ! écoute pas cette pouffiasse ! tu vas te faire entuber !* »
Je lui colle une beigne et elle m'en rend une autre. Baudouin qui nous sépare. Je m'accroche à lui comme à une bouée : « *Je suis prête à tuer, pour toi, je lui dis.*
— Je te crois pas, il me répond...
— Demande-le-moi, je le fais !
— Je te le demande. »
Énorme silence en formation. Je croise le regard de Martine. Elle est en train de piger. C'est pas marrant sa destinée. À peine heureuse, déjà le départ.

Existe en blanc

« *Je vais t'aider à porter tes bagages* », je lui dis, en m'emparant des deux valises qu'elle tient toujours prêtes en cas d'hospitalisation.

Elle me suit dans le jardin.

« *T'es sûre que je vais pas souffrir ?* elle me demande.

— *T'as qu'à faire comme je t'ai dit : pas te raidir, rester souple.* »

Pendant que je l'étrangle passe un Airbus. Derrière la fenêtre Baudouin regarde. Il voit Martine mourir. Tomber au ralenti. Il a remis ses lunettes. Sans doute pour cacher son émotion. Je cours me jeter dans ses bras. Il ne dit pas un mot. Il est trop bouleversé. Il me serre contre lui. Je crois que cette fois-ci ça y est : j'ai gagné sa confiance. On repart vers la bagnole. Je le tiens par le bras car il voit de nouveau mal. Je le préviens pour les marches. Martine nous regarde passer. Elle est en train de compter les billets que je lui ai glissés dans la poche pendant qu'elle rendait son dernier soupir. Le compte est bon. On se fait un signe dans le dos de l'aveugle. Voilà à quoi ça ressemble passer un test avec Baudouin. Je vous l'avais dit que c'était excitant.

À mon avis elle est mûre pour que je mette à exécution mon grand projet.
Quel grand projet ?
Tout le monde a un grand projet. Donnez-moi cinq minutes, que je peaufine le mien.

Mon grand projet sera noir.
Noir comme le mal qui nous a été fait, à mon père et à moi, et que je vais restituer au centuple.
Noir.
Très noir.
Infect, même.
Infect comme l'homme d'argent qui dispose de nos vies. De nos histoires d'amour. De nos chagrins d'enfant. Par simple goût du lucre.
Tuer un homme, ça nous changera.
Non. Pas le tuer.
Mieux que ça.
Le faire longtemps mijoter à feu doux.
On mettra un couvercle, pour pas entendre ses cris.

L'arme est en face de moi, allongée sur le lit, tout humide de sa douche, dans son peignoir-éponge, dont elle néglige la fermeture, afin que mes yeux travaillent un peu, ne se laissent pas trop aller au découragement.

Elle a acheté un projecteur, qu'elle trimbale avec elle de chambre d'hôtel en chambre d'hôtel, et avec lequel elle s'éclaire violemment, ce qui me permet d'apercevoir, disons plutôt de deviner, à travers mes lunettes de glacier, quelques images d'un monde en train de s'éloigner, comme un marin qui prend la mer, adieu Madras, adieu beauté, adieu cette fille qui me rendait fou.

Sauf que la fille, qui est une merveille, elle est montée dans le bateau avec moi.

Faut pas le dire.

« Si je te dis *promoteur*, je lui demande, qu'est-ce que ça évoque pour toi ?

— Comme une odeur de merde, elle me répond. De la très mauvaise merde.

— Je t'aime, je lui dis.

— Moi aussi, elle me répond. Je t'aime. T'es pas beau, t'es bigleux, t'as une gueule à s'enfuir, mais ça fait rien, je t'ai dans la peau. Tu la fais frémir ma peau. Surtout quand tu me regardes. J'adore comme tu me regardes. On sent bien l'obsédé. On sent bien le mec dangereux. Dont le désir est dangereux. Et moi je fais tout pour le déclencher ton désir. Je suis une salope qui cherche les emmerdes. Si jamais il m'arrive un sale truc, ça sera bien fait pour ma gueule. J'avais qu'à moins me cambrer. Mais, avec toi, il m'arrivera rien de mal, je le sais.

— Je connais un promoteur, je lui dis. Le genre qui construit des villes là où avant y avait des oiseaux, avec des enfants qui pouvaient s'endormir en les écoutant chanter, et des cuisinières qui faisaient du pâté de grives... »

Existe en blanc

Lourd silence qui s'installe. Combien de temps dure ce silence ? Ça va être difficile à dire. On ne peut pas tout analyser. La notion de temps est tellement vague. Une seconde ? une vie ? un siècle ?

Le plus important, pense la fille, c'est de ne surtout pas poser de question. La moindre question et il se rétracte. Ça serait dommage, je touche au but.

Je vais me confier à elle, pense le mec, un criminel activement recherché. Et tant pis si je dois y laisser ma peau. D'abord elle est sympa et puis ensuite j'ai personne d'autre. Je la tuerai plus tard.

« Et si tu ne me tuais pas ? dit la fille... Si tu me gardais près de toi ?... Je pourrais guider tes pas...

– Pour aller où ? » lui répond le mec.

Là elle est emmerdée. Elle trouve pas la réponse. Personne ne trouve la réponse quand une vie est gâchée. Faudrait supprimer les ordures et tout reprendre à zéro. On va peut-être manquer de temps. Moi mes jours sont comptés. Je pourrai pas faire le ménage en grand. Juste écraser un pou. Ça fera un pou en moins. Ça changera pas grand-chose. Sauf que j'entendrai le craquement du pou sous l'ongle.

« Je vais te parler de mon promoteur, je lui dis à la fille.

– Je t'écoute », elle me répond.

Masbouth était moins con que les autres. Dès les premières émeutes, celles de Sétif, en 45, il avait pris le sens du vent, qui soufflait vers le nord, et profitant de la mort de son père, dont il était le seul héritier, il avait mis en vente l'exploitation, dont personne ne connaissait plus les limites, à cette époque-là y avait pas de limites, tout ce qu'on savait c'était que ça rapportait gros, et sans trop se fatiguer. Il suffisait de monter à cheval et de faire les gros yeux.

Il avait vite trouvé acheteur, disons plutôt pigeon, d'ailleurs c'était un Belge, un gros gaillard avec des suées, qui dix-sept ans plus tard allait se retrouver en caleçon, assis sur sa valise, sur le pont d'un navire baptisé *Ville d'Évian*. Il avait promené le mec dans toute l'exploitation, ce qui avait pris huit jours, huit jours d'ensorcellement. Dans chaque village une maison fraîche les attendait, avec des femmes qui les lavaient, des femmes d'abord âgées, puis de plus en plus jeunes, surtout après le dîner quand au son des bendirs on apportait le narghilé. Alors apparaissaient les nubiles, filles et garçons, qui venaient pour danser, s'alanguir, ou davantage encore, selon le désir du maître. « Mais pourquoi vous vendez ? s'écriait l'acheteur belge, qui

Existe en blanc

bien que revenu de tout, mais surtout du Congo, se croyait au paradis. On ne vend pas un paradis ! – Et vous, lui répondait Masbouth, qui fatiguait doucement le poisson, pourquoi quittez-vous le Congo ? – Il m'a semblé sentir, dans le regard de mes boys, à chaque fois que je sortais de ma chambre, où je venais d'honorer une de leurs femmes, ou de leurs sœurs, ou de leurs filles, on ne sait jamais avec ces gens-là, ça n'arrête pas de pondre, des enfants magnifiques, qui poussent dans la nuit, le soir ils sont au sein, le matin ils aiguisent un couteau... Qu'est-ce que j'étais en train de vous dire ? – Vous me parliez de leur regard... le regard de vos boys... qu'il vous avait semblé sentir quelque chose. – Oui. Tout à fait. Quelque chose d'inquiétant. Qui ressemblait à de la colère. Et qui était en train d'enfler... Vous connaissez la femme bantoue ? – Non... pas du tout... – La femme bantoue, et ce n'est pas le moindre de ses défauts, a une façon particulièrement sonore, surtout quand elle est vierge, de prendre son plaisir. C'est une des plus sonores d'Afrique. Des missionnaires me l'ont confirmé. Dès qu'elle se fait entendre, tout autour, dans les champs, les hommes cessent la cueillette, un silence tropical, comme avant un orage, s'abat sur la plantation, et quand vous sortez de votre bungalow pour les remettre au travail, il fait pas bon être belge, c'est moi qui vous le dis ! – Ici c'est un petit coin de France, lui répond Masbouth. Tout est calme. Pas de tension. Les hommes sont très discrets. On ne les voit presque pas. Quant aux femmes, elles sont fières, il faut les respecter, très important le respect. Mais si vous les respectez, alors là, mon z'ami, dès que les hommes sont partis, et les hommes partent souvent, surtout la nuit, les nuits sans lune ils partent comme des voleurs, pas un caillou ne bouge... – Et on sait où ils vont ? – Ils se réunissent dans les montagnes. – Pour quoi faire ? – Ça c'est leurs oignons. Ici personne s'occupe de personne. C'est pour ça que c'est tranquille. Le principal c'est qu'ils soient pas là. Que leurs femmes soient inquiètes. Qu'elles puissent pas s'endormir. Que sur leurs lits désertés, elles se tournent et se retournent. Qu'elles aient soif d'une visite... » Deux mois plus tard, affaire conclue. Masbouth est un homme riche. Il cingle vers Paris dans un Super Constellation. Personne n'est au courant. Les Parisiens vaquent tranquillement à leurs occupations. Les Parisiennes portent des bas. Ça se passe avant l'invention du collant. Une belle jeunesse savoure la paix. Mon père joue au tennis. Comment a-t-il fait pour se retrouver dans les pattes de ce Masbouth ? C'est une histoire simple et atroce. Masbouth convoitait les Anglys. Les Anglys c'était le nom de la propriété de mon père, acquise le temps d'une valse pour un mariage raté. C'était un bouquet de chênes au milieu des labours, un avant-poste très isolé dans un paysage à voir déferler les tanks. Fallait franchir un gros portail, on roulait quelques mètres, et on se retrouvait devant une maison de maître. Les volets étaient souvent clos. C'était l'époque où mon père bouffait du kilomètre à la recherche d'une femme anciennement de mauvaise vie dont il voulait faire une madone. Parfois revenait la Citroën. Mon père en descendait. Il secouait sa poussière. Un petit garçon l'accompagnait, qu'il ne voulait pas voir. « Reste pas dans mes jambes, il lui disait. Ton heure n'a pas encore sonné. » Le petit garçon dormait dehors. Il surveillait le jardin. Il faisait sentinelle au cas où quelqu'un aurait cherché des ennuis à cet homme qu'il entendait sangloter dans la maison et qu'il aimait déjà malgré qu'il soit bourru. C'est comme ça qu'un

Existe en blanc

soir il est tiré de ses rêves par un bruit de pas suspect. Une silhouette approchait. C'était Masbouth. Il commençait à faire ses rondes. Sur un petit carnet qu'il a sorti de sa poche il note le numéro d'immatriculation de la Citroën. Il va coller une oreille contre un volet du rez-de-chaussée. Quelques oiseaux chantaient déjà. L'aube n'allait pas tarder. Masbouth repart avec un sourire gras. Le petit garçon tremblait. Il avait froid, il avait peur, et il avait raison. Faut toujours avoir peur. Il y a des enculés qui rôdent. On peut tomber sur eux partout. Par exemple vous êtes dans un bistrot du côté de Pigalle, vous êtes en train de négocier l'achat d'une femme avec quatre mecs bagouzés, vous vous croyez peinard, tout au bonheur de votre amour, eh ben non, ne vous réjouissez pas trop vite : sur la banquette, juste derrière vous, il y a un type qui se fend la gueule. Ça le fait marrer d'entendre un cave se faire entuber par un carré de maquereaux. « Mais d'où il sort, ce gus ? il se dit. J'ai jamais vu un con pareil ! Ça confine au sublime ! » Masbouth, très vite, éprouve une véritable fascination pour mon père. Il se met à le suivre partout. Il peut plus se passer de lui. Il découvre les Anglys. Il regarde mon père partir et mon père revenir. Les longues absences de la Citroën. Quand mon père n'est pas là, il regarde la femme désœuvrée tourner autour du jardinier. Le jardinier est emmerdé. Il se confie à mon père : « Y a votre femme qui me tourne autour, il lui dit. C'est un peu emmerdant. » Mon père le licencie. À la femme il annonce : « J'ai viré ce grossier qui t'a importunée. » Elle c'est une ancienne pute. Elle n'a pas très bon genre. Masbouth non plus, d'ailleurs. Tout le monde est assez vulgaire dans cette histoire. Y a que mon père qui a la classe. Moi je l'aimais bien mon père. Il faut bien qu'il y ait

Existe en blanc

des cons pour qu'y ait des crapules. De ce point de vue là, tout est en ordre. Ça fonctionnera en mon absence. D'autant que je suis déjà mort. Un mec aveugle il est déjà mort. Un mec qui peut plus gamberger sur la transparence d'un chemisier c'est pas la peine qu'il encombre la piste. Pas la peine de rester dans leurs jambes si on peut plus leur rendre hommage. Avec les mains, c'est pas pareil. Mon avocate me laisse toucher, mais j'ai jamais aimé faire ça dans le noir. J'ai jamais eu confiance. Toujours eu peur du noir. Peur de jamais trouver l'olive. Peur de gratter ma pierre tombale. De la gratter par en dessous. Et que personne m'entende. Vaudrait peut-être mieux me pousser tout de suite. Que je m'écrase et puis fini. Un petit coup de serpillière et on en parle plus. Ça se passe comme ça dans les établissements sérieux. Je crois que vous l'avez compris : on m'a filé perpète. Personne est venu me prêter main-forte, à part mon père qui maintenant est clodo, quand il vient me voir à la prison rien que de l'entendre j'ai honte, je lui dis papa, moi ce que j'aimais c'est quand t'avais de la gueule, je veux pas d'un père diminué. Ça lui fait mal à ce salopard qui a pas été capable de distinguer un trou du cul d'une foufoune. C'est pourtant pas pareil. J'ai jamais tué personne, il me dit. Si, t'as tué un enfant, je lui réponds. Voyez un peu l'ambiance. Je parie que ça vous déprime. Préféreriez encore que je vous cause de Masbouth. Bon, allez, c'est d'accord. Mais c'est vraiment parce que c'est vous.

On ne peut pas dire de Masbouth, au moment où le train d'atterrissage de son Super Constellation prend contact avec le sol de la métropole, qu'il est déjà l'empereur des enculés qu'il va être appelé à devenir par la suite. Il y a chez lui, c'est sûr, une vocation d'enculé qui sommeille, mais on a tous des vocations, et la plupart sont contrariées. Il faut un petit coup de pouce. Saisir sa chance au vol. Être disponible pour le grandiose.

C'est la rencontre avec mon père qui a tout déclenché. Quand Masbouth a vu mon père, il a vu un gisement. Un gisement de quoi, il savait pas, mais il le sentait inépuisable. Il fallait l'exploiter. C'était vertigineux. « Un mec comme ça on peut pas le lâcher, il s'est dit. Il est trop beau. C'est du diamant. » Et il s'est mis à le suivre comme on suit un filon. Partout il l'a suivi. Au restaurant Marius, où l'emmenaient les barbeaux. À l'hôtel Colibri, où l'attendait cette femme. Quelle femme? L'était tellement torché, se rappelait même pas la femme. L'avait fait un gros chèque, savait même plus quel chèque, à qui? combien? Les mecs lui tenaient la

Existe en blanc

main pour qu'il remette des zéros. Dans la rue, plusieurs fois, il avait failli donner du crâne contre le trottoir, ils commençaient à fatiguer les souteneurs, « tu sais que t'es lourd, ils lui disaient, tu fais chier, à la longue ! – Veux voir ma femme ! » gueulait mon père, tout en retenant in extremis les premiers rangs de l'école communale qui voulaient lui sortir de la bouche.

Devant l'hôtel, découragement, montera jamais jusqu'au sixième. C'est là où l'obligeant Masbouth, surgissant de la nuit, leur propose ses services : « Je m'en occupe, c'est mon pote, c'est un copain de promo ! » Et il se retrouve avec mon père dans les bras, un cavalier très incertain. Dans l'escalier, encore une chance, y avait de la moquette couleur dégueulis. Et Masbouth était emmitouflé dans un grand imperméable qui le protégeait des éclaboussures. Ils ont commencé à monter l'escalier vers minuit dix et ils sont arrivés au sixième étage à trois heures du matin. Quand la femme a ouvert la porte, Masbouth a lâché mon père qui s'est étalé du côté du bidet. « Je te présente ton homme, il a dit. – Mon amour ! lui a répondu la femme en le barbouillant de rouge à lèvres. – Mais c'est pas moi, c'est lui ! a dit Masbouth en recrachant cette langue surnuméraire qu'il avait dans la bouche et en pointant du doigt le gisant. – Ah bon », a fait la femme. C'était son commentaire. Rosita elle s'appelait. À cette époque-là elle était pas encore montée au ciel. Elle comprenait pas vraiment ce qui se passait mais on entendait battre son cœur, surtout la nuit, quand le métro passait pas. Moi je l'entendais son cœur. Ça fait du bruit un cœur de pute. Ça fait du bruit en silence.

Existe en blanc

Alors donc mon pauvre père, qu'était totalement torché, ils l'ont déshabillé et hissé sur le lit. Il triquait. « Le devoir t'appelle », a dit Masbouth. Rosita s'est exécutée. Elle avait un gros cul. Y a des mecs qui aiment bien. Masbouth ça le branchait pas. Il s'est mis à la fenêtre pour regarder Paris, qui dans certains quartiers ne ressemble pas du tout à l'idée qu'on s'en fait. Mais ça lui plaisait bien. Il se sentait au cœur palpitant du monde. Derrière lui il entendait Rosita qui commençait à prendre son pied. Il savait pas qu'une pute ça peut aller au bonheur. Il s'est retourné pour voir cette chose qui en remet tellement d'autres en question. C'était juste en train de se produire. Ce moment où vous sentez que ça monte et que rien, même la mort, ne vous empêchera d'être submergé. Jouissance de Rosita. Elle en revient pas elle-même. D'autant plus que mon père il a même pas soulevé une paupière, il dort comme un bûcheron. Rosita se sent faible. Elle va se verser deux doigts de porto dans son gobelet à dents. Elle a les joues en feu. Elle regarde vers le lit. Sur le lit y a mon père. Il gît les bras en croix. Il ronfle. Il a une expression qu'on pourrait qualifier de sagesse. « Faut que j'aille le terminer, dit Rosita. L'a pas fini de triquer. » Mais Masbouth la retient : « Ne lui gâche pas son rêve », il lui dit.

Silence. La pute regarde Masbouth : « De quel rêve vous parlez ? » elle lui demande. Masbouth ne sait pas trop. Il va trouver un truc. La crapule est en train de naître. « Peut-être il rêve d'un enfant, il dit... Un enfant qu'il aurait... » Rosita bouleversée : « Avec moi ? – Pourquoi pas avec toi ? – Je suis un peu trop vieille... – Mais non t'es pas trop vieille ! T'as qu'à faire de la gym ! »

Existe en blanc

Rosita s'est mise à pleurer. Avec son vieux visage maquillé façon jeune ça faisait encore plus vieux. Et pourtant, parmi les larmes qu'elle versait, y en avait qu'elle gardait depuis sa première communion, le jour où son père l'avait prise pour une mariée.

« Sois pas triste », lui a dit Masbouth. Et pour la consoler il lui a mis sa bite dans le cul. Comme un gros dégueulasse qu'il était.

Moi ça m'aurait bien plu d'être le fils de cette femme. D'être un vrai fils de pute. Que les mecs niquent ma mère.

Une pute elle a pas beaucoup le temps de s'occuper d'un enfant, bon c'est vrai, mais quand elle prend un jour, en général c'est un dimanche, et qu'elle vient le chercher, dans sa belle robe à fleurs, chez la nourrice près de Montargis, moi je vous assure que, ce jour-là, le soleil brille très fort dans les yeux du gamin. Même s'il pleut. Il pleut souvent le dimanche. Surtout dans la région de Montargis. J'aurais pu dire Coulommiers, il aurait plu aussi. C'est dans la tête la pluie, quand un enfant est triste. Ce qu'il faudrait c'est pouvoir choisir sa famille. À cette époque-là c'était pas encore envisageable. Aujourd'hui non plus, d'ailleurs, malgré les fulgurants progrès. Cela dit y a quand même quelques veinards qui tirent le bon numéro. Regardez par exemple ce Masbouth : voilà un mec il rencontre le con grandiose par excellence, mon père... Venez pas me dire que c'est pas un coup de veine!... Vous imaginez ce qui serait advenu de lui si à la place de ce con grandiose, absolu, enivrant de connerie, il avait rencontré par exemple un con à convictions, un exalté de mes deux, qui l'aurait entraîné dans des

Existe en blanc

meetings, l'aurait fait défiler en tête de manifs, lui aurait piqué son pognon pour imprimer des tracts, l'aurait fait entrer dans des instances ? Qui les aurait construites, alors, ces magnifiques banlieues qui sont l'orgueil de notre pays ?

Masbouth ou la vocation du bâtisseur. La passion du béton. Comment ça lui est venu. C'est en voyant les Anglys. Tous ces labours à l'infini, ces labours gorgés d'eau qui encerclaient les Anglys. Sont sinistres ces labours, s'est dit Masbouth en remontant le col de sa vareuse. Terrain trop dégagé. Un truc à prendre une balle perdue. Si y avait des maisons partout on pourrait progresser de maison en maison et réduire facilement les poches de résistance. En supposant que certains résistent, ce qui paraît peu vraisemblable. Si vous leur proposez des logements décents, avec des espaces verts à la place de la boue, pourquoi les gens se révolteraient ? La ville à la campagne, voilà la grande idée. Et Masbouth, fasciné, regardait passer la Citroën, le matin dans le sens du départ, le soir dans le sens du retour, avec toujours le même pilote, mon père, qui faisait corps avec sa machine. Qu'est-ce que je fous là à regarder passer cette voiture noire ? se demandait Masbouth, qui se rendait bien compte, malgré le plaisir qu'il y prenait, qu'il était la proie d'un délire, victime d'un envoûtement, et que cet homme ganté, au volant de sa traction, le tenait en son pou-

Existe en blanc

voir. Il faut que je rompe avec ce diable, que je m'extirpe de ses filets, que j'attaque la vie sous un autre angle.

Il essaye tous les trucs pour échapper à l'irrésistible appel : les femmes, le jeu, les voyages, il dépense sans compter. Partout il se fait chier. À Capri, à Bali, à Miami. Mon père lui fait douleur comme une côte arrachée. Il se dit pourquoi je l'ai pas emmené ? Ça serait tellement sublime si on était ensemble...

On trouve des cons partout, l'espèce est répandue, Masbouth essaie bien d'établir quelques relations, une héritière le tente, mais le cœur n'y est pas, le grandiose est une drogue et Masbouth est en manque. Il rentre en catastrophe et retrouve les labours avec le bouquet de chênes qui abrite la maison, cette maison dans laquelle il va se glisser, à chaque fois que la Citroën aura débarrassé le paysage, c'est-à-dire tous les jours, dans le seul but d'observer cette femme, Rosita quelque chose, dont il se demande avec délectation comment on peut être assez con pour en tomber amoureux, surtout après avoir payé cette somme exorbitante.

Un jour il lui amène un peintre qui lui fait son portrait. Quand elle voit le portrait, elle manque se suicider. Masbouth la sauve in extremis. Un peintre peut faire du mal. Il dit : « Je reviendrai demain, j'essayerai l'aquarelle. »

Il revient tous les jours. Masbouth est derrière lui et veille à chaque détail. Il guide la main du peintre, corrige la pose de Rosita, tamise la lumière du jour, rectifie un froissé de draps, avec un petit miroir, celui d'un poudrier, propose un rai de soleil, qui posé sur la bouche, pourrait, sait-on jamais, donner l'illusion du

Existe en blanc

bonheur, auquel cas on appellerait le tableau *La Femme au poudrier*...

Qu'arrive-t-il à Masbouth ? Quelle passion soudaine peut le pousser vers cette jeune femme dont il n'est même pas amoureux ? Est-ce l'envie de créer ou l'envie de détruire ? Sommes-nous en train d'entendre le plus infâme des rires, celui de la crapule en train de s'apercevoir qu'elle est contagieuse, que tout ce qu'elle touche est vérolé, y compris les rêves d'un enfant qui n'est pas encore né ? qui n'a ni père ni mère, juste quelques vagues projets... Et Rosita, mille fois perdue, mille fois sanctifiée, pourquoi devant ce peintre et ce goujat de Masbouth livre-t-elle son secret, qui est d'aimer mon père et trembler d'émotion ?... Autant de questions qui resteront sans réponse. Certains gardiens de musée, à Amsterdam, racontent l'histoire d'un portrait anonyme, probablement une prostituée, qui tout au long de la journée sourit aux visiteurs et dès la fermeture laisse éclater son chagrin. Attention : nous sommes en train de prendre pied sur les landes fantomatiques de la création artistique. Là où les géants meurent de désespoir et où les nains bambochent. Et où circulent, vifs comme l'argent, intermédiaires et spéculateurs. La première fois qu'a sonné à la porte l'homme à l'élégance indéfinissable, personne ne le connaissait, ni Masbouth, ni le peintre. « Je viens pour voir le portrait », a dit l'inconnu en montant directement au premier étage dans la chambre où posait le modèle. Puis ignorant totalement les tentatives désespérées du peintre pour saisir la beauté cachée de Rosita (le sol était jonché d'ébauches, dont certaines piétinées sous l'effet de la colère), il s'est accroupi devant le modèle pour étudier le visage à l'aide d'une loupe de miniaturiste. « Il faut la peindre en nuit, il a

Existe en blanc

dit. – Mais la nuit y a le mari ! a répondu Masbouth. – On va le faire voyager, a dit l'homme à l'élégance indéfinissable. Pendant ce temps-là on pourra travailler en paix. Soyez gentils de me proposer un petit verre de bordeaux. J'accepte volontiers. » Et c'est comme ça que mon père, sans bien savoir pourquoi, et nous non plus, d'ailleurs, a pris un jour la route avec un itinéraire salé, pour se rendre, ça il en était sûr, au rendez-vous de sa vie.

Les éléments dont nous disposons à partir de maintenant ne vont pas nous permettre, j'en ai peur, de vous fournir tous les éclaircissements que vous êtes en droit d'attendre sur les pourquoi et les comment du mystérieux Baudouin Treuttel. Son journal devient tout à coup sporadique, son écriture perd toute tenue, on est en présence d'un homme qui jette en l'air tous ses souvenirs et qui se bouche les oreilles en attendant que ça retombe. Quelque chose a dû se produire dans le secret de la prison qui aura perturbé le cours de sa pensée. Certains détenus parlent d'un peintre qui serait venu lui rendre visite... Un peintre ? On se demande pour quoi faire... Peu importe. Maintenant Treuttel est mort, c'est tout ce qu'il méritait, je ne vais pas consacrer ma vie à étudier ce peu reluisant personnage. Il y a belle lurette que je suis rentrée chez moi retrouver mon mari et mes gosses. En espérant que ma prochaine mission m'entraînera dans un enfer un peu moins traumatisant. Cela fait seulement deux jours que je ne me réveille plus en hurlant dans la nuit.

Journal de Treuttel

Voici ce qu'on a trouvé sur la dernière disquette :

Je suis le conducteur du Trans-Europ-Express Paris-Amsterdam via Bruxelles qui décolle de la gare du Nord à vingt et une heures quinze. Il est vingt-trois heures passées de deux minutes et nous approchons du lieu-dit. C'est à douze kilomètres après le bois de la Lanière. Un passage à niveau engoncé dans le verglas. Je commence à ralentir. Une femme est venue me voir ce matin. Elle m'a demandé si je verrais quelque intérêt à gagner cinq millions. Il s'agissait d'arrêter un train pour faire monter deux hommes. « Comment je les reconnaîtrai ? je lui ai demandé. – L'un d'eux est d'une grande élégance, elle m'a répondu. – Quel genre d'élégance ? je lui demande. – Une élégance indéfinissable », elle me répond. C'était une femme du monde et son parfum envahissait ma cambuse. « Qu'est-ce que vous entendez, je lui demande, par

Existe en blanc

élégance indéfinissable ? – Ben justement, elle me répond, c'est indéfinissable. Quand vous le verrez, vous serez troublé. » Personnellement, j'ai vu que dalle. J'ai vu deux silhouettes patauger dans la neige et puis c'est tout. Maintenant faut que je rattrape les trois minutes de retard. Je vais bourrer après Mons.

Encore essoufflés d'avoir couru et de s'être hissés, les deux hommes ont pris place au wagon-restaurant et répondent par l'affirmative aux sollicitations d'une bouteille de saint-émilion en attendant le restant de gigot qu'on leur a proposé. Les dîneurs autour d'eux en sont au digestif. Des hommes. Uniquement des hommes. À chacun d'eux, sans faire de frais, comme avec des collègues qu'on retrouve tous les jours, l'homme à l'élégance indéfinissable est allé serrer la main. Mon père, un peu gêné, répond par une rapide inclinaison de la tête aux sourires sirupeux qui lui sont adressés. « Mais qui sont tous ces gens ? demande-t-il à l'inconnu. – Des amateurs, comme vous et moi. – Des amateurs de quoi ? – D'art, mon cher ami... d'art... Avec une grosse affaire comme celle qui est annoncée, vous pensez si ils foncent... – Ils ont pourtant l'air calme... – Méfiez-vous des gens calmes. Le calme est ce qui ressemble le plus à la mort. Vous avez votre chéquier ? – Je suis prêt à dégainer. – Ne me posez aucune question. – Quel âge a la demoiselle ? – J'ai dit *aucune question* ! »

Mon père était toujours aux starting-blocks de la poésie. Combien de faux départs et d'émotions pour rien. Parfois les starting-blocks étaient placés devant un mur : mon père s'élançait dans le mur. Devant une mare de merde : mon père s'élançait dans la merde.

Existe en blanc

« Je te vois pas mais tu pues, je lui ai dit, au parloir, quand il est venu me rendre visite. Tu sens le vomi de bidasse.

— J'avais une vieille orange que je gardais dans ma poche et elle est toute pourrie.

— Pourquoi tu la gardais ?

— Pour offrir à une femme. À une femme qu'aurait soif... Pourquoi ça se pourrait pas de rencontrer une femme sous prétexte qu'on dort dans la rue ?... Une femme qui aurait besoin de partager son envie de chialer avec un homme ! hein ? pourquoi ça se pourrait pas ?

— Ça se pourrait, papa. Sûr que ça se pourrait.

— Mon chéri...

— Oui, papa...

— Ça fait un peu cul que je t'appelle mon chéri ?

— Te fais pas de bile, papa. Je te jure, ça fait pas cul. Qu'est-ce que tu voulais me dire ?

— Je voulais te parler de mes yeux...

— Oui. Qu'est-ce qu'ils ont tes yeux ?

— J'aimerais tellement t'en faire cadeau...

— Faut jamais trop gâter les enfants, je lui dis. Après ils foutent rien et on en fait des inadaptés.

— Tu crois ?

— Parole.

— Tu t'es bien marré à zigouiller toutes tes bonnes femmes ?

— J'ai eu de bons moments.

— Moi aussi j'en ai eu des bons moments.

— Avec maman ? »

La lamentable déposition. Mon père se traîne jusqu'à la barre tel un vieux spadassin plusieurs fois pourfendu. Quand il jure sur l'honneur, on dirait qu'il part en croisade. « Non, il dit, je ne me suis jamais aperçu de rien. C'est seulement à la morgue, quand je suis allé reconnaître le corps. Enfin, reconnaître, c'est un bien grand mot. Comment voulez-vous reconnaître un corps que vous n'avez jamais vu ? C'était la première fois que je la voyais à poil. " Non, j'ai dit à l'employé, je ne reconnais pas le corps. – Vous reconnaissez le visage ? – C'est le visage de ma femme. – Votre femme était membrée ? – Je ne connais pas ce monsieur. " »

Les forces me manquent pour continuer à vous raconter. Ce matin un peintre est venu me voir. « C'est moi qui dois réaliser votre portrait », il m'a dit. J'ai pas aimé sa voix. Il avait une voix à peindre au couteau. « Faut que me suiviez dans le grand promenoir », il m'a dit. J'ai refusé d'obtempérer. Deux matons m'ont décollé du sol et fait descendre les six étages. « Allongez-le par terre, a dit le peintre. Pas comme ça. Sur le ventre. Avec la joue contre le carrelage. Maintenant ne bougez pas, je cherche le bon angle. Voilà. On peut marquer la place du corps. La toile s'appelle *Pou écrasé*. Ça va valoir un peu de pognon. Vous pouvez aller chercher la cervelle de veau. »

Y a des moments, on est pas grand-chose...

« Vous prévoyez combien de séances ? je demande au peintre.

– Ça va dépendre de votre docilité, il me répond. En général, il m'en faut douze ».

Jamais j'aurai le temps de terminer mon récit. Je vais essayer de faire court. Mon père et l'homme à l'élégance indéfinissable descendent du Trans-Europ

Existe en blanc

en gare de Bruxelles-Midi. Une voiture les attend qui les conduit à l'endroit où les rues deviennent trop étroites et surtout trop fréquentées pour qu'on puisse circuler. Ils continuent à pied. Foule. Ambiance. Vieillards libidineux. Incroyable vivacité de l'homme à l'élégance indéfinissable pour se déplacer dans l'embouteillage humain. Mon père a du mal à suivre. On reconnaît, dans leur sillage, certains voyageurs du wagon-restaurant qui bataillent pour ne pas se faire décrocher. Marchands de frites. Accordéon. On arrive sur un attroupement. Obligés de s'arrêter. Des hommes massés devant une vitrine. Dans la vitrine trône un tableau. Faut dire, ça vaut le détour. C'est une *Hélène à la toilette* avec duègne et barbon, d'un réalisme tel qu'on voit couler dans le dos de la fille l'eau qui s'échappe de son éponge. « Deux cents millions une fois ! claironne le commissaire-priseur qui debout sur une table fait monter les enchères en même temps qu'Hélène, toutes pudeurs confondues, promène l'éponge au creux de ses reins. Deux cents millions deux fois ! – Trois cents millions ! lance mon père, créant la sensation (d'ailleurs Hélène s'est retournée, avec l'espoir aux yeux...). – Trois cent cinquante », rempile un autre. C'est le début d'une folie, tout le monde qui se presse contre la vitrine, intervention d'un service d'ordre, des coups sont échangés, Hélène se cache dans un peignoir... « Félicitations, dit l'homme à l'élégance indéfinissable à mon père tout en l'entraînant sous un porche voûté. Vous avez neutralisé le menu fretin. Pendant ce temps-là nous nous dirigeons vers l'oiseau rare. Je me suis permis de prendre une option en votre nom... » Mon père le remercie. Ils montent un escalier. Des marches en bois qui grincent, quelques ampoules poussives...

Existe en blanc

C'est au dernier étage que ça se passe, là où les bonnes venues de Bretagne joignent leurs mains rougies pour la prière du soir. Un couloir et des portes. L'homme à l'élégance indéfinissable s'arrête devant la porte 22. Il toque. Attente. Bruit de savates qui approche. Clé qui tourne dans une serrure. Entrebâillement de la porte. Dans l'entrebâillement de la porte la vieille charogne qui les regarde. « L'heure est un peu tardive, elle leur dit. – Nous sommes porteurs d'une somme, répond l'homme à l'élégance indéfinissable. – Entrez », leur dit la vieille charogne.

Ils entrent. Disons plutôt mon père entre, dans la mesure où le verbe entrer, à ce moment-là de l'action, et surtout dans ce lieu, est tellement proche du mot vertige. L'autre semble connaître la maison. Il est déjà posé sur son pouf et se sert un vermouth.

Nous sommes dans un boudoir de taille microscopique mais suffisamment grand pour y perdre la raison. C'est ce qui a dû arriver au pauvre mec écroulé sur le sol, avec ses cheveux poisseux et son revolver à la main. Ses yeux regardent vers un pays que nous ne connaissons pas.

« Monsieur permet que je l'inspecte ? » demande la vieille charogne entraînée par ses mains noueuses vers la braguette de mon père.

Mon père se laisse manier. Quand il est embarqué mon père va jusqu'au bout, jamais il ne dit stop. Doigts crochus de la vieille qui dégage l'instrument. L'instrument est bandé. La vieille ôte son dentier. Mon père regarde le rideau rouge. Derrière le rideau rouge on devine un tableau. « Surtout ne jouissez pas ! dit l'homme à l'élégance indéfinissable. – Oui mais elle suce très bien ! répond mon père avec l'œil blanc. – Elle sucera pas longtemps ! » dit l'autre en dégainant

Existe en blanc

une arme de petit calibre. Et il abat la vieille charogne ! Bruit de pas dans l'escalier ! Des gens qui montent à toute allure ! « La police ? dit mon père en se réajustant. – Bien pire que la police ! » répond l'autre en dévoilant le tableau.

En dévoilant le tableau.

C'est-à-dire en arrachant le rideau rouge comme on arrache une robe.

Violence inouïe du geste.

Le silence, tout à coup, qui manque vous aspirer.

La beauté vous contemple.

Description du tableau.

Le tableau s'appelle *Fièvre*.

La scène se passe auprès d'un lit, à la lueur d'une bougie, sur un fond de porte entrouverte, pour le cas où on voudrait appeler au secours.

Dire quel âge a la fille, ça n'intéresse personne, ce qui compte c'est l'émotion, et vous imaginez combien grande est la mienne, puisqu'il s'agit de ma mère, surprise en plein sommeil dans son pyjama blanc, à peine sortie de l'adolescence elle portait déjà un pyjama blanc, il n'était pas en soie, c'est la seule différence, mais il cognait très fort, il nous flinguait les yeux, encore plus les miens que ceux de mon père, bien que je sois dans ses couilles.

La fille s'appelait Cora.

Cora était le nom de ma mère.

Moi je l'ai toujours appelée maman, je trouve que Cora ça fait vulgaire.

Et j'ai tué toutes les autres qui s'appelaient pas maman.

La seule que j'ai pas tuée elle m'a donné aux flics, mais ça je lui en veux pas, la seule chose que je lui reproche c'est d'être venue trop tard, et de m'avoir fait

Existe en blanc

croire qu'elle allait garder notre enfant alors que c'était bidon, et que même si elle l'avait gardé, elle l'aurait filé à la DDASS.
Salope.
Sandrine, elle s'appelait.
J'ai le souvenir de ses seins qui auraient pu me sauver.
J'ai le souvenir de plein de trucs.
J'ai le souvenir de Mathilde, par exemple.
Mathilde, c'était notre bonne. Bonne à tout faire. Même à me porter dans son ventre. Mais elle était si forte, ça ne se remarquait pas.
Pour le remarquer, il aurait fallu l'aimer.
Alors, au plus profond de ses bourrelets, on aurait senti cogner mes petits poings.

Elles étaient toutes les deux dans le tableau, ma vraie mère et la fausse, c'est vous dire l'intensité de la scène.
« Bande d'imbéciles ! a gueulé la grosse Mathilde qui avait pour mission de surveiller la fièvre de la petite et somnolait sur la chaise en lui tenant la main. Vous voyez pas que cette enfant est malade ? »
Mais la machine était lancée... Déjà la porte menaçait de céder sous les coups de boutoir des collectionneurs. « Allons-y ! » a ordonné l'homme à l'élégance indéfinissable. Et dans un même mouvement englobant mes futurs parents et la bonne de ceux-ci, il nous a tous entraînés vers la porte du fond, celle qui était peinte derrière le lit et qui s'ouvrait sur mon enfance.

Fuite.
Fuite éperdue dans la foule, dans les rues, dans la nuit.

Existe en blanc

Derrière nous les collectionneurs cupides qui appellent au secours, au voleur, au ravisseur d'enfant.

Cora trébuche, Cora se blesse, elle a un genou qui saigne. Mon père, en bon sportif, l'emporte dans ses bras. Des braves gens s'interposent, ceinturent le kidnappeur. Mon père s'en débarrasse, rien ne peut l'arrêter, Cora s'accroche à lui, elle pleure et elle supplie : « Emmenez-moi loin des vieux ! Je veux pas revoir les vieux !

— Elle parle de ses parents, explique l'étrange inconnu qui malgré la poursuite reste d'une élégance indéfinissable.

— Dans mes bras tu ne crains rien, dit mon père à Cora. Tu ne craindras jamais rien. »

C'est à ce moment-là que se pointent les flics. Belle petite embuscade. Des flics belges mais quand même. Air méfiant de mon père. C'est la première fois qu'il se retrouve avec des revolvers sous le nez. Cora se cache dans son cou. « Pas les vieux, elle murmure.

— Je vais vous demander de me présenter le titre, annonce le chef des flics.

— Quel titre ? répond mon père.

— Le titre de propriété.

— Propriété de quoi ? »

Le flic n'est pas content : « Vous tenez bien une jeune fille dans vos bras, là, en ce moment ?

— Oui !

— Que vous emportez en courant à travers la ville endormie.

— La ville n'est pas endormie !

— La ville c'est mon problème ! Je veille sur son sommeil, et je veille aussi sur les jeunes filles, et sur les ravisseurs ! et je peux très bien vous en mettre une.

— Une quoi ?

Existe en blanc

— Une claque dans la gueule !
— Je serais curieux de voir ça ! »
Le flic lui en met une : « Qu'est-ce que vous en pensez ?
— Je ne lâcherai pas cette jeune personne.
— Que comptez-vous en faire ?
— La soustraire à l'avidité des spéculateurs.
— Quels spéculateurs ? Où est-ce que vous voyez des spéculateurs ? »
Mon père se retourne dans tous les sens. La rue est totalement déserte. Toutes les fenêtres éteintes. Même pas un chat qui rôde.
MON PÈRE : La ville est endormie...
LE FLIC : Qu'est-ce que je vous avais dit ?
Moment de tension entre les deux hommes. Personne ne bouge. Une musique lugubre se fait entendre. Contrebasse à l'archet. Un truc à la Rabbath. Et dans les yeux du flic comme une lueur d'incendie. Il s'approche de Cora : « Où ils habitent tes vieux ? »
Elle se serre contre mon père : « Je reste avec monsieur.
— Monsieur qui ?
— Je ne connais pas son nom mais je sais qu'il est bon ! »
Nouveau moment de tension. Le flic tourne autour de mon père en lui examinant la tronche millimètre par millimètre.
MON PÈRE : Qu'est-ce qu'elle a ma tête ?
LE FLIC : C'est une tête de brave type. Quand j'en vois une, je suis fasciné. C'est assez rare dans ma profession.
MON PÈRE : Je suis heureux d'être apprécié.
CORA : Fais attention, il se fout de ta gueule...

Existe en blanc

Le flic : Toi, la ferme, l'ambiguë !
Mon père devient tout pâle : « Vous pouvez répéter ce que vous venez de dire à ma femme !
Le flic : Cette créature n'est pas votre femme !
Mon père : Et pourquoi ça elle ne l'est pas ?
Le flic : Vous n'avez pas le titre de propriété.
Mon père : Le titre de propriété, il est au fond de mon cœur ! »
Cora se cramponne à lui : « Achète-moi, mon chéri ! achète-moi !
— Oui mais t'acheter à qui ? je ne connais même pas ton nom ! »
C'est là où elle lui donne le premier et unique baiser qu'il recevra d'elle. Un baiser bien expérimenté pour une jeune fille. Nous mettrons ça sur le compte de la fièvre.
« Je m'appelle Cora, elle murmure à mon père en s'essuyant le menton... Cora pour te rendre fou...
— Sois la bienvenue, Cora...
— Moi je serais vous, leur dit le flic, je ne perdrais pas mon temps en roucoulades. Les spéculateurs doivent déjà être à l'œuvre...
— Où ça ?
— Dans l'antichambre des vieux, imbécile !
— Par ici », dit Cora, en indiquant le bout de la rue. Tous s'élancent dans la nuit.
C'est une histoire de nuit. Nuit perdue, nuit retrouvée, nuit définitive. Avec Petrucciani qui joue pour moi tout seul. Il joue un morceau qui s'appelle *J'adore*, un truc pas mal du tout, je crois d'ailleurs que c'est de ma composition. La preuve : ça donne envie de pleurer. À moins que ce soit les souvenirs.

Dans la roulotte y avait les vieux et puis plein d'autres enfants qui étaient aussi à vendre, dont une fille magnifique avec des cuisses d'enfer qu'elle ouvrait sans arrêt pour rassurer l'acheteur sur une embrouille éventuelle. Mon père était tenté. Il avait déjà la main au carnet de chèques. Mais l'homme à l'élégance indéfinissable tout de suite le met en garde : « Cette fille est ordinaire, il lui dit discrètement, valeur vénale zéro, dès qu'elle aura un peu de kilométrage plus personne n'en voudra, vous l'aurez sur les bras, bouche inutile et triste, peut-être même dépressive, alors bonjour la boulimie, elle vous coûtera un max, anatomie, j'en parle pas, ça sera le salon de la peau d'orange, un concerto pour gélatine, je vous passe les soupirs et la moustache qui pousse, vous avez vu que c'était une brune ? » Mon père était perplexe. La brune lui plaisait bien. En même temps il était troublé par ce qu'il venait d'entendre. Et puis y avait les yeux de Cora. Les larmes dans les yeux de Cora. Qui tombaient une à une sur le pyjama blanc.

« On peut connaître le but de votre visite ? » lui a demandé le vieux grigou, lippe salace et œil torve, qui était en train de manger sa soupe en compagnie de sa mégère. Les deux vieux se régalaient. Les enfants, autour d'eux, avaient des assiettes vides et suppliaient du regard pour qu'on les sorte de là. Un vieux cadre circulait qu'ils mettaient devant eux pour prendre de la valeur. Ils n'étaient pas tous beaux.
« Monsieur est amateur d'art, a répondu l'homme à l'élégance indéfinissable. Après plusieurs années passées à se faire gruger par des marchands peu scrupuleux, il m'a confié ses intérêts, aussi je vous l'amène, pourquoi perdre du temps, il a soif de beauté et la beauté c'est votre royaume. »
La scène se passait dans une roulotte. Ils avaient fait des kilomètres, pataugeant dans la merde, des terrains

Existe en blanc

vagues infects, pour arriver, après avoir grimpé trois marches, dans cette odeur de chou, vous savez, quand le chou se met à piquer les yeux, peut-être aussi c'est à cause du poêle, de la condensation, de l'odeur des pieds, faudrait des scientifiques pour mettre à plat une telle puanteur, enfin bref valait mieux être à jeun pour y entrer dans cette putain de roulotte où allait se jouer notre destin à mon père et à moi. Pauvres diables de nous. Faut-il un dieu cruel pour nous imposer ça.

À côté de la roulotte broutait un cheval blanc. Il gelait à pierre fendre. La nuit était cristalline. Roulotte et cheval fumaient.

« Ici tout est à vendre, a expliqué le vieux grigou. Même ma femme est à vendre. Tout se négocie, tout s'envisage. Faites votre choix calmement. Voulez un bol de soupe ?

– Non merci. Sans façon.

– Mon client est perplexe, a dit l'homme à l'élégance indéfinissable.

– Monsieur préfère peut-être un garçon, a dit le vieux dégueulasse. Nous avons des garçons également.

– Si je regarde les yeux de Cora, a répondu mon père, c'est vers Cora que va mon choix, car manifestement elle a envie de m'appartenir, et quelque chose déjà s'est tissé entre nous... D'ailleurs, rien qu'à m'entendre, regardez ce sourire, ce sourire noyé de larmes...

– Monsieur, a dit Cora... Dans le plus fou de mes rêves... » Puis elle s'est arrêtée, vaincue par l'émotion.

Tout le monde était ému. « Parlons des conditions, a dit l'homme à l'élégance indéfinissable.

– Monsieur a de la fortune ? a demandé le vieux grigou.

– Cora va vous coûter cher, a ajouté la mégère. Très cher.

— Je vous en supplie, a fait Cora, dans un murmure de biche...

— Vous serez son premier homme, a précisé Mathilde, qui la soutenait pour l'empêcher de s'évanouir.

— C'est en effet appréciable, a accordé mon père... quoique fugitif, comme avantage...

— Tout est fugitif, a dit le vieux. Regardez ma femme, ce qu'elle est devenue...

— Je suis devenue ce que tu as fait de moi !

— Vieille pute !

— Maquereau ! »

Ils commençaient à s'insulter et les enfants étaient gênés. Cora pleurait. Mathilde lui bouchait les oreilles. Seul mon père souriait, pour une raison connue de lui seul, mais que je vais vous confier.

Il regardait la brune aux cuisses inoubliables.

Elle n'avait pas seulement des cuisses, mais aussi des grands yeux, des seins, une taille, tout ce qu'il fallait pour rendre un homme heureux, lui donner des enfants, du plaisir tous les soirs (même les veilles d'accouchement), sans pour autant le cocufier plus qu'une autre. Et elle, elle se disait, c'était écrit sur son visage : voilà un homme qui n'est pas beau, voilà un homme qui n'est pas malin, son cœur est gros comme une maison, il a des mains pour m'empoigner, une tête comme un caillou, du respect plein les yeux, il sera fidèle comme une ligne droite, il me pardonnera tous mes caprices, moi je lui mettrai l'enfer au nœud, je serai sa fatigue et son repos, son feu d'artifice et sa rosée matinale.

« Votre choix se porte sur une autre pièce ? »

Le vieux grigou venait de parler. Ça le fatiguait assez rapidement, depuis un certain temps, d'insulter

Existe en blanc

sa bonne femme. Il y avait cette crainte, aussi, toute nouvelle chez lui, de traumatiser les enfants. Et puis surtout, et puis surtout, vieille oreille de crapule, il venait d'entendre la clochette familière annonçant la reprise de séance. Il avait repéré le manège des deux tourtereaux.

« Quelque chose de moins cher ?...
– Je me fous de l'argent ! s'est écrié mon père, tendu vers sa vie d'homme. Parlez-moi de cette fille, assise à votre droite, cette brune splendide qui baisse les yeux à chaque fois qu'elle soulève sa jupe !
– Carmina, elle s'appelle. C'est une fille du voyage. Née ici, poussée ailleurs, il serait temps qu'elle se fixe. Dis bonjour, Carmina. Fais voir tes belles manières... Bon, ben évidemment, c'est pas une première main, c'est pas à vous que je vais raconter des craques. Ce qui explique le prix... Vous n'avez pas répondu, tout à l'heure, à ma question sur votre fortune...

LA VIEILLE : Vous avez de la fortune ?

– Mon client est l'unique héritier d'une vieille famille d'industriels, répond l'homme à l'élégance indéfinissable. C'est du solide. Usine, terrains, le village lui appartient.

LE VIEUX : Et vous fabriquez quoi ?

MON PÈRE : Où ça ?

LE VIEUX : Dans votre usine.

MON PÈRE (soudain perdu) : Pourquoi il me demande ça ?

L'HOMME À L'ÉLÉGANCE INDÉFINISSABLE : Mais j'en sais rien, moi !

LE VIEUX : Vous ne savez pas ce que vous fabriquez dans votre propre usine ?

MON PÈRE : Ben évidemment que non ! Qu'est-ce que j'en ai à foutre ? Je touche les dividendes, point final !

Existe en blanc

La vieille : Et vous touchez combien ?
Mon père : Comment ça, *je touche combien* ? Mais je l'ai jamais su ! Ma signature suffit ! Vous voulez mes empreintes ?
Le vieux : Ne le prenez pas mal, monsieur Treuttel... Il y a des aigrefins...
Mon père : Comment vous le savez, d'abord, que je m'appelle Treuttel ?
Le vieux : Vous ne vous appelez pas Treuttel ?
Mon père : Rendez-moi mon portefeuille !
Le vieux : Quel portefeuille ?
Mon père : Celui que vous venez de me voler pour examiner mes papiers !
Le vieux : Tenez, monsieur Treuttel. »
Mon père rengaine son portefeuille. « Je suis acheteur de Carmina, il annonce. Combien en voulez-vous ?
Le vieux : La question est directe...
Mon père : Je suis un homme direct. Je vais à l'essentiel. L'essentiel actuellement c'est Carmina. Que Carmina parte avec moi, et le plus vite possible, et j'ai pas besoin qu'on me l'enveloppe, elle se servira de mon amour comme d'un châle. Dites-moi le prix, j'établis le chèque. »

Carmina respire fort. Très fort. On se demande combien de temps les trois boutons de son corsage vont résister à une telle poussée. C'est une fille qui n'a pas beaucoup de conversation mais qui est très éloquente en ce qui concerne la chimie de son corps.

« Allez donc faire un tour dehors, dit l'homme à l'élégance indéfinissable. Pendant ce temps-là je discute. C'est à moi de discuter. Sinon ma commission n'a aucune raison d'être. »

Existe en blanc

Dehors il faisait froid mais Carmina était porteuse de feu. « Je suis la guitare de Django Reinhardt, elle disait à mon père en se collant contre lui. Je vais te faire entendre tous mes accords...
— Cinq cents millions ! a annoncé l'homme à l'élégance indéfinissable en jaillissant de l'odeur de chou.
— Affaire conclue ! » a répondu mon père qui se trouvait confronté à une avalanche de seins et à une vision plutôt rose de l'existence, rose avec un peu de bleu, tout ça tendu, tout ça offert, ça faisait plaisir à voir, et on aurait pu se dire, devant un tel tableau : voilà un homme sauvé.

C'est à ce moment-là que la roulotte pourrie a craché sa malédiction. On a vu le bonheur, c'est-à-dire Carmina, s'écrouler dans la neige, et le cheval s'est cabré en hennissant de terreur.

Cora, ivre de chagrin, venait de planter un couteau de cuisine dans le sein de sa sœur.

Autant vous dire un meurtre.

Mon pauvre père, les bras ballants, contemplait les deux femmes, la presque morte, qui était si douce, qui venait si bien en bouche, et l'autre, la presque folle, brandissant sa colère comme une épée de lumière, et qui hurlait, dans le brouillard, faisant crisser la nuit : « Ça vous convient, comme preuve d'amour, monsieur le butineur ? Faut-il que je meure aussi ?
— Vous avez tourné la tête à cette enfant, a fait l'homme à l'élégance indéfinissable en récupérant le couteau. Il serait prudent de conclure.
— Conclure quoi ? »

Cora était déjà dans ses bras, avec ses tremblements, sa pudeur violentée, son horreur devant ce qu'il fallait faire pour conquérir un homme.

Lèvres glacées et langue brûlante, un baiser qui emporte.

Existe en blanc

« Oui, mais moi je préférais l'autre, proteste mon père, à moitié emballé. C'était l'autre que j'aimais !
— Ne regrettez rien, répond le vieux grigou, qui était sorti à son tour avec sa serviette autour du cou. Vous étiez en train de vous faire fourguer un faux.
— Un faux quoi ?
— Un faux espoir. Donnez-moi un coup de main. »
Et ils transportent la pauvre Carmina dans la nuit jusqu'au bord d'une route où tourne au ralenti un gros frigorifique immatriculé en Hongrie.

Vous avez tout compris.

C'est un choc pour mon père.

Quand il revient vers la roulotte, soutenu par les deux autres, il a les yeux pleins d'épouvante, à moins que ce ne soit le point de non-retour d'un monstrueux désir : « Je veux acheter tout le stock ! il gueule. Je veux toutes les Carmina ! Je veux les réchauffer ! — Arrêtez de déconner, mon vieux, lui dit l'homme à l'élégance indéfinissable. Aucun de nous ne connaît les techniques. Il n'y a que les Hongrois qui maîtrisent le réchauffement. — Allez, au revoir, monsieur, ajoute le vieux grigou en lui serrant la main. Très heureux de vous avoir connu. — Je ne vous représente plus, ajoute l'homme à l'élégance indéfinissable, soudain impitoyable. Vous me faites perdre mon temps. » Et voilà mon père planté comme une vieille relique au carrefour de deux terrains vagues, c'est-à-dire nulle part, la solitude est la même partout, avec les deux crapules qui s'éloignent dans la nuit. « Et ma femme, alors ? il gueule en pataugeant derrière eux. Moi je suis venu pour acheter une femme ! — La boutique est fermée ! » lui lance le vieux grigou en rigolant sous cape. À ce moment-là passe une roulotte, dans un bruit de verre brisé, entraînée par des hongres. Les trois guignols s'élancent. Poursuite. Mon père est le plus rapide. Le tennis ça conserve. Il attrape la roulotte et se laisse emporter.

À l'intérieur on faisait bombance. Champagne et cristallerie. Commissaire qui prisait. Amateurs d'art en tenue de soirée. Cora en robe de mariée. Enfin, je veux dire : maman. En robe de mariée noire. Ses yeux qui lançaient des éclairs. Elle dansait le flamenco. Trois gitans qui grattaient. Mathilde qui se remontait les joues pour s'empêcher de pleurer. C'est dans ce bordel que mon père se hisse : « Neuf cents millions ! » il gueule. Et les enchères reprennent. Maman danse de plus belle et plus son prix augmente plus sa taille s'électrise. Quand ils arrivent aux Saintes-Maries, après une nuit de tuerie, le soleil est levé mais la mer dort encore. J'enjolive un petit peu mais faut pas m'en vouloir, d'abord j'étais pas là et puis l'histoire d'amour de nos parents on aimerait tant qu'elle soit sublime. Mon père descend de roulotte, bientôt suivi par Cora dans sa robe de mariée, qui peut aussi faire deuil. Ils se rejoignent dans les premiers clapotis de la Méditerranée. Mathilde allume un feu. « Je suis un homme ruiné, dit mon père. J'ai signé des billets pour plus de trois milliards. Même en vendant l'usine, je ne suis pas sûr de pouvoir faire face. – Moi non plus », dit Cora.

On aimerait bien connaître la suite, malheureusement ça s'arrête là. Enfin, ce que j'ai sous le nez. Ce qu'il a laissé traîner sur son bureau. Probablement pour que je le lise.

Je ne savais pas que je lui faisais tellement d'effet. Il a vraiment pété les plombs. Je ne suis pas ce qu'on appelle terrible. À part mes seins, je suis ordinaire. Et même mes seins, y aurait à dire. C'est bien pour ça que je garde mon soutif.

Je suis une mère de famille. J'habite dans la cité en face de sa baraque, son vieux pavillon de famille, qu'il a agrandi avec ses droits d'auteur.

Un écrivain ça aime marcher. Surtout le matin très tôt. C'est comme ça qu'on a fait connaissance. Sur le chemin de l'école. Un jour où j'avais le cafard. On marchait dans le même sens. Moi dans mon vieil imper, lui dans sa canadienne. Chacun sur un trottoir. L'amour, parfois, c'est juste une rue à traverser. Ça m'a fait plaisir quand il est venu vers moi. « Mon mari est au chômage, je lui ai dit. J'ai pas envie de rentrer chez moi. » Je suis donc allée chez lui. Je vais chez lui tous les jours, sauf le dimanche et les jours fériés. Il me paye deux mille francs de l'heure. Au début je voulais pas mais il a insisté. Il m'a dit : « Tu vas voir... Ça va te faire un drôle d'effet... »

Existe en blanc

C'est vrai que c'est excitant. Être désirée comme ça. Par un homme qui sait tellement de choses. Il m'a donné une clé de chez lui : « Je veux que tu ailles et que tu viennes », il m'a dit.

Ce matin il est pas là, mais il va arriver. Il doit être au tabac. À la maison de la presse. Peut-être même au fleuriste. « Avant de te rencontrer je n'achetais jamais de fleurs. »

J'ai envie de faire l'amour. Son manuscrit m'a mise en feu. C'est donc ça son métier ? raconter des histoires de malade ? J'ai un amant bizarre.

Voilà sa voiture qui arrive. Vite je me déshabille. Je ne garde que l'essentiel. Je m'assieds à son bureau. Dans son fauteuil de cuir. Devant son manuscrit. Je vais jouer les capricieuses : « Aujourd'hui c'est moi qui te paye, je vais lui dire. Je vais te rendre tout ton argent, auquel j'ai pas touché, sauf pour donner un coup de jeunesse à ma lingerie. Merci pour toute cette violence que tu as fait jaillir en moi. Je t'aime. J'aime tes rides et tes yeux pochés. Les valises dans l'entrée ça veut dire que je m'installe. Mon mari vient de trouver du boulot. »

Tiens... quelqu'un qui vient de sonner... C'est pas son genre d'oublier sa clé... Je me dirige vers la porte... Je mets la sécurité... J'entrouvre...

Tiens... un aveugle... Qu'est-ce qu'il fout là celui-là ?

L'AVEUGLE : Excusez-moi de vous déranger, madame, j'ai un peu difficile à retrouver mon chemin au milieu de toute cette banlieue hostile... Est-ce que j'oserais une fois vous demander de m'indiquer approximativement quelle est ma position par rapport à la cité des Anglys ?

– Anglys I ou Anglys II ?

L'aveugle en prend un coup. Déjà qu'il était blême, maintenant il est blafard.

« Je peux avoir un verre d'eau ? » il demande.

Je l'emmène dans la cuisine. Je le regarde boire. En même temps que je le regarde boire, je me regarde dans ses lunettes. Il

a des lunettes noires qui sont comme des miroirs. Et tout d'un coup je tremble.
Le soutien-gorge que je porte est noir, celui que je vois dans ses lunettes est blanc.

Je lui enlève ses lunettes. Je découvre deux yeux. Des yeux plus que vivants.
Des yeux à faire frissonner la plus honnête des femmes.
« Vous êtes mal à l'aise ? il me demande. Vous savez, je sens tout... Je ne vois rien mais je sens tout... Vous êtes mal à l'aise ?
— Oui...
— Ah bon ?... Et pourquoi ça ?
— Je ne sais pas...
— Elle ne sait pas... Elle est mal à l'aise et elle ne sait pas pourquoi... » *Ses mains se posent sur moi... Ses mains sont sur ma peau...* « C'est peut-être parce que vous êtes nue ?
— J'ai gardé le soutien-gorge... Vous voulez que je l'enlève ?
— Taisez-vous, imbécile !... Je reconnais Peau d'ange... Tactel micro à l'intérieur, Tactel diabolo à l'extérieur...
— Vous êtes Baudouin Treuttel ?
— L'aveugle revient toujours. »

Voilà mon amant qui rentre. De tomber sur l'aveugle ça ne lui fait pas plaisir : « Vous commencez à devenir chiant ! il lui dit. Moi je vais vous mettre dehors !
L'AVEUGLE : Je voudrais baiser votre femme !
— *Il n'en est pas question ! Cette fois-ci c'est sérieux ! Allez : foutez-moi le camp !*
L'AVEUGLE : Je vous préviens : si je fous le camp, ça sera définitif ! adieu l'inspiration !

Existe en blanc

— *Oui ben bon débarras !* »

Mais l'aveugle résiste. On s'empoigne. Le truc tourne au grotesque. Mes fesses ont envie de rire. Une envie fugitive. Car tout d'un coup c'est la vraie violence. Les deux hommes tombent au sol. Un cendrier se transforme en arme. Je ne donne pas cher de la moquette claire.

« Pauvre connard ! dit l'aveugle en se relevant et en balançant un coup de pied dans la gueule de mon ancien amant. Même pas foutu de raconter une histoire proprement ! »

Puis il va mettre un disque. Un bon Petrucciani. *Guadeloupe*, avec Bob Brookmeyer. Je laisse l'aveugle jouer avec moi. Il me prend et me reprend. Par le bas, par le haut. Puis vient le temps de la fatigue. Il me dit : « Viens avec moi » et je vais avec lui. Dans la nuit. Dans la Mercedes. En Belgique et ailleurs. On tue des femmes qui n'en peuvent mais. J'aime bien ça la fiction. Quand c'est fini ça recommence. Un jour il est aveugle et le lendemain il voit. Un jour il me refroidit, le lendemain il me réchauffe. Il m'emmène en prison. Il me montre l'endroit où il va être poussé et l'endroit où sa cervelle va se répandre. Il me présente au peintre. Le peintre m'immortalise et on zigouille le peintre. On s'enfuit avec la toile encore fraîche. On petit déjeune d'une frite à Mons. On retourne aux Anglys pour assister au dynamitage des premiers bâtiments qui vont être remplacés par un lac avec activités nautiques. Boum ! Les bâtiments s'écroulent. Quand la poussière retombe, par-dessus le tas de ruines, on découvre une vieille demeure dont on aurait jamais soupçonné l'existence. Il y a un perron, de la glycine, et les oiseaux qui se remettent à chanter. « Barrons-nous de là, me dit Baudouin, sinon je vais m'attendrir et je pourrai plus pratiquer le meurtre. » On reprend la route pied au plancher vers un endroit où personne ne nous attend. On roule. Musique. Baudouin conduit avec des gants. De temps en temps je lui parle. Je lui dis « ça va ? » il me répond « oui ». Je

Existe en blanc

lui dis « pourquoi tu as tué ta mère ? ». Il me répond « elle était la maîtresse de Masbouth ». Il répond à toutes mes questions. « Une fois mon père ruiné, il me dit, c'est tout naturellement que ma mère est tombée dans l'escarcelle de Masbouth. Tous les jours une limousine venait la chercher et l'emmenait vers un hôtel où Masbouth l'attendait. Un jour je les ai surpris et j'ai pas supporté. Je suis intervenu. Masbouth m'a laissé faire. Elle est morte sans un cri en lâchant tout son foutre que j'ai terminé à la petite cuiller et j'ai gardé la petite cuiller que j'ai toujours sur moi, une petite cuiller du Ritz, si tu veux je te la donne... » Je prends la petite cuiller et la balance par la fenêtre. « Et l'homme à l'élégance indéfinissable, je lui demande, c'était qui, finalement ? — J'en sais rien, il me répond. Fais pas chier avec ça. »

Mieux vaut ne pas insister. Je suis une fille qui ferme sa gueule. « La seule vraie certitude, me dit Baudouin, c'est la connerie humaine. C'est la contemplation de la connerie qui donne la vocation du pouvoir. — Oui, je lui réponds. — Tu dis " oui " sans comprendre ! — Mais non, je t'assure, je te suis ! — Le problème du Masbouth, le moment délicat du Masbouth, c'est quand il s'aperçoit qu'il est lui-même manipulé par un autre Masbouth ! — Oui... — Là il fait dans son benne le Masbouth ! — Tu parles ! »

Sur le bord de la route, y a un vieux mec qui fait du stop. « Laisse tomber, dit Baudouin. C'est mon père. »

Dans les archives du romancier, trouvé mort un matin, et qui, d'après nos recherches, n'avait jamais rien publié, vivant de maigres gains au casino d'Enghien, on a découvert un vrac de notes, dans un désordre qui en dit long, avec toutefois ce titre, griffonné sur une vieille chemise : *Treuttel ou l'obsession majeure.* À la demande de la famille, et plus particulièrement de madame Forrest, Barbara Forrest, qui semble vouer au romancier une vive admiration, et qui se présente, en plus, le notaire le confirme, comme l'exécutrice testamentaire de l'auteur, nous allons essayer, en les classant par thèmes, de vous présenter ces notes qui sont, à notre avis, d'un intérêt très limité.

Ma vie est construite comme une symphonie. Avec des thèmes qui reviennent et qui submergent tout. De temps en temps un solo de tendresse. Personne n'est contre la tendresse. Travailler cette idée. Ainsi que le rapport avec la peinture. Quel rapport ? Est-ce que tout serait musique comme on dit tout est femme ?

Il y a quelque chose, dans le geste d'acheter une femme, qui frise la création. Qui vous rapproche de Dieu.

Un soir que je zonais dans un quartier désert...

Treuttel dans un quartier désert. Il marche. C'est la nuit. Bruit de talons derrière lui. Des talons féminins. Une armée de talons. Toutes ses victimes qui le suivent. Un assassin n'est jamais seul.

Depuis un certain temps, et c'est ça qui m'embête, j'ai des troubles de la vue. Des troubles assez bizarres. Non pas que je ne voie rien, je vois parfaitement bien, simplement je vois autre chose que ce que je suis censé voir. Je roule sur la route de Chartres, je vois celle de Vichy. Dans les supermarchés les femmes se baladent en soutien-gorge. Dans leur caddie elles poussent un nain. Va falloir que je consulte. L'ophtalmo est inquiet. Paraît que ma vue est trop perçante. Je pourrais blesser quelqu'un.

Je suis ta mère plus que ta mère.
Je ne t'ai pas porté dans mon ventre mais je t'ai porté au bout de ma queue.
Je t'ai fait naître à la honte, qui est le délice de la fierté.
Je t'ai fait goûter le lait du plaisir.
Je t'ai enseigné le bonheur confondant.

Amour / Œuvre d'art.
Il y a quelque chose de vrai là-dedans. Fouiller.

Quand elles sont entre femmes, Mathilde appelle ma mère Robert. Enculé de Robert. Rire de gorge de ma mère. Elle se retrousse et sort son membre. Elle court après Mathilde pour lui en faire tâter. Mathilde lui tape dessus en poussant les hauts cris : « Veux-tu me cacher c't'horreur ! » Quelques secondes plus tard elle se retrouve à genoux en train de lui en tailler une. Une belle, bien flûtée, avec des larmes qui montent. Gentille bouche de Mathilde. Elle aura sucé Monsieur, elle aura sucé Madame, et puis le petit jeune homme, aussi.

Et puis son accouchement... Comment elle avait ses contractions, en transportant les bassines d'eau bouillie pour ma mère qui beuglait, qui criait « je veux mourir ! » Comment je suis né tout seul, dans un coin de cuisine, comment on a fait ça tous les deux, Mathilde et moi, sans la moindre assistance, pas une main fraîche sur le front moite, quel enculé ce docteur Burgos... Comment elle a coupé le cordon avec un couteau à jambon, comment elle a couru pour me glisser entre les cuisses de ma mère, comment elle l'a aidée à pousser, puis comment elle a couru de nouveau, mais cette fois-ci vers le bureau de mon père, pour lui annoncer dans les larmes et les mains pleines de sang : « C'est un beau petit garçon ! »

Attaquer fort.
Ensuite, donner une impression de soulagement. Jolies choses éventuelles.
Puis cogner de nouveau.

Je suis folle de mes seins.

Ma mère, toute à la joie d'avoir des seins, ne pensait qu'à une chose : acheter des soutiens-gorge. Pour un oui, pour un non, il fallait qu'elle en change. Aucun ne lui donnait satisfaction. On passait nos journées à sillonner la ville à la recherche de bonnets. Moi j'étais le monsieur qui attend dans le fauteuil. Fini le temps des culottes courtes. J'avais vingt ans, des costumes sur mesure et une mère qui payait. D'où tenait-elle tout son pognon ? Je pensais à mon père en train de moisir dans son HLM Un jour, rue des Blancs-Manteaux, on est tombé sur lui. Il faisait la manche comme un piteux. Dieu merci, il avait les yeux baissés, ça nous a évité d'avoir à le reconnaître.

Existe en blanc

Il y a des envies d'écrire, c'est comme une maladie. Un matin, on se réveille, on a le stylo qui coule. C'est du pus, c'est du pas beau, c'est de l'infection qui a gagné la tête. Elle est partie de l'urètre, ça part toujours de là, et puis elle est remontée, en escaladant les vertèbres, jusqu'à cette zone encore mal explorée du cerveau où se terrent les voyous de la chose écrite.

Elle aurait pas le droit d'avoir ses règles, elle aussi, l'imagination ?

Ma mère jouissait beaucoup et de grandes quantités. Son sperme avait goût de fleurs, de fleurs un peu pourries. J'en gardais dans ma bouche pour lui oindre le fion et pénétrer en elle comme on tire un coup de feu.

« Il avait le doigt sur la gâchette de son regard. » Expression à placer.
Mon père dans son bureau quand je viens lui parler.

MON PÈRE : Mais, quand il était petit, rien n'annonçait la possibilité d'une telle violence... Il était sage comme une image, il jouait tout seul dans le jardinet, il demandait jamais rien... Parfois, depuis mon bureau, je l'observais pendant des heures, fasciné que j'étais par la douceur de cet enfant... (la lamentable déposition, silence dans l'assemblée.)
MOI : Papa !
MON PÈRE : Oui.
MOI : Tu me regardais depuis ton bureau ?
MON PÈRE : Mais bien sûr, mon chéri... tous les jours...

Existe en blanc

Moi : Mais pourquoi tu me l'as jamais dit ?
Mon père : Pudeur, probablement... pudeur masculine...
Moi : Mais si tu me l'avais dit, je serais jamais devenu un assassin !
Mon père : Bon, écoute, mon p'tit vieux : c'est fait, c'est fait ! Appelons ça un « non-dit » ! On va pas commencer à déballer notre linge sale en public !

Pourquoi la Belgique ?
J'aime bien la Belgique. C'est pas loin. On a des frontières communes. On imagine des soutiens-gorge qui sèchent sur un fil avec un petit garçon qui regarde. Un petit garçon en pyjama. Il s'est évadé de France. Il est monté à l'arrière d'un camion. Il est au paradis. Il regarde les soutiens-gorge flotter sur le plat pays.

Penser à écraser un huissier. Une nuit. Avec la Mercedes. Poursuite dans des ruelles désertes. L'huissier qui court comme un morbaque. Il a la Mercedes au cul. Je vous dis pas l'état de son benne. Arrive dans une impasse. Tout au bout y a un mur. Il essaye de grimper mais il y arrive pas. Il retombe. Dans la lumière des phares. Écrabouillage d'huissier. Je suis sûr que ça va faire plaisir à un tas de gens.

Inspecteur Caudry.
Rappeler au lecteur qui est ce tocard.
Jamais laisser un personnage en plan. Sinon il revient et il vous nique.

Inspecteur Caudry.
Un type qui se fait passer pour moi. Qui a le culot de tuer des femmes à ma place. C'est un mec qui a

pas de bol l'inspecteur Caudry. Il tue que des femmes qui avaient envie de se suicider, des dépressives avec des élastiques très détendus.

« Je croyais que vous étiez mort », il me dit quand je me pointe dans son magasin. Il a un magasin. Il fait de la photo d'art. Mariages et communions. Ça lui fait une couverture, ça lui permet d'avancer planqué, derrière son Hasselblad. Il tue quelques mariées. Personne ne les réclame. Il sait pas quoi en foutre. Toujours en train de creuser. « J'ai vu votre chute à la télé. Vous avez été poussé en direct. Vous avez fait un très bon taux d'audience. Si vous voulez, j'ai la cassette. On voit bien la cervelle et puis les yeux qui roulent comme des billes tombées de la poche d'un garnement...

– Je peux savoir qui m'a poussé ?
– Un camarade de détention. Un directeur de banque. »

Jamais je n'ai connu l'abandon de la vie à deux. Avec Sandrine, peut-être, j'aurais pu le connaître. Y avait pas besoin de soutif avec elle. Sa peau lui servait de lingerie.

Ce que j'ai fait à Sandrine. Comment je me suis conduit. Dans ma chute, du sixième, comme j'ai pensé à elle.

Je lui faisais passer des tests pour vérifier qu'elle était fiable. Elle était fiable. Enfin c'est ce qu'elle me faisait croire. Un jour, je lui dis : « Tu vas aller voir un mec et tu vas me le rendre dingue. Je veux qu'il se traîne sur le sol. Masbouth, il s'appelle. C'est une

Existe en blanc

merde ambulante. – Tu veux parler de l'entrepreneur ? l'ami des chefs d'État ? – Lui-même. Je veux que tu me le déglingues. »

Il y a des filles qui peuvent faire des dégâts. Et le pouvoir c'est ça : baiser ce genre de fille. Sandrine y est allée. Elle a fait ce qu'il fallait. Elle a foutu l'enfer dans la vie de la crapule. D'un homme au sommet de la puissance elle a fait une épave. Une pauvre chose gémissante. Il avait interdiction formelle de la toucher. Seulement la regarder. Et encore, d'assez loin. Elle regardait la télévision. Lui, il était derrière l'écran et il la regardait regarder la télévision. Quand c'était drôle, elle riait. Il adorait son rire. Quand c'était emmerdant, elle bâillait. Elle zappait. Il attendait des heures qu'elle veuille bien décroiser les jambes. Qu'elle se rende compte de sa présence. Il pleurait. Il disait : « Mon pays. Je voudrais revoir mon pays. » Pourtant elle était blonde. Le bordel, je vous dis. Un meurtre à petit feu. Ça mitonne tout doucement. Et Treuttel se régale. Treuttel tire les ficelles. Un jour elle dit « j'ai envie de toi ». Masbouth croit devenir fou. C'est toute sa vie qui se réalise. La plus belle fille du monde. Sandrine se donne comme une mariée, avec des délicatesses et des pudeurs que seules connaissent les très grandes putes. Masbouth consulte son médecin pratiquement tous les jours, parfois deux fois par jour. Il est bourré de vitamines et de produits nouveaux qu'on fait venir de Suisse. Il ne pense qu'à posséder cette fille qui le rend marteau. Pendant ce temps-là, je tue. Je tue maladroitement, comme peut tuer un aveugle, y en a une qui m'échappe, bon ben tant pis pour elle, j'en tuerai une autre à sa place. J'attends les flics bien tranquillement. Quand ils arrivent pour me cueillir, j'appelle Masbouth sur son portable et tout

Existe en blanc

rentre dans l'ordre. Ma protection c'est lui. Il me protège depuis toujours. Depuis qu'il m'a vu étrangler ma mère. Ça lui a plu ce truc-là. C'est lui qui m'a conseillé de persévérer. « Ta vocation c'est le meurtre », il m'a dit. De temps en temps il me demande d'assister. Il aime beaucoup les derniers instants. Surtout quand la fille est une bonne vivante. En général je le planque dans la salle de bains. Avec la porte entrebâillée. Quand on arrive au plat de résistance, il s'approche tout doucement. Un petit coup de fil au Ministère de l'Intérieur et on étouffe l'affaire. Même en Belgique, où il a le bras aussi long qu'à Paris.

Sandrine prépare son coup. L'enfant qu'elle attend de moi, elle lui fait croire qu'il est de lui. Émotion du Masbouth. C'est l'homme le plus heureux. Je vais lui tuer son bonheur. Quand je me présente à ses laquais, il me reçoit comme si j'étais son fils. Il rayonne comme un soleil. Il me présente Sandrine. « Je te présente la femme de ma vie. Nous attendons un heureux événement. » C'est à ce moment-là que je sors mon flingue, que je descends Sandrine, et que tous les flics surgissent pour m'arracher aux mains de Masbouth qui veut m'étrangler, moi, un pauvre aveugle.

Sous une robe de grossesse, on peut cacher un gilet pare-balles. L'impact ne réveille même pas l'enfant.

Sandrine regarde les flics nous passer les menottes, à Masbouth et à moi.

Je viens de zigouiller ce con de romancier. Je lui ai tapé très fort sur la tête avec un gros cendrier genre dalle de verre. Ça m'a fait du bien d'entendre se fermer son robinet à gargouillis. J'aime pas beaucoup qu'on se serve de ma vie pour gagner du pognon. En racontant un tissu de conneries. Comme la fille a pas l'air trop tarte, dans son Peau d'ange de chez Lou, je vais l'emmener avec moi. Barbara, elle s'appelle. Barbara Forrest. Une fille à me faire gonfler tout doucement le grappillon. Dans ses petites mains dodues. J'aurai connu pas mal de femmes. Ça s'est bien goupillé. Faut qu'on arrête de se plaindre. On est pas malheureux.

Reste à élucider cette histoire de réchauffement hongrois.

Cet ouvrage a été réalisé par la
SOCIÉTÉ NOUVELLE FIRMIN-DIDOT
Mesnil-sur-l'Estrée
pour le compte des Éditions Robert Laffont
24, avenue Marceau, 75008 Paris
en décembre 1998

Imprimé en France
Dépôt légal : septembre 1998
N° d'édition : 39744 - N° d'impression : 45396